王统照精品选

中国书籍文学馆 大师经典

王统照 ◎ 著

中国书籍出版社
China Book Press

图书在版编目（CIP）数据

王统照精品选 / 王统照著.—北京：中国书籍出版社，2015.12
ISBN 978-7-5068-5264-7

Ⅰ.①王… Ⅱ.①王… Ⅲ.①中国文学—现代文学—作品综合集 Ⅳ.①I216.2

中国版本图书馆CIP数据核字（2015）第265268号

王统照精品选

王统照　著

图书策划	武　斌　崔付建
责任编辑	戎　骞
责任印制	孙马飞　马　芝
出版发行	中国书籍出版社
地　　址	北京市丰台区三路居路97号（邮编：100073）
电　　话	（010）52257143（总编室）（010）52257140（发行部）
电子邮箱	chinabp@vip.sina.com
经　　销	全国新华书店
印　　刷	北京富达印务有限公司
开　　本	710毫米×960毫米　1/16
字　　数	300千字
印　　张	23
版　　次	2016年3月第1版　2016年3月第1次印刷
书　　号	ISBN 978-7-5068-5264-7
定　　价	39.80元

版权所有　翻印必究

出版前言

我国现代文学是指用现代文学语言与文学形式,表达现代中国人思想、情感、心理的文学,是在20世纪初"五四"新文化运动的影响下,广泛接受外国文学影响而形成的新兴文学。其不仅用现代语言表现现代科学民主思想,而且在艺术形式和表现手法上都对传统文学进行了革新,建立了新的文学体裁,在叙述角度、抒情方式、描写手段以及结构组成等方面,都有新的创造。

我国现代文学的主流是人民的文学,集中表现为大大加强了文学与人民群众的结合,文学与进步社会思潮及民族解放、革命运动的自觉联系,构成了我国现代文学的基本历史特点与传统。此时的文学,以表现普通人民生活、改造民族性格和社会人生为根本任务。

在创作实践上,我国现代文学中出现了从未有过的彻底反封建的新主题和新人物,普通农民与下层人民,以及具有民主倾向的新式知识分子,成为了文学主人公,充分展示了批判封建旧道德、旧传统、旧制度以及表现下层人民不幸、改造国民性与争取个性解放等全新主题。也是通过这些内涵和元素,现代文学对推动历史进步起到了独特作用。

我们已经跨入21世纪,今天的历史状况和时代主题与现代文学的成长背景存在巨大差异,但文学表现人物、反映社会、推动进步的主旨并没有改变,在此背景下,我们非常有必要重温现代文学的经验,吸取其有益的因素,开创我们新世纪的文学春天。我们编选《中国书籍文学馆·大师经典》丛书,精选柔石、胡适、叶紫、穆时英、王统照、缪崇群、陆蠡、靳以、李劼人、张资平等我国现代著名作家的文学作品,正是为了向今天的读者展示现代文学的成就，让当代文学在与现代文学的对话中开拓创新，生机盎然。因为这些著名作家都是我国现代文学的开拓者和各种文学形式的集大成者，他们的作品来源于他们生活的时代，包含了作家本人对社会、生活的体验与思考，影响着社会的发展进程，具有永恒的魅力。

中国书籍出版社
2015年10月

王统照简介

王统照（1897～1957），字剑三，笔名息庐、容庐，山东诸城人，现代著名作家。他是著名小说家、散文家和诗人，是新文化运动先驱，他以自己创作实践和丰硕成果，充实了新文学宝库。他一生著述甚多，主要有诗集《鹊华小集》、文学评论集《炉边文谈》等。

王统照7岁丧父，早年母亲对他有着很大影响。1913年，他赴济南考入山东省立第一中学。由于他文章写得好，在学校小有名气。1918年夏，他到北京考取了中国大学英国文学系，在此他广泛接触了英国和其它国家的一些文学名著，从西方文学里吸收了大量营养，渐渐滋生了他改革中国旧文学的思想萌芽，并成为学报编辑。

"五四"运动时，王统照积极参加爱国运动。不久，他同一些进步青年创办了《曙光》月刊，宣传新思想，介绍新文化，并结识了许多文化名人。1921年1月，他与周作人、沈雁冰、郑振铎等12人，发起成立了新文化运动史上第一个文学团体文学研究会，倡导"为人生而艺术"。此后，王统照把反帝反封建的政治热情倾注在作品中，发表了不少短篇小说和新诗。

1922年7月，王统照从中国大学毕业后，留校任教。1925年1月，他出版第一部诗集《童心》，收录他1918至1924年间写的诗歌90首。1926年7月，他因母病辞职，从北京回归故里，先后在青岛任教。1931年3月，他应邀到吉林任教。当时他目睹日本帝国主义的侵略，写了报告文学集《北国之春》，描述了东北人民在敌人铁蹄践踏下的痛苦生活。

1933年9月，王统照代表作、新文化运动中著名现实主义长篇小说《山雨》出版，继而出版诗集《这时代》。《山雨》出版后，受到广大读者欢迎和评论家好评，著名作家吴伯箫说它和茅盾代表作《子夜》，一写农村破产，一写城市民族资产阶级败落，犹如"双峰并峙"。

1934年初，王统照离开青岛返回故里变卖田产，自费旅欧，并作诗《九月风》歌颂波兰人民自由独立运动，还创作《欧游散记》等。

1935年春，王统照旅欧回国，在青岛与许多作家创办了《避暑录话》周刊。该刊发表的一篇篇短小犀利文章，给反动派以沉重打击。1936年7月，他去上海出任大型期刊《文学》杂志主编，积极参加进步文化活动。同年10月，他在上海积极参加了文艺界爱国救亡和争取言论自由的民主运动，还参加了上海文化界救国会。

1936年，王统照出版散文集《青纱帐》、诗集《夜行集》及长篇小说《春花》等。1937年6月，他编辑出版了《王统照短篇小说集》。

抗日战争爆发后不久，王统照一家迁往上海。日寇占领青岛后，他撰写了大量抗战诗文，发表了《上海战歌》等诗。1937年末，上海沦陷。他坚持留在上海参加抗日救亡活动，成为为数不多的留下来坚持斗争的作家之一。

1945年抗日战争胜利前夕，王统照举家返回青岛。抗战胜利后，他任《民言报》副刊主编。1946年8月任青岛山东大学中文系教授、系主任。1947年，他积极组织和参加了反饥饿、反内战、反迫害的学生运动，他也因此被解聘。同年，出版小说集《银龙集》。

1947年，王统照为抗议当局暗杀闻一多和镇压学生运动，愤然辞职，他并写出诗文多表达对黑暗时局的愤懑和渴望光明的心声。

新中国成立后，王统照历任山东省文联主席，山东大学中文系主任，省文化局局长，民盟济南委员会主任等。他抱病勤恳工作之余，出版了文艺随笔集《炉边文谈》、诗歌《鹊华小集》和《王统照短篇小说选》等。1957年病逝于济南。

王统照的文学生涯，诚如著名诗人臧克家所说，"他是新文学运动以来，以创作实践来充实新文学宝库最勤奋最努力的作家之一"，他"是人民最忠实的代表人物"，他"爱新社会，爱得这么真挚，只顾工作，不想到自己"。

目录

诗歌

蛛　丝	2
紫藤花下	3
急　雨	5
河　岸	7
海的余光	9
微雨中的山游	12
童时的游踪	14
少年的梦	16
夜静了	19
小　诗	21
夜　行	22
上海战歌	25
归　去	31
花　影	33
灯　下	34

小的伴侣	35
峭　寒	36
独木舟	37
中　夏	39
迎　春（一九五四年）	40
风　雪	41
对　月	42
春雨怀人	43
雪后闲步	44
青岛即景	45
秋　夜	46
夜雨感赋	47
漫　成	48
江　南	49
海上望晚霞	50
秋夜杂感	51
北　国	52
雪莱墓上	54
又一年了	59
星空下	61
初夏的朝雾	63

目录

江南天阔	66
夜风掠过	68
正是江南好风景	71
又一度听见秋虫	73
湖　心	76
晨　游	77
夜泛平湖秋月	79
明湖夜游	81
夜　归	83
绿　海（纪柳峰之游）	85
山中月夜	87
夜　声	89
芦之湖中	91
夜行道中	93
这时代	95
铁匠铺中	97
南北二诗	99
几　度	100
晨　光（罗塞耳）	102
觉与语（骚尔莱）	103
爱（桑司台尔）	104

散文

生活的对照	106
洮儿河畔	109
松花江上	112
绿荫下的杂记	115
秋林晚步	117
夜　游	120
"血梯"	123
青纱帐	126
夜　行	129
酒与水	131
云破月来	133
物之不齐（考莱宜）	135
生命的长途（撒慰吉）	136
微　笑（L.颇伦）	137
生命的艺术（瓦格讷）	138
真　理（G·魏提耳）	139
生　命（格林）	140
山与崖	141
淡云白日	142
忍	143
一粒沙	144

真理的摇撼	145
照　镜	146
淡　酒	148
一朵云	150
风	151
古　刹	152
柔和的风	155
理智与暗影	156
痛苦的循环	158
芦沟晓月	160
柔　雾	164
仇　恨	167
丏尊先生故后追忆	169

—文论—

生命的价值与价格	178
论"熟能生巧"	180
中国的艺术革命	184
文艺杂评三则	187
天才与经验	195
文学与战争	197
人格的启示	202

— 小说 —

雪　后	206
沉　思	210
一栏之隔	217
山道之侧	223
湖畔儿语	231
生与死的一行列	238
霜　痕	245
纪　梦	257
号　声	267
司　令	274
沉　船	284
刀　柄	298
旗　手	313
五十元	326
母　爱	344

大师经典

诗歌

王统照精品选

蛛　丝

屋角上一线蛛丝，
只在微风中荡漾。
蔚蓝的晴天。
和暖的夕阳。
四围的景色；——却越显得这一丝的光亮。哦！
——一夜的骤雨。
一线的蛛丝那里去了？
变成了极小极小的分子，和了泥浆。
他还能工作吗？
他工作的势力，是永永无量！
不等得晴天，
不等得阳光，
一线的蛛丝，仍悬在屋角上！

紫藤花下

一

暖软的春风,
一阵阵吹人如醉。
热烈的花香,
散布在晴空中,仿佛催睡。
她的柔发纷披了双肩,
斜倚在紫藤花下,
微微的细锁眉痕,表现出她的心弦凄涩!

二

出巢燕儿,唱着呢喃的娇歌。
捎粉飞蝶,舞着翩跹的羽翼。

是爱的心情!

是真的美丽!

他呢!

天涯外看遍垂杨,

写尽诗意,

只找不到这宛宛春光的痕迹。

紫藤花下,

碧绿的翠叶阴里,

记不得?——

有个人儿凝伫!……

三

东风啊!你可以与我方便,

几千里外,

袅荡着我的无限怅望,寄与他一个心电。

道我平安!

道我在紫藤花下,

收拾起飘荡的花片。

放在砚池里,

写几个:"我愿与你相见,又不忍相见!"

相见不如不见!

只将这携上心痕的花片,夹在他的诗集中,

任风吹虫蚀,香痕儿永久不散!

急　雨

朝来的急雨，乱迸在丝瓜架上，碗大的碧叶，
都添上一层润鲜的浮光，
那雨声，越添了大的声响，然而我听了越添沉静。

无量数生命的微波，只是在碧叶上跳动，
落下了流在地上，
渗入污泥，便消失了它们的晶莹。
送凉的东风中，
吹来了一只飞的小鸟，
却躲在瓜架下，散披着羽翎，去迎那急雨之波。
翎毛全浸在水里，
它用红尖的嘴，去啄那碧叶上的脉纹，
只静静地不作一语。
"它没得巢归去吗？"我心中突有这样的微感。

但又是一阵急雨来了,
白珠的波光,映断了我的思想。

雨过了,
日影在云罅里微现出淡光。
瓜架上的碧叶,都迎风摇颤。
"小鸟却往那里去呢?"我又是这样的微感。
忽听得门铃响了,
一个绿衣的邮差进来,
于是我一切的思想,便埋藏在心弦的波音之下。

河　岸

是茭叶吗?
是孤蒲的嫩芽吗。
都被河水击上些清净的波儿。
将近黄昏的斜阳之色,
由城角上反射来绀黄的反影,
和茭叶孤蒲的绿色相映,
宛同丰幅的图画,
哑了声的黄鹂鸣着,
初夏细微的蝉声,也发出轻微的音响。
都和石桥东侧浣衣的人们的杵声相和。
她们自然的,各用着腕力替他人浣衣,
却也一样的受了自然的美惠;
河水汩汩北向流去,弯曲的灌溉了城后的稻田,
却也一样是能给予人们的福惠;

河旁边的一个小棚下，
满坐了些纱衣大扇的怠惰者，
无意识的穷谈；
或则去听那白手油发的妇人们，弹出来的悠荡的弦声。
斜阳没有了，
人们都成了星散了，
而茭叶孤蒲的鲜碧的光，与美丽而绚烂的斜阳的颜色，
却独自照着浣衣的人们，在她们归去的途径。
南风吹着野草的微馨，
能慰安她们终日的疲劳，
星光亮亮地，罩在每个人的身上，
当她们各人，来到自己的门首。
然而星光越亮了，
河中的水，越不断的向北流着，
静夜的幽闲，
却见岸旁的茶棚下，
还透出灯光，与笑语的喧乐。

海的余光

这是我回忆的景物；
与回忆的感思。

夕阳下平静的海光，
由层垒的波浪中，返射出无边的美丽。
只是美丽啊！
更想不到有什么神奇。

飞翔的海鸥，
总离不开温柔之水波的平面。
袅娜的渔船，
饱吸着轻清的微风。
几千万道曲折的金光。
被懒懒的夕阳返照着，

金黄色的沙滩，倒浮着多少楼台的倒影。
哦！幻动的，沉丽的海上的余光，使我屏息了呼吸。

正当我对海独立，
突来的相思——突来的奇伟的记忆，冲破了我平
静的心意。
我可能带了她神秘的目光；
与浓郁的发香；安静的气息；
同到此地。
预想呵！
对着海波凝注，
向着夕阳沉思。
奇丽的人生的顷刻，与自然的伟大相遇。
爱的泪痕，也借着海光洗涤。

平静的晚风吹动，
并立的人影，在沙上浮漾。
渺小的我们啊！
可也配得上余光——海上之余的沉丽。

秋星的眼光，射到海面，
用他们那温柔的、晶明的光亮，来照着我们的立处。
他们似是带了不可计数的安慰与喜乐。
这时的安适，却没个名辞，可以形容出。
但海上的余光：
仍在暗淡中，浮现着，看得见她微笑的面部。

彼此的灵魂的悦慰，
被余光集合了，交错了，更没个微痕的界限，能以找得出！
呕呕的海鸥的声音没了。
拂拂的晚风的弱力息了。
万象的平静沉寂，
只有我们所立的地处。
广大的宇宙，似乎都投入神秘之窟，
只有秋星的目光，与海上的余光相通。

哦！记忆罢了！
预想罢了！
也或者能分析出我思潮的奇异！
"这不过是诗人的幻想"，有人这样说：
我只是微弱的叹息！

微雨中的山游

当我们正下山来；
槭槭的树声，已在静中响了，
迷蒙如飞丝的细雨，也织在淡云之下。
羊声曼长地在山头叫着，
拾松子的妇人，也疲倦的回来。
我们行着，只是慢慢地走在碎石的斜坡上面。
看啊！
疏林中春末的翠影，
为将落的日光微耀。
纷披的叶子，被雨丝洗濯着，更见清丽。
四围的大气，都似在雪中浴过。
向回望高塔的铎铃，似乎轻松的摇动，
但是声太弱了，
我们却再听不见它说的什么。

漫空中如画成的奇丽的景色，
越显得出自然的微妙。
斜飞鞞翼的燕子，斜飞地从雨中掠过。
它们也知道春去了吗？

下望啊！
烟雾弥漫的都城，已经都埋在暗光布满的云幕里。
羊群已归去了，
拾松子的妇人，大约是已回了她的茅屋。
我们也来在山前的平坡里，
听了音乐般的雨中的流泉声，只恋恋地不忍走去！

童时的游踪

故乡的山色，
是微弱而平淡。
当那秋日曝晒的时候，
我们步上山冈，
看树下的草根，已微微地闪出黄色。
平岩下的佛殿，
铙钹声，与长调的诵经声交互着，
正有个乡村的妇人，在庄严的神像下膜拜。
是多少的真诚幽纯的哀心呵！
如下回思，我忍得斥绝这是可哂的迷信？
步下山坡了，
温暖的斜日，
愈使得我们留恋这微弱平淡的山色。
流水汩汩的音响，

迅激地，穿透平列而参差的石齿。
秋风吹大了，
衣衫都轻浮微动。
我们蹲立在水中的乱石上面，
由自然中，有不可名言的感兴！
那时我们正在童年，
什么诗意，
什么怀念，
何曾侵入到我的思域之内。
但由静默中，已自然地会得好多的领悟。
他们汲水烹鱼，
慢慢地在风中对酌，
也似乎有些别致的意味，
但我不能深透的领略。

夜幕将要笼下了，
一日之游，
终留下了不可磨洗的印痕，
在夕阳的峰巅，
与乱流的石齿里。
是童年的游踪之一罢了，
而多少引动的感想深深地长镌在我的心底！

少年的梦

战鼓响了!
进行曲已开始唱起。
多少沉重的马蹄声下,
多少兴奋的勇力平白鼓起,
战啊!
血海中的一条光明之路;
战啊!
精力的人生,给伙伴们多少帮助。
血影中摇动了多少头颅,
枯骸也在草场上跳舞。
暗淡的景色之下,
正是少年的梦境回复,
谁是怯弱之儿?
谁是天骄之子?

命运之神在上面：

捻髭笑着；——他只向无力者、战败者，作冷笑的、讥诮的叹息。

他似是：

赞许枯骸的跳舞！

血影中还容得延伫啊？

还容得冥思？

只有兴奋！只有鼓舞！

"少年的人啊！

梦境尽管作去。

不如此啊，你们可有个灿烂的艺术之宫、快乐之府；

更那里找到个安琪儿用温软的唇来吻你！

战吧！

战鼓响了！

进行曲已开始唱起！

战啊！少年们！"

星光明了，

如血的夜合花，也开遍了大地，

风中喊出努力的吼声，

于是夜色，如入了深谷。

马蹄声下，多少的激动阿，喊呼啊！

血光在黑暗中挥舞。

于是东方微明了，

少年们也似梦醒，

饮着血衣上的清露。

他们又跪拜在命运之神的足下请求赐予他们的福祉！

命运之神作平常的微笑道：

"继续啊！一直到坟墓之口张开迎你！

战啊战啊！一直到你的生命归到尘土！"

夜静了

夜静了！

我开始想去沉睡；

想去灭绝一切使我不能平安与恬静的思想。

灯光惨淡的摇绿，

风声凄厉的从窗外灌入。

由风的微声中，

似乎告我说：雪的细粒，——或者是夜中之霰吧，——

打在窗上的薄纸了！

我开始想去沉睡；

我祈祷般的诚心，想使我暂时停了生命的内在的活动。

幕上之光启了！

青发覆额的她，隐约的坐在夏日的亭上。

凝着要化水的眼波，

望着夕阳下的碧草。

一刹那罢了!
却一夜里,使我不能避去不睡的烦扰!

小 诗

多年的秋灯之前，
一夕的温软之语，
如今随着飞尘散去，
不知那时的余音，
又落在谁的心里？

夜　行

在旱道中的夜行，
最容易使人起憭栗惨恻之思。
是那个冬尽的夜里，
一日的汽车行程，
送我回到最怀念的故乡去。

夜半中旅店的岑寂，
与油灯的摇影；
土墙外马群的蹄嘶声；
与隔壁倦于行旅人的鼻息，
使我从多年埋留下的印象里，重感到一幅新奇的画图。
骡车上的纸灯明了，
我们从冷夜的瑟缩中，上了征途。
上伴着聚结霜气的众星，

下走着冰块冻成的僵路，
寒气噤得什么都无了声息，
只偶然从夜之林里将朔风吹出。
高下的丘冈，
都散落地，起伏地，罩在黑暗中点点的霜痕之下。
经过的穷村的道旁：
有时也听到无力的犬声，在僻巷里呜呜，
想是因为加重的寒威，它们的吠声也变了。
在朦胧地蒙了白幕的河岸旁，几个车子都留时停住。
"好冷的天气呵！"一个少年的车夫隐在皮帽中说：
"但一斤烧刀，却十分温过我的皮肤，
走呵！走！
到城中先往赵姐家取暖去。天快雪了，明日是个怎样快乐的日子呵！"他有个同伴，战战地这样答复。

于是沉重的铁铃，又响动了。
我在冷酷的木箱般的车中，几乎没了感觉。
但偷睨着一个明朗的星光，
在我车前引路。

我为什么来？
亲历过这久经抛弃的痛苦，
我的同伴，
他微白的下髭，全与霜气分不出来，
他只在车上嘘气。

我沉热的心,
何曾被冷气浸没。
但手指在袖里已冰得不能伸缩了。
一幅奇异的夜行——冬夜夜行——的画图,
我尝试着;默计着,
心中是渗融了恐怖与喜愉!

走呵!走!
人间终是在夜中行路。
冻僵了皮肤,不然冰结了心腑。
况有一个明朗的可爱的星,
在我车前引路。
铃声沉鸣着;
轮声震动着,
黑暗之庄严中的奇丽。
惟一的情感,向我未曾冷结的心中灌注。
前路定有明光。
阴影终将退去。

远村的鸡鸣了,
重结的霜气已变淡雾。
散落起伏的丘冈,在清爽的晨中已看见如睡的面目。
"走呵!走!"车夫互相助励着。
而一个明朗可爱的星,
还在我头上,向我淡淡地微笑着指示天曙。

上海战歌

（一）

谁曾忧怖这江头迷场的毁灭？
谁还担心为了这地方的"元宵夜夜"！
在敌人的血雨中我们须努力求活，
求活，——搏击，高呼，东，西，南，北，我们的国魂速归来些！

看一群猛兽被调弄在猎人的双手；
看片片烽火掩没了晴空的白昼；
看裸体苦儿抚着创伤，躺在街头；
看一朵白云下落炸成几道红流！

辟土，开疆，送多少青年到江边血葬，

"应征"、"征服",只凭着无灵魂的军阀幻想,他们:也有寡妇,孤儿,流离,苦痛,平民的灾殃;

为什么呢?——这正是血污历史的一叠迷账!

现在,——"表里山河"却便利了敌人的车马,船舰。

现在,——重重铁索还尽力地把我们捆缚。

纵然涂灭了记忆的颜色,把过去的事件忘却,

现在!——你是否忍得下这当前的耻辱?

春江夜夜笙歌好,

秋江江上月明高,

来一阵惊风掀起滔天血潮,

笙歌,明月都化作飞弹,流硝。

几百万的居民,横心同笑:

为结算历久的血债,我们

忍待着偿报,忍待着偿报!

享乐与幽闲再不在大家的心中种下根苗。

这时代的"严肃",你与我都应一例尝到,

听,——不是吗?大江南北也一例有敌骑的呼啸!

(二)

"阿囡的爷,那天?阿是?十八的那一晚?

有风,有雨,他不怕寒战。

厂里起火,……东洋人一股劲轰炸,火,阿哟。火,那骇人的红天!

一片黑烟,弄堂里谁也睁不开眼。

"噢,他,在这性命交关时,拖着阿妈跳出了火罐;
阿拉,横竖是女人,还有两个孩子累在身边。
天那样黑,红火头一道道飞闪,看啊,杨树浦的靠江一面。
炮弹,炸弹那能分清爽格。
身子上浓粘一片,分不出雨和汗。
路在那里?一阵硫磺气冲得人倒退,
又听见四处的怪声齐喊。

"一阵冲,阿妈挤掉下浦滩,——水,一片乌黑又变成一片惨蓝。
救命啊!对谁喊叫……接来的如热雹样的尖弹向人群里穿。倒下去,滚过来,……只闻得血腥抖上鼻尖……天哪!
阿囡的爷他摸到那一边?

"还记得他的一声暴喊!
……现在一个礼拜了,
定规是随阿妈一去不返!
是枪伤,是踏死,还被水淹?
天哪!尸身不见,讲得上全不全!……"
流落街头尽难民,
衣衫破裂面目昏。
也有儿童新浴血,
哀号凄声忍复闻!
呼爷唤母群查问,
自从失散死生分。
江边大火无家去,

逃得生命复转轮。

火灼的，钢刺的，这历年来的积恨，
象哲理家，我们太无用了，慨叹着人类的愚蠢！
有今朝，一江秋水红遍了两岸，
为民族，为我们的苦难者，我们还将一江血水还报敌人！

（三）

果真有最后的裁判？
我们不应受地狱的熬煎。
果真有报施不爽的殃、庆？
我们更可相信我们正直的行动。
智慧使用在野心者的铁爪中，
科学机械更充实了他们的兽性。
果真有"世纪病"的存在？
这便是人类命运的真哀！

我们不夸大，不病狂，更不是
有战争的嗜好。我们知道：血涂郊原，
尸横江河，处处烽火，在未来白骨青燐，永没了他们的深痛，沉冤！
卫国壮士？被军阀强派来的异国青年，
尖刃，火弹，作了他们陌生的介绍，
拼死命在战场上冲突、周旋，
世界悲剧永远是一套链环。

但不打断链环这悲剧无日演完!
看:多少家庭永打成离散,
多少儿女都被挑上枪尖,
多少楼阁在火光中一霎消散,
多少田野把收获丢在一边。
我们没曾对异族侵犯,隔一道黄海,
他们却早已拉下了无情铁面。
自由,化做了飞灰被铁蹄蹴践,
国家,须凭他们的意志毁坏,损残。
战!我们到现在方才共同抗战!
要击碎铁爪,以血还血,作一次彻底清算!
我们扮演着世界悲剧的角色;
我们不迟回,不低头,不觉得骄傲与羞惭。
我们能坐看未来的报施?
我们也静待最后的裁判?
否,否,我们要拚死争回我们的"当前"!

这世界是否要象火山的爆裂?
全人类是否要被"科学的武器"毁灭?
我们,面对着耻辱与严肃的"当前",
谁能计较未来的忧,喜,完,缺!
我们,用正义洗净我们的屈辱,
我们,铺成血路引导新世界的青年。
现在到了我们所酷爱的和平反面,
向前!向前!我们欢喜踏上尖锐的刀山!
沉痛,沉冤现在要从何方清看?

有一天，终须打断了铁爪握住的链环，
有一天，这世界才听到黎明的叫唤？
到那时我们方把这本血账结成清篇。

归 去

归去！归去！
白云之乡，
银光之府，
光灿烂，
云荡覆，
何必在人间为泪痕点污。
点污的心灵，要洗涤在白云里。

归去！归去！
人间那有明光路，
荆棘针锋相对触，
好同"鸿豪"永逝去。

折断了琴弦,
斫缺了银斧,
不教音调再凄凉,
不见月明再圆露。

花　影

花影瘦在架下，
人影瘦在墙里，
是三月的末日了，
独有个黄莺在枝上鸣着。

灯　下

灯下的旧痕，
从迷惘中飞过了。
盛开之筵的杯前，
甜适之语的声里，
外边有人来了，
请她归去。
白烛的焰下，
只余了我家人的评语，
只余了我第一次的心愿颤栗！

小的伴侣

瓶中的紫藤,
落了一茶杯的花片。
有个人病了,
只有个蜂儿在窗前伴他。
虽是香散了,
花也落了,
但这才是小的伴侣啊!

峭 寒

峭寒轻敛起层层的鳞皱，
朔风把又一度的黄昏投入波心。
烟霭是一张纱幕漫笼着沙浮、山瘦，
冷淡与荒枯——织成了冬晚的画纹。
在这里怎能找得到"生"之争斗？
暗藏在默息的生机里
正等待着明日的晨光罅漏。
无声大海，她胸中埋伏着汹涌波澜。
黎明紧接在冷静的夜后。
又一天，谁知道不是又一天的气候转变！

一九三三年

独木舟

独木舟的两头跷尖,冲破了浪花漩。
伸一只黑手向毒热的天,
天光在船舷边打旋;
投两道锐利的眼光,
把深蓝色暗渊射穿。
他的心被悬在银光的线。

独木舟,沸热的汤,
张嘴的巨鱼,巧妙的双手,
自由的生活落在身后?
等待着悠闲的旅客,
为看"戏法"向水里嘻逗。
他的心被悬在银光的一溜。

情愿到森林，沼地中过陈旧的日子，
可一样，到处都喘不动呼吸。
西方人的脚迹踏过了多少地方，
蹂践的土块碎石都翻成穴、坑。

"做一个码头上的'自由'奴——还算过分？
谁教是有色的皮肤，种族的愚蠢！"
"不见苏伊士河的搬夫，亚丁的苦力，
他们还羡慕你这有本事的安适！"
绿羽丹嘴鸟的歌声多好，
金色斜阳向绿波上淡淡拂照。

大海中远处翻滚着惊涛，
环绕着是点点的孤岛。
自然美只可做"闲诗人"的话料，
难道，还加上投水人的技术轻妙？

轻妙？一个红腮上的笑涡掷下一点"恩惠"，
一旁靠立的绅士从口袋中学会爱媚。
浅浅的笑涡还没来及从水面收起，
黑光的健体又将要一次泅浴！

一九三四年一月

中　夏

医寮更歇见丰颜，
故友殷勤讯往还。
扰扰百年惮病苦，
沉沉中夏惜幽闲！
心尘镜影劳空想，
手燥弓柔力未孱。
积雨望晴欣鹊噪，
起看云树障烟峦。

迎　春（一九五四年）

青岛人民医院病房前迎春方开毛护士折赠一枝浸瓶中适余借阅《海岱会集》中有《咏迎春》与《参郊远眺》二题拟赋二首。

病后欣春至，
窗前细萼黄。
折来留嘉意，
静里散幽芳。
带雪开独早，
迎晖伴日长。
岁华先借得，
温笑谢东皇。

风　雪

萧条风雪困诗思，万籁无声夜柝迟。
斗帐心愁惟梦医，穷途眼泪诉灯知。
少年歌泣真哀乐，时世梳妆学慧痴。
阅得人间忧思始，劳人莫使鬓添丝。

对　月

碧霄寒不胜，清夜思无端。
瓦冷霜痕重，云凉竹影单。
青天园缺幻，素女别离难。
无限徘徊意，星河信宿看。

春雨怀人

愁向东风奠一卮,潇潇庭院雨如丝。
楼头柳色分横黛,花外鹃声惜别辞。
燕子呢喃春事尽,梨花零落暮愁时。
晚来窗外清音寂,独倚屏风画折枝。

雪后闲步

冷落园林好,幽情欲语谁。
坠枝凝冻雪,薄霭淡残晖。
天地孤云回,苍茫肃气微。
蓦听征雁语,清泪点寒衣。

青岛即景

幽人清晓起,媚景入窗来。
帆影冲晨雾,车声过奔雷。
轻尘吹鬓乱,微雨酿花开。
遥睇海天远,苍茫洗郁怀。

秋　夜

冷雨寒窗听鸣蛩，寂寥街柝已三更；
清宵偏助离思苦，愁绝飘零太瘦生。

夜雨感赋

一自惊心秋过后，不堪夜雨听残声。
菱荷枯死芙蓉老，侣替商音诉不平。

梧叶飞残秋尽日，诗情已入晚凉天。
那堪冷雨潇潇夜，偏搅愁人未易眠。

如丝夜雨号寒监，酒冷檠孤漏更长。
犹忆去年今夜里，幽闺剪烛话横塘。

清宵惆怅草重帏，细雨凄凉冷玉徽。
沁入枕函惊短梦，乱愁也逐雨丝飞。

漫　成

镂凤雕鸾矜剧乎，注庄摘宋愧无朋。
如此桑海如此世，笑倚霜豪或可能。

生死人间讵宜齐，穷年曼衍和天倪，
银河消息仙槎渺，独看商星听曙鸡。

宗声销歇才华尽，欲挽颓波张一军。
还把兴观悟灵性，健刚娜婀两平分。

江　南

倏惊众绿遍江南，五月熏风草木酣。
齐鲁山河惊卧虎，燕幽烽火急征骖。
弄兵盗国客再误，病酒伤时两不堪。
抚剑对花空太息，登楼愁见海光涵。

海上望晚霞

暮霭淡横空，斜阳笼远树。
余光荡碧波，飘渺载山暮。
绎绀相震薄，青天乱红雾。
海上匹练飞，乱云拥金絮。
晃漾失神山，扶桑日初曙。
绮色含涛光，明灭帆影露。
楼台眩奇花，汀沙失空素。
五锦罩芙蓉，裴回未忍去。
矫首望赤城，逍遥飞孤骛。

秋夜杂感

暖暖凉云上画栏,夜乌啼苦漏声残。
低头畏见床头月,疑是故园望里看。

菡萏花开桂叶香,银河斜落夜偏长。
玉珰缄就从何寄,付与寥天雁一行。

小病轻簟卧影单,童心绮思两无端。
秋心如海杨尘劫,添个啼螀诉苦寒。

北 国

一九三一年春乘南满车至长春,换中东车转赴滨江。

一

北国春寒雪未消,驿程温梦过西辽。
略知边塞风霜苦,飞度荒原又此宵。

二

处处风翻红日旗,残山剩水认依稀。
博眼异语三千里,岂待他年事可知。

三

铁网纵横贯北州，江山莽荡望中收。
火云遥接飞虹影，回首荒边起暮愁。

四

江月光昏微月零，风沙漫漫罩边城。
荡胸万感难成寐，坐听寒郊夜角声。

雪莱墓上

东风吹逗着柔草的红心,
西风咽没了夜莺的尖唱。
春与秋催送去多少时光,
他忘不了清波与银辉的荡漾。

墙外,金字塔尖顶搭住斜阳。(一)
墙里,长春藤蔓枝寂静生长。
一片飞花懒吻着轻蝶的垂翅,
花粉,蘸几点青痕霉化在墓石苔上。

安排一个热情诗人的幻境:远寺钟声;
小窗下少女织梦;绿芜上玫瑰娇红;
野外杉松低吹着凄清的笙簧;
黄昏后,筛落的月影曳动轻轻。

"心中心"（二），安眠后当不曾感到落寞？
一位叛逆的少年他早等待在那个角落（三）。
左面有老朋友永久的居室，
在生命里，那个心与诗人的合成一颗（四）。
"对于他没曾有一点点损伤，
忍受着大海的变化，从此更丰饶、奇异。"（五）
墓石上永留的诗句耐人寻思，
墓石下的幽魂也应有一声合意的叹息？

诗的热情燃烧着人间一切。
教义的铁箍，自由的锁链，
欲的假面，黑暗中的魔法，
是少年都应分在健步下踏践。

他们听见了你的名字（自由）的光荣欢乐。
正在清晨新生的明辉上，
超出了地面的群山，
从一个个的峰尖跳过。（六）

"不为将来恐怖，也不为过去悲苦，"
长笑着有"当前"的挣扎，
拿得住时间中变化的光华，
趁气力撒一把金彩地飞雨。

美丽，庄严，强力，这里有活跃的人生！

一串明珠找不出缺陷，污点，
在窟洞里也能照穿黑暗，
人生！——逃出窟洞，才可见一天晴明。

爱与智慧，双只蹑逐着诗人的身影，
挣脱了生活枷锁；热望着过去光荣。
是思想争斗的前锋，曾不回头，
把被热血洗过的标枪投在沙中。

"水在飞流，冰雹掷击，
电光闪耀，雪浪跳舞——
离开罢！
旋风怒吼，雷声虢虢——，
森林摇动，寺钟响起——离开前来罢！"（七）

"去罢；离开了你，我的祖国。
那里，到处是吃人者奏着凯歌，
我们一时撕不开伪善的网罗，
过海去，任凭着生命的飘泊。

"南方——碧滟滟远通的海波，曾经
因战斗血染过的山，河。古城里
阳光温丽，——阳光下开放着
争自由的芬芳花萼。"

生命，他明白那终是一片雕落的秋叶，

可要在秋风蹈里，眩耀着
春之艳丽，夏之绿缛，——不灭的光洁；
才能写出生命永恒的诗节。

司排资亚的水面，一夜间
被悲剧的尾声掉换了颜色。（八）
漩浪依然为自由前进，
碧花泡沫激起了一个美发诗身。

去罢！
生命旋律与雄壮的海乐合拍。
去罢！
是那里晨钟远引着自由的灵魂。
抱一颗沸腾心，还让它埋在故国，
大海，明月，永伴着那一点沸腾的光辉。

我默立在卧碑前一阵怅惘！
看西方一攒树顶拖上一卷苍茫。

没带来一首挽歌，一束花朵，
争自由的精神，永耀着——金色里一团霞光。
墙外，金字塔尖顶搭住斜阳，
墙里，长春藤静静地生长。
守坟园的少女草径上嘤嘤低唱，
"这是一个没心诗人化骨的荒场。"

注：

（一）距雪莱埋骨的坟园不远，有一砖砌的金字塔式的建筑物，乃纪元前罗马将军赛司提亚司（Cestius）的大坟。

（二）雪莱墓石上第一行字的刻字。

（三）英国诗人克茨亦埋于此坟园中，他比雪莱早死一年。

（四）雪莱墓左侧是雪莱友人楚劳耐（E. J. Trelawny）的墓，他在一八八一年死于英国。他的墓石上刻着——不要让他们的骨头分开，因为在生命中他们的两颗心合而为一。

（五）雪莱墓上刻着莎士比亚戏剧"风暴"中的成语。

（六）略取雪莱诗的语意。

（七）略取雪莱诗的语意。

（八）雪莱于一八二二年溺死于司排资亚（Sepzia）。

又一年了

又一年了,毒风横吹着血雨,
大江边消失了年年秋草绿。
一枝芦苇,一道河滨,一个样,
受过洗礼,饮过葡萄的血浆!

又一年了!
你没曾安眠在秋场的坟园,
笔尖上的锐眼,
到处看透了这古国的灾难,
你自然听到
激起每个人的灵魂的巨响:
你早喜盼着
"阿Q"的众生相会激起愤怒的风旋。

生前，曾不发一声呻吟，不沉入凄叹，
投一支标枪黑暗中明光飞闪。
你的周围现在演出民族的义战，
血泊中的少年应记着当年的"呐喊"。

中国也有翻身的一天，
幽冥不隔喜悦的递传！
四郊全奏着周年祭的壮乐，
听：风、雨、炮、火、是壮乐的飞弦。

鲁迅先生逝世周年日作

星空下

狂飙在海抱里调匀了呼吸,
几个知了,密叶中间狂叫着鼓翼。
没有一星火,一点动,一阵风雨的先机,
高噪着繁音,徒劳暑夜的欢喜!

从哪里来?一线流星向远空闪去,
耀光灭了,只余下散点的群星互相呆视。
是呀,给予的和平;沉静,弥漫在中夏夜里,
闷热如冶炉中,觉不出一丝凉气。

不错;这里有繁生的交枝,溢涨的清池,
还有,暗空中点点星光反映沦漪。
但是夜深了,还没见黎明的眩光,
黎明来,不会风雨掩没了晨曦?

莫再说时间之"运命"的驰逐。
在这古老地方，迷梦中织着黑丝，
那一夜？梦里黑丝变成一个无边的络网，
网在群星从空中撒一阵光明雨。

一九三五年，中夏

初夏的朝雾

一

漂浮着臭汽油的黄水面,
夜雾,如轻绡帐向上升腾。
缓缓地,围笼住这奇怪的,
丑恶的,还有血的心脏的
城市。夜已步入朝之阶梯,
灰色绡帐后微露出朝旭。

二

它全了解自然律的真理,
真呀,朝旭的光辉会烧碎

世界虚夸暴厉的面具。

好一场假的春梦；却偷捉着

辉耀宇宙的美丽象征，

还想把大地山河整个卷入！

三

夜未尽，看天窗碳磃

的沉沉中渐渐开启；雾，

轻曳着，也闪出浸耀朝光的

门户。黑暗的鞭打，昏夜的怨恨，

这城中的不眠人，都一例狂吸着清光；都把胸膛裸露。

四

是真的夏之日

谁还觉着畏怖？

他们捧着血泪

欢迎这生长的时季！

灿烂与光热，

烧碎了伪造的象征，

罪恶与孽报，

光天下有有公判的赐与。

五

那时，
雾中有一声快意报偿，
是啊，
它不曾迷失了生之路。
醒来！醒来！
是还有活跃着血的心脏的地方，
兴起！兴起！
初夏的朝雾传布着更生的消息。

江南天阔

一

这儿涌不出一股清泉,
也没曾有明丽的闪影;
听不见鸶鸟惊鸣,
草莽中乱撞蟒,蝇。

二

毒刺灌木在弯狭路上纵横,
一堆骨块黑夜里跳动。
四围碧火围绕着圆虹,
江头冤泪都凝成天半飞星。

三

半夜后——他们还没有觉到"春醒"?
"江南天阔"那道黄流可是
他们认识的"乐园"边境?
"江南天阔",暗尘罩住梦里的幻境。

四

谁也想吸一口冷泉飞扑的清凉?
闭了眼却喝饮着腥浊血浆。
谁不是讨厌附体的蝇、蟒,
睁开眼睛好仰望采虹的明光!

夜风掠过

掠过平原；掠过群峰，
掠过浊浪翻腾的大河，
掠过恶梦中狂叫的江，湖，
把血壤上的芬芳，搀骨灰的尘土，
送去，送远了，送远了，到
"良心的天国！"轻拂着
恻恻的面目，你认识
清楚；那面目给你
透心的直视；如古代的箭镞，
它的尖锋曾没有虚发
的饶恕。夜风，松柔的笑，
这笑，象把胆怯者的心意拴住！

从地面上，地底层与地狱底，

夜风，带走了灼热，苦痛，耻辱。
多少活跃灵魂，向自由高空
轻踏着云雾；他们，
从血流中来，抖去鲜红的血污。
郊原，绿树，河道与乡村，
还有大城里的高楼烟突，
用我们的血洗过了，有
我们填平过壕窟的尸骨。
在"天国"，那大的面目，
它，隐不住公判的显露！
对每个夜风送来的灵魂，
它分别地测量到心深处。

狂与愚曾烧毁了"他们"自己
青春与悲剧埋入勇敢
的土地！"他们"应该记得
自己的罪罚，为什么
夜风空对"他们"冷冷地叹息？
在"天国"，那大的面目，
怎能对"他们"有平和的徇私。

夜风掠过，夜风掠过！
把血壤上的芬芳，攙骨灰的尘土，
吹向太空，现一回，伟大哀壮
的人生的画幅。
"天国"的警笛，

它不是只唱着伤逝哀曲。
夜风掠过，夜风掠过！

在闷热，深哀，惊心的
五月夜里，
每个星星四射出飞光，
每个人的语声诚明誓祝，
每个灵魂为故国的再生欢舞。
听：平原，群峰，大河与江，湖，
到处交响起争自由的前奏曲！

一九三八年五月一日

正是江南好风景

正是江南好风景：
几千里的绿芜铺成血茵，
流火飞弹消毁了柔梦般村镇，
耻恨印记烙在每个男女的面纹，
春风，吹散开多少流亡哀讯？

正是江南好风景：
桃花血湮没了儿女的碎身，
江流中，腐尸饱涨着怨愤，
火光，远方，近处高烧着红云，
春风，再不肯传送燕雏清音。

正是江南好风景：
到处都弥满搏战昏尘，

一线游丝粘不到游春人的足跟。
朋友,四月天长你还觉春困?
你,卧在你的国土,
也有你的家乡,你的知亲?

正是江南好风景:
遍山野一片"秋烧"春痕,
谁的梦还牵念着山软水温?
祭钟从高空撞动,滴血红殷,
你,听清否?这钟声——
可还为旧江南的春日晨昏?

又一度听见秋虫

一

又一度听见秋虫，——
是否还紧追着旅人的秋梦？（一）
调一曲初凉夜的秋音，
万落千村响动催战的金风。

二

这世代叫不出小儿女的怨情；
诗人肺腑不再被凄凉乐音引动，
他情愿正看白骨上那一点流萤，
——一点燐火，迸跃出光丽的真诚！

三

密云下到处奔驰着风霆,
为震醒"供人食料"的苍生。
城市,郊原,夜夜里烦冤鬼哭,
悲壮的音从人间惊破"幽冥"!

四

谁曾向毒热的"夏日"低头爱慕,
谁曾为秋气萧瑟战栗吞声?
您不必空挥着忧心的涕泪,
秋来,无根的百草应分凋零。

五

悠悠么,耐不住这惨冷的长夜,
捧一把小心期待着风霆后的空明?
江头,阔野,高空,看多少"铁手"厮拼,
谁有生命的余力徒念着凄清?

六

这正当时序成熟的壮盛,
荡漾起"秋肃"传音,心底永生。

战士为仇敌备下了"未归箭",
暗夜里等他们自碰飞锋。

七

又一度听见秋虫,
是否还紧追着旅人的秋梦?
有多少"万窍"惊鸣,
高壮,清肃,压住草下的和应。

八

调一曲初凉夜的秋音,
万落千村齐响动催战的金风!
听秋音要彻底的悲壮,
谁有生命的余力徒念着凄清?

注(一)《新序》:曰:"楚王载繁弱之弓,忘归之矢,以射随兕于梦也。"

一九三八年之秋某夜夜半写此

湖　心

遥空蒙翠幕，
碧水漾柔波。
风在短芦中吹笛，
蝉在绿阴深处倦歌。

晨　游

晨日之光，鲜润地罩在满地的凤尾草上，
柳阴中的鸟儿争鸣，
架上的藤叶微笑，
我却无聊地走在干了的荷池边。
好一片苍翠与空爽的风景呵！
却没个人言语。
无聊寂立便自然感到落寞。
却好来了四个女孩儿：
一般的松发短裙，
扑着芭蕉扇儿，
来捉两个小云雀。
终于被她们捉去，
树荫下惟听得姊妹的笑语。
微红的面上，

露出了战胜者的得色,
便回到堤上在绿阴中啜茶去。

他人的笑语,——
他人真诚而快乐的笑语,
何曾减却我的无聊的寂寞。
但在大自然中,
却分外添了生气.
是不可无花,
不可无树;
不可无鸟儿的歌声,
不可无女孩儿的笑语。

但我在久立的迟疑,
望着浓密的绿阴中,——如雾非雾。
而久占在中心的寂寞,
终不能匆匆离去!
拾了一个榛子,
打在柳叶上,
却落在污泥里。

夜泛平湖秋月

独自一个人,
还有个老舟子的伴侣。
在微茫的月色中,
撑向湖心去。
渐远水渐平,
渐远月渐出。
一个明镜高映在平湖上;
一个全湖全映在镜里。
一堆银光全聚在舟前处。
我心平平地——
精神的悠往,全在水与月的中间渗融住。
荡呵,荡呵,
湖畔的人声在隐约中了,
堤上的树影却在水面上显出参差的影子。

在半明的水中,
如平织的烟纹相似。
平湖上的石矶边,
几个人正对月饮茶,笑语,
我于是微微地感到孤寂!
但有月光送我归去,
只此片刻的眷恋,
已引诱我的幽思到渺冥中无限的深处。

明湖夜游

如艳装的月亮,
将她的清光向全湖中流泻,
芦荻在唱着,
水声在船头船尾流出轻妙的响,
清风微动,
从披垂的柳丝下掠过。
我们卧着说着,
说到那掬水月下在手,
以及一年明月今宵多,
缠绵而可爱的诗句,
使得我静静的心上又着多少感兴的印象。

明月的今宵呵,
今宵的明月!

湖光下面倒映出微动的青天，

将那三三五五的星光掩却。

但仅使过去了这一时呵，——可爱而难长留的一时呵，

更从何处再找到她的眼波？

更从何处得找到她的眼波？

月光斜了，

淡雾重了，

全湖上静悄悄地，

只有芦荻在唱着，

船下的水作出凄笛股的音乐，

归去呵，

只有永向游人留情的柳丝尚自缓缓的舞着，

这时我的全身仿在静境中融合了，

暗淡中忽看出一丝灯火在湖畔的楼的窗中一明一灭……一明一灭。

夜 归

那黑影,那黑影的涨腾;
那黑影,那黑影的奔逐,
电杆下狭道修长,夜雾暗拥。

那黑影,那黑影的飞迅;
那黑影,那黑影的恐怖,
惨映着风雪冷夜中的归魂。

还似旧梦的重温——
无用的低恋,沉吟?仰望没明光的星斗。
远远的远远的那暗空渐渐消沉。

果似地狱的火柱全焚——
青光的火焰把炼铁熔化,肉体烙焦,

地心中喷发出迷目的烟尘?

果似魔鬼从乐园下殒——
跳动着狂欢的死之舞蹈,
惨淡的向生命诱引?

归来,真冲不破这黯黯的世界?
归来,还压得住惴栗的悲哀?
一回迟疑,空留下心头怦跃,
朔风中,惊叫着一声枭鸟。

归来,可曾忏悔那奔波的疲怠?
归来,梦中——拿一把虚空;醒后——没一点云彩。
难道只见狭道修长,夜雾暗映,
有一个黑影迅走着散布惊恐?

归来,迷黯里在那方曙光闪动?
恶枭收音,大地山河有一点现影。
狭道尽管是修长依旧,——
可总有坦荡光明的时候!

一九二四年冬夜

绿　海（纪柳峰之游）

是从秧田中蒸发出的云彩？
是从朝日下渲染过碧涛？
团聚，凝散，回荡，飘摇，
无边绿雾抱住了这片"林海"。

深谷中啼倦了的鸟声，余音悠渺；
残垒上有破额的铁鸥，形态狰狞。
俯看万木，交织成翠丝之网，——网里一线薄明，
那不是海畔归来的渔人小道？

保存着人间的纷争，成与败，
只余下狂浪吞蚀后的孤岛。
终古是皎月夕升，红光晨照，

何曾惊醒过"林海"胸上沉睡的婴孩。

我浮立在"林海"轻涛上,看
烟云波鸟,——回旋流聚无停息。
谁来问世上何时,人间何世?
恰似失舵的飘舟,让它去自寻"彼岸"。

一九二五年一月回忆作

山中月夜

你仰看：
松波的颤影，峰尖的峥嵘。
你俯看：
银纹的淡定，横柯的摇动。
这寂静的空山沉入睡境；
这白石的横桥静卧在空明；
这依偎的瘦影无语相并。

浮世中的合遇谁能前定？
静夜中的宇宙是人间的华荣？
深林中散发着夜之幽香，
蒙蒙蔽空的白网包围住两个生命。

淡银色的明明；遥青色的冥冥，

更有在西方微笑的一颗明星。
射一道幽秘辉光——
只渗化了夜来时的密梦。

大地，河上，如"昙花"的闪影？
更何论这可怜无知的"微躬"！
但柔发的浮香，飘动；低语是藏在夜风，
今夕何夕？群峰，密林，青空，月明。

你仰看：
松波的颤影，峰尖的峥嵘。
你俯看：
银纹的淡定，横柯的摇动。
这寂静的空山沉入睡境；
这白石的横桥静卧在空明；
这依偎的瘦影无语相并。

一九二五年四月

夜　声

淡云在空中荡逐，松针在绿涛里争鸣，
有求侣的羔羊，有织情的夜莺。
夜气包围住争斗，……和平，与春之华荣。
如睡四山中传过来的声声。

迷蒙烟霭遮断了一山峰，一山峰。
那婉蜒在下的是从来曲径；
那温柔如梦的是飞来月明；
荡得这样悠，这样远，这样凄动是那寺的钟声？

薄明中，凝望着这奇博得宇宙流行。
绝壁，深涧，参天似的古柯蔽影。
是匆匆聚散的人世遭逢。——
　"无尽的如此"，能不心头微动？

"无尽的如此",能不心头微动?

不等先找到将来的足迹,且听这春夜的空山声声。

并立于中夜峰顶,……

匆匆聚散的人世遭逢!

一九二五年四月八日之夕

芦之湖中

翠环安在碧玉盘中，
白烟腾上繁阴的树顶。
倒浸着山影——掠过舟横，
微风荡破了森森的静境。

幽曲的深谷，丛枝高竹投入了冥蒙。
来时路，隔山遥望着姥子上的火峰。
"地狱"过去了，只有醉人的光、色，碧波倒影。
这四围沉沉、无语的是绿光浮动。

指点着白皱女郎独立在澄空；
轻轻地问询着碧波下流葬的鸳鸯幽梦。
这里没有嘈杂的管弦与摇泛的船灯，
惊不破那含怨的幽灵晚诉衷情。

为时间空间,造物曾留下了多少的裂缝?
苦,乐,生,死,爱与怨,搅起了春与秋
的波涛汹涌。
偏为这,——他安排下引诱你的美酒、"佳城",
来呵,不见那白陂独立的仙人点首相迎!

一九二八年九月八日回忆

夜行道中

一

冷冰冰清月移出山顶，
幽夜中迸射着淡露濛濛。
沙径上归去独行者的身影！
沙径上归去独行者的身影！
遗留下微感于——徘徊；
意念于——奔腾。

二

听西风低唱着"落叶幽曲"之声声，
暗涛向崩岸乱石重叠掠碰。

秋夜中预备了万籁吹动!
秋夜中预备了万籁吹动!
警觉起睡鸦在——凄鸣,
暗萤在——闪映。

三

在时间激流中人人都迷失了旧梦
沉重的寂默的暗里沸腾。
旅程里乾尽了青春的酒盅!
旅程里乾尽了青春的酒盅!
惆怅着苦爱付——辽夐;
强欢付——憧憬。

四

枯乾的宇宙空壳还忍着冷冻,
从"未来"再找回春暖温融。
梦想中莫忘了"春"的新生!
梦想中莫忘了"春"的新生!
想赠与朝花常——温馨;
皎月常——光明。

一九二八年八月

这时代

这时代，火与血烧洗着城市与乡村的尸骸。
古旧的树木被砍作柴薪再不能夭娇作态。
金属弹的飞声，长久，长久征服了安静的田园，
沉落在洪流中，波澜壮阔，融合着起伏的憎、爱。

铁蹄践踏下，疫疠，饥饿，战，决定的命运"活该"？
如涂蜜的温言，与饱了肚皮的伪善，抛弃在
不值钱的尘埃；尘埃下掩没了褴褛的衣衫；
包藏着战败者的骨灰在过去的足迹下长埋。

幽林中仍响着地下泉的活水，永鸣着和谐。
在五名英雄的墓底，有力以上的庄严街市，
村落，与高耀着生活憧憬的明光映闪，浮动，
全飘在地下泉的进行音上，新创造的世界。

化迹的骨灰从马蹄深处升起,遥现光彩,
天半的绮虹,横束住白电与黑气的云霭。
希望之光是新燃起的一枝风雨中的白烛;
这时代,血与火烧洗的地方是待燃的烛台。

一九二九年八月

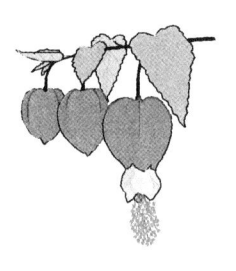

铁匠铺中

一个星，两个星，无数明丽的火星。
一锤影，两锤影，无数快重的锤影。
来呀，大家齐用力，
咱们要使这铁火碰动！

一只手，两只手，无数粗硬的黑手。
一阵风，两阵风，无数呼动的风阵。
来呀，大家齐用力，
咱们先要忍住这火热的苦闷。

一个星，一锤影；一只手，一阵风；
无数的星，无数的锤影；

无数的手，无数的风阵。
来呀，大家齐用力，
在这里是生活的紧奋！

一九二九年一月

南北二诗

南北烽烟一例高，江头怒战动秋宵。
国魂此日终招得，血债当年有偿销！
岂惧风尘昏百里，同将生死等秋毫。
莫抛感逝伤离泪，留与健儿洗战袍！

九月二日作

几　度

我几度把我的心远抛天外：
　　在虚空中任它毁坏；
　　在沉醉中任它消蚀；
　　在清寂中任它悲哀。
挡不住的时光的轮转，
　　它又从天外归来！

我几度把我的诗意沉埋：
　　丢舍在尘埃中疲懈；
　　蹂践在行人的足下；
　　飘泊过狂风大海。
挡不住的时光的轮转，
　　它又从人间归来。

我几度把我的"人生"轻怪：
　　荆棘丛中的狂爱；
　　　蜗角深藏着容忍
　　到处的奢望，徘徊。
挡不住的时光的轮转，
　　　它又从前路归来。

　　　　　　　　　　一九二八年夏

晨　光（罗塞耳）

朦胧晨光远远地升起，
鼓动着暗雾与火焰的娥翼；
一片光明群山上跳舞，
从星星的隔露后光明来示。

亮光于没留神时渐渐地厚积，
因为我们正是在沉默静处；
我们的心早被这片美景沉醉；
我们的眼可永远不能看取。

觉与语（骚尔莱）

在那儿斜阳下坠愈见明鲜，
大地腾起多少色彩升向青天，
离远处有一座小小的城镇，
看清一半，新视象在我的眼前。

我（在世生存）踏上了她的可爱的土地，
同她的风力追逐，倾听着她的鸟语，
曾注意过风与鸟的永生价值，可太少了，
又没看清楚借言辞把我的热诚达出。

但现在便不同了，我不得休息，
因为我的手必须探索，分解，还要交付
那没现露的"美"更为佳妙，
这事物人人都能觉到可无人能够告诉。

爱（桑司台尔）

"爱"穿一身煤黑的灰衣，
终天在田地里吃尽辛劬。

"爱"指挥着采集，把包裹携带，
弯了腰为背上的沉重负载。

虽是不足的哺食与惨痛的鞭痕，
这便是"爱"曾经要过的惟一薪金。

夜中吻触一个孩子的病颜，
有一女人微笑在烛光前。

大师经典

散文
王统照精品选

生活的对照

看不清的垃圾在雪泥融化的街道中四处翻扬，如同是地狱的一角的陈列品。笨重的几只骡马拖的大木车，皮帽子的老人待理不理地将鞭子抖几下，于是有数不清（何至数不清呢）的蹄在泥泞中踩踏。街的两侧到处都有鲜红嫩白的猪肉在木板上面。有蓬发包头穿了不合体青衣的女人，——她们的脸上被风沙划上了多少摺纹，被忧伤抹上了多少痕迹。她们在这样的街市的店铺门前，等待补破衣的朋友们的来临。更有十岁左右的小孩守着破烂零件的小摊，他便是这小摊的主人与经理与店员；有胡子与鼻毛冻结在一起的卖黍糕的老翁；有风尘满枪的厚衣警士；有穿了各样笨衣的小学生；有破马车；有喊破喉咙的估衣商人。……还有，还有，总之是中国民族的到处一样的陈列品。

我同王、杨二君彳亍于冷吹的风中，我用力地看，到处都是画图，到处都是小说的背景。但这困苦饥饿压迫下的非邻人的种种表现只有使我们俯首而已，欲加描写先不禁提笔时的怅怅！

杨君要买铁制的书夹。走遍了几个小书铺却连名字也不知道；然而自来水笔，精巧的铅笔，透明的墨水盒以及其他文具也大概都陈列着，何以会没有这种物价最贱的书夹？没有只索没有罢了，同行的人更没去推想这是何原因，现在我觉悟了，按照供给与需要的原理上讲，这是在此地无用的货色，它没有瓦特曼或派克笔杆的漂亮可以挂在衣服或绸衫上放出明丽的光彩，也不同帽章，国旗，是一切学校，办公所，甚至"姑娘"们屋子中的点缀品，商人当然明白地方上的需要。这种书夹不过在书案与架子上夹起西式装订的书册而已，线装书自然是高卧的，薄薄的几本教科书似乎也不一定用它，于是书夹乃不能在冷静的地方露面。一样的道理，在上海南京路上讲种地的经验，在山村里讲柏格森与罗素的哲学，商人不能如此的不知时宜啊！这边只能说日本话，听金票行市，吃关东白干，与终日的狂风战斗，如此而已。多卖书夹的未必是什么好地方，但只能讲日本话，听金票行市，我在这分水岭似的大桥上（四洮南满铁道中间有穹式大桥，铁轨在下面，即以此处分中日管界），凝望着茫茫的烟尘，黄衣红肩章的兵士的来往，不知是怎样联想的，便觉得这一个小问题（书夹子买不到）象颇为重大似的。中国市街不过是买不到书夹子而已，而邻人的炮台却雄立在大道的旁边。

一辆平板的独轮车安放在伤口的一角。我看见灰色厚袱下露出蒸腾的热气，向前揭看，是用高粱糙米做成的窝窝头一类的食品。它仿佛用红晕的媚眼在引诱我，这种无邪的气味比什么肉鱼之类的珍品还特殊吧。

"唉，多少钱一个儿？"

走来一位伛背的老人，蓝棉布盖膝袍上罩了一件长坎肩，边缘上都露出白絮。一例是为劳苦风霜判别出来的面目，拖拖地穿着毛窝走来走去，步履是不想再快的了。虽然有主顾来到，但他从那面花生摊上走过来仍然是十分疲懒。

"一毛大洋十二个，……还有豆沙的馅。"

我趁他们在买别的东西的时间终于买了两个。这疲倦的老人,他从容地为我包起。一会杨君跑来向我道:"不用,不用,我这里有手绢。"于是老人将粗纸丢在一边,窝窝头却包于白绢手帕之内。

回来时,我在路上不住地想快尝尝它的滋味。及至到了杨君的哥哥家中,却开了留声机,唱起《四郎探母》与《天女散花》的皮簧调。杨君的两个小侄女乱披着雏发不住的说笑。及至我记起新买来的食品打开绢巾吃一口时,啊,味道原也甜美,可惜被香肥皂洗涤的绢巾包了许久,咬到口里却不调和了。

二簧戏片唱了半打,在暗淡的黄昏中已听见道东邻人的兵营喇叭吹出悲壮的声调。

洮儿河畔

洮昂路的污脏与规模的狭隘，不能与四洮路并论。据说这条路与日本人是没多大关系的。刚刚七点我与刘君便从东门里的大街被马车载到站上。昨夜的微雨朝来却没有沙土了。东门里的马路很宽阔，两旁的店铺不少，与入南门时的景象迥乎不同。然而"出其东门"，却仍然是一片旷野，到那簇红砖房的洮昂站有一里路。

二等车上有十之七八是他们的路员，衣服都很整齐，人都年轻，全是辽宁吉林两省的口音。他们嬉笑，高谈，吃着面包，梨子，都快乐而康健，显见得我这生客是另一个世界的人了。本来到白城子不过几站的距离，然而车行后所见的景物却与四洮路上很不相同。刘君似乎看出我的疑惑，他说：

"这条河真有意思，你看河边上这片草地，这一群牛羊，润湿得多了。无论多大的风，一过洮儿河便与洮南那边不同。左近这样水草的地方不止一处，其实你不要觉得兴安区更荒凉呀，比洮南好得多。不过一切是新开辟的罢了。"

火车从朝雾中穿过，天空被暗云遮住。沿道上没有风沙，除掉河边一段段的水草之外，一望无际的大野，树木间有三五株，极疏散的点缀在道旁田地上，人家的房屋也不过一间两间的孤立着。清旷，寂寥，荒寒，这类的形容词都恰如分际的用得着。四望东南方摇摇矗立的几簇欧风的楼房，那是四洮路的站房。仅有土基可限"胡子"马足的残城，早已看不到了。经过一个多钟头，我们便到了兴安区的总机关地白城子。

这里的确与洮南的沙城两样。车站左右的地土全开垦了，还是肥沃的黑壤，清新的空气由原野中吹动，没有城墙，也没有那残破的大门。天气又是微雨濛濛，沿道柔草初青，不似那边的荒芜，很奇怪，兴旺清旷的趣味顿使人有海阔天空之感。我们冒雨先到距离车站不远的苗圃。刘君找到他的同学张新田的公事房里，暂为休息。原来去年初办的苗圃是借寓在这边的县立中学里。说是中学，其实建筑与内容比起我的故乡镇上的小学还不如。黄草墙，泥坯屋子，其中的器具多是白杨木作成的，并没加油漆。连附设小学在内，听说才每年有两千余元的经费。规模自然是无可言，但在这榛莽初辟的地方已经大非易易了。苗圃只有两间小屋子作办公处，张君不过廿余岁，清瘦的青年，却也与刘君有一样的诚笃。屋子中有一个叫人铃，印色盒，毛笔，一瓶胶糊，还有一本辽宁省立农林专科学校的毕业纪念刊。此外便是些纸张了。因为地是土的，只有一面窗子，初进去便觉得冷森森地使人不舒服。刘君与张主任正在谈他们的契阔，我便告了罪，在大炕上敧着。门外雨愈落愈大，腹中又感饥饿，一阵牙痛，只有瘪着气忍受。——这自己找到的旅行痛苦！

一个异境在我的朦胧的意识中展开。一道蜿蜒流去的河流，被两岸的尺多高的不知名的青草披遮着它的银波。正是微熏的五月天气，温煦的阳光照临着田野与不多的小树。河北面的平原上约有几千个骑着健硕的大马与徒步集合的健儿。他们有的抱着来福枪，大多数都是持着雪亮的旧式的枪刀。衣装也不齐一，油光可鉴的黄红长袍，与有大衩的短衣，呐一声喊想冲过河来。河这面有几营的灰衣兵，在一个短髯肥躯的将军的指挥下。列开散兵线，遥遥地取一种包围的形式。一色的新式枪，从容不迫地预备向河北面射击。那些沙漠中的健儿正在挥发着他们的原始的勇力，齐声叫喊着听不分明的怒吼。像是要把他们民族的热血整个儿洒到对面的敌人身上一般。然这是知识与器械的一种战斗，沉静与叫嚣的对抗，果然，号枪一响，河南边的将军将指挥刀一摆，几千发的子弹同时在空中迸射着。那些徒知恃力的健儿没有防御，也不知道躲避，拼着血肉的肢体那能抵得住火热的钢丸。又一阵呼暴声中，河南岸的灰衣人一齐跳过河来。尖明的刺刀拼力地刺戳，子弹声震破了这荒漠的静寂，没有多时，几千的战士退走了少半。其余的裂咀，伏身，死的，受伤的，在泥草地上翻滚还有多少伤残肢体的，被灰衣兵捆缚起来。即时刀光缠弄着他们的头颅，一堆堆的热血凝结在怒生的草莽上面。我似乎在远处眼看着这一群赳赳的壮士整队高唱着回去了。……

仿佛一个流弹射在我的左腮上，火烫的一阵，醒来了，牙还微微地痛着。细看屋里却只有我一个人躺在床上。门外的雨声小得多了，还有淅淅沥沥的微响，回想这午睡的梦中情景：原来是昨晚上刘君谈的故事。民族的盛衰没有一定的规律，现在呢？精干的日本人在这一大片土地上任意横行，恐怕中国前途可虑啊。昨夜我的确深深地被这个战争的故事所激动，所以在疲乏的午睡中造成了刚才的幻境。

松花江上

两条名字异常美丽，且富有诗意的江水，偏在东北。我们想起鸭绿就会联想到日人的耀武，想起松花就有俄人的暗影。风景的幽清，自来是战血洗涤成的，人类原不容易有真正的爱美的思想，那只是超乎是非利害无关心的一时的兴趣的冲发，及至将他们的兽性尽情发散的时候，那里还管什么风景，文化。左手执经，右手执剑的办法，这还是古代人的憧憬生活，现代呢，一方将理想、美化、人道等一大串的好名词蒙蔽了世人的耳目，摇动了一般傻哥的痴心，实在呢，野心家们却只知飞机、战炮、毒气去毁灭一切，摧残一切，为他们的人民，为自身的功勋，都似言之成理。然而是人类的凶残欲的露骨的挥发，揭开伪善的假面具，我们将看见这些东西的牙齿锐利与形象的狰狞。从前人说一部《廿四史》完全是一部相砍书，人类的全历史呢，物与物相竞，说是利用弱肉强食的公例，人并不能比物类超出多少，人们在不自知中用此公例彼此相砍，所以到处是血洗的山河！

偶然来到这北方之上海东方之莫斯科的滨江；偶然在这四月中的晴

和天气在松花江畔流连，看着那一江粼粼的春水与横亘江面的三千二百尺的铁桥，水上拍浮着的小木筏子，以及江岸上的烟突人语。我同王张两君立在几个洗衣妇女的旁边，岸上的短衣粘土的中国苦力，破褴，无聊，仿佛到处寻觅什么似的白俄，与偶而经过的日本人，搀杂的言语与奇异的行动，点缀着这江面的繁华。我们几次想趁小火轮到江对面的太阳岛去看看那边的海水浴场，与俄人的生活，江流迅急，当中有一段漩流，虽然坐了小木筏也一样过得去。大家却都不肯冒险。问了几次小火轮又没有过江去的。末后我们只好雇了一只木筏放乎中流。究竟没有渡过江去。在江边停着许多中国的小轮都是松花江下游各县去的，正如长江边的扬州班芜湖班一样。其实松花江的水比著名的扬子清丽得多，或者两岸小沙土的缘故，也许是船行较少不挟着很多的泥沙。当此初春，四望微见嫩黄的柳枝与淡碧的小草，在这"北国"中点缀出不少的生趣。

这条铁桥虽没有黄河铁桥长，然而背景太好，不是茫茫的土岸童山，这里是繁盛街市之一角的突影，由许多雄伟建筑物迤逦着下拢来的清江，像一段碧玉横卧在深灰淡红色的旧时的绮罗层中，古雅中不失其鲜艳。而且因为地带上富有国际趣味的关系，容易使人联想到旧的残灭与新的发展。从这边溯上或沿流而下可以浏览这"北国"最美丽的沿岸的风物。

以这里特有的气候与特有的自然风物，以及近代的都市文化之发展，与俄罗斯的气氛之浓重，形成一种异常的氛围。我在江中的筏子上感到轻盈也感到雄壮，比起在柔丽的西子湖边荡舟的心情来迥然不同。人所可贵的是联想，而联想乃由环境的不同刺激而成，为各别的异样。是在"北国"的松花江上，这里没有黄河两岸的风沙，童山，土室，也不像扬子江两岸的碧草杂树与菜圃，农家。然而近代生活的显映在岸上的建筑物与人民的服装中可以看得出。再往远处去，塞外的居民，雄奇的山岭，浩荡与奇突雄壮的景象，是有它自己的面目的。

  初暖的春阳，微吻着北国的晴波，
  鼛面筏手高唱着北满的歌相和。
  远来，远来，浮动着现代都市的嘈音，
  飘过，在活舞着双臂的劳人心中起落。

  包头铣足彳亍着过去异国的流亡者，
  他是愤怒，惭悔，希冀对望着旧的山河！
  诗的趣味，画的搜求，在这里一切付于寥阔，
  沉着——烘露出，吟啸出这铁的力量的连索。

绿荫下的杂记

悲哀有时能给予人快感，而且相似将清凉的淡水给予孤泛重洋颠顿风浪中人作慰渴的饮料。凡人经过一度的深重，难以遗忘，难以恢复的悲哀，将必尝试到这种意味。类此事实及情绪上的描写，在文学作品中，不可数计；且多为极佳而感人的题材。拜伦之诗曰：

> 于是欺骗对我而喝采！
> 虽已侦察出。却仍是欢迎着，
> 然经过每种险难在人群的居中独余剩下我呵！

在悲哀以后中的感觉，虽花不能增其美，虽月不能助以清思，一切的自然，都成了低沉幽微的触感。但亦惟有此，而后方能对于人生的幻谜有彻底的了悟，从不幸的经验中，可以有种新鲜的感发，对花不仅知其美，对月不仅能感其清，而且分外有更深沉更切重的反悟。悲哀所以损人者在此，所以助人者亦或在此。

我在最近期中，曾得到一位朋友的长信，她有剧烈之悲哀的打击，令人不能思议得到，但我在此为友谊不能为之宣布。她的来信在笺末的几句话是：

"现在孤独漂泊的我，本可以重过N埠，不过孤独而凄凉的长途行程，使我望而生畏。下学期或仍至S．M．学校教书。我在此大概还有二十余日得勾留，这是因为我身体的缘故。

我现在对于一切无所希望，亦无所畏惧。我很了解我的命运，只配做一个孤独的漂泊者，因为我已对我的命运反抗过，结果却愈凄凉。

我很希望我成一个健忘者，忘去我过去的一切，不然，我的生命实无法延长……（下略）"这内中已含了无尽的悲哀的经验，但她也在同时得到无尽的教益了。

秋林晚步

枯桑叶易零，疲客心惊！今兹亦何早，已闻络纬鸣。迥风灭且起，卷蓬息复正。……百物方萧瑟，坐叹从此生！

中国文人以"秋"为肃杀凄凉的节季，所以天高日回，烟霏云敛的话，常常在诗文中可以读到。实在由一个丰缛的盛夏。转一到深秋，便易觉到萧凄之感。登山临水，偶然看见清脱的峰峦，澄明的潭水，或者一只远飞的孤雁，一片堕地的红叶，……这须臾中的间隔，便有"物谢岁微"，抚赏怨情的滋味，充满心头！因为那凋零的，扫落的，骚杀的，冷静的景物，自然的摇落，是凄零的声，灰淡淡的色，能够使你弹琴没有谐调，饮酒失却欢情。

"春"以花艳，"夏"以叶鲜，说到"秋"来，便不能不以林显了。花欲其娇丽，叶欲其密茂，而林则以疏，以落而愈显，茂林，密林，丛林，固然是令人有苍苍翳翳之感，然而究不如秃枯的林木，在那些曲径之旁，飞蓬之下；分外有诗意，有异感，疏枝，霜叶之上，有高苍而带有灰色面目的晴空，有络纬，蟋蟀以及不知名的秋虫凄鸣在森下。或者是天寒荒野，或者是日暮清溪，在这种地方偶然经过，枫，柏，白杨的挺立，朴疏小树的疲舞，加上一声两声的昏鸦，寒虫，你如果到那里，便自然易生凄寥的感动。常想人类的感觉难得将精神的分人说个详尽。从前见太侔与人信中说：心理学家多少年的苦心的发明，恒不抵文学家一语道破，……所以像为时令及景物的变化，而能化及人的微妙的感觉，这非容易说明的。实感的精妙处，实非言语学问所能说得出，解行透。心与物的应感，时既不同，人人也不相似。"抚已忽自笑，沉吟为谁故？"即合起古今来的诗人，又那一个能够说得毫无执碍呢？

还是向秋林下作一迟回的寻思吧。是在一抹的密云之后，露出淡赭色的峰峦，那里有陂陀的斜径，由萧疏的林中穿过。矫立的松柏，半落叶子的杉树，以及几行待髡的秋柳，……那乱石清流边，一个人儿独自在林下徘徊，一色是淡黄的，为落日斜映，现出凄迷朦胧的景象，不问便知是已近黄昏了。……这已近黄昏的秋林独步，像是一片凄清的音乐由空中流出。

"残阳已下，凉风东升，偶步疏林，落叶随风作响，如诉其不胜秋寒者！……"

这空中的画幅的作者，明明用诗的散文告诉我们秋林下的幽趣，与人的密感。远天下的鸣鸿，秋原上的枯草，正可与这秋林中的独行者相慰寂寞。

秋之凄戾，晚之默对，如果那是个易感的诗人，他的清泪当潸然滴上襟袖；如果他是个少年，对此疏林中的暝色，便又在冥茫之下生出惆怅的心思，在这时所有的生动，激愤，忧切，合成一个密点的网子，融化在这秋晚的憧憬的景物之中，拾不起的剪不断的，丢不下的只有凄凄地微感；……这微感却正是诗人心中的灵明的火焰！它虽不能烧却野草,使之燎原,然而那无凭的,空虚的感动,已竟在暮色清寥中,将此奇秘的宇宙,融化成一个原始的中心。

一切精微感觉的迫压我们,只有"不胜"二字足以代表。若使完全容纳在心中,便无复洋溢有余的寻思;若使它隔得我们远远的,至多也不过如看风景画片值得一句赞叹。然而身在实感之中,又若"不胜"秋寒,而落叶林下的人儿,恐怕也觉得"不胜秋"了!况且那令人眷念怅寻的黄昏,又加上一层凋零的骚杀的意味呢!

真的,这一幅小小的绘画,将我的冥思引起。疏言画成赠我,又值此初秋,令人坐对着画儿,遥听着海边的落叶声,焉能不有一点莫能言说的惆怅!

夜 游

南海岸上的大饭店的琴韵悠扬中,我们迤逦地向海滨走去。微挟凉意的风吹着纱衣,向上面卷起,顿有毛发洒然之感,并无一点的汗流。在散云中的月包,尚一闪一藏地露出她的媚眼。道旁西洋女子的革履声登登的走在宽洁的路上,来回不断,时而一阵带有肉的香味从临街的纱窗中透出,便令人觉得这是近代的滨海都市的娇夜了。

到栈桥的北端时,人语渐稀了。沿海岸的石栏外的团松,如从战壕中出队的战士似的,很有规律地排立在一边。涛声也似乎沉默着,来消受此静夜,没有多大的吼声。月娇娇的,风微微的,气候是温和而安静,人呢,正在微醺后来此"容与"。

及至我们走上那长可百数十米达向海内探入的栈桥时,陡觉得凉意满胸了。上有淡明的圆月,下临着成为深黑色而时有点点金星的阔海。时而一阵阵的雪堆的白线掠上滩来。四周是这样的静溢,惟有回望的繁星般的楼台中,时有歌声人语,从远处飞来。

"我就欢喜这里,又风凉又洒脱。"我的表兄C说:

"地方真的不坏！就是这样幽丽，温静，而且滨海临山的异样的小城市，在全德国中也找不出两三个来。……"陈君接着说。他是位新从德国学医回来的博士。

栈桥的北段，是用洋灰造成；而南段却系用长木搭成的。当我们走上北段时，便听见前面有两双轻重相间的皮履声在木制的桥上缓缓地走着，因为他们谈着话直向前去，我一个人便落后了。我凭着铁索向下听那海边的水声，有时也望一望南面的海中小山的灯塔，全黑中时有一闪一闭的红色灯光，在水面晃耀，便似含有丰富而神秘的意味，耐人寻思。

我正在抚栏独立，正在向苍茫中作无量寻思时，忽而在以前听见的履声由木制的桥南段走到了我的近处。在月光之下，分明的两个长身的影子是青年男女二人，正并着肩缓缓地向北面走来。

"不必寻思吧……你每逢着到这里，就想起那个孩子，一年半了……！"穿了淡灰色什么纱长衫的男子，侧着头向他那身旁的女子这样说。

那位白衫灰裙。看去象是很柔弱的女子，却不即时回答，只幽幽地向海波吐了一口气。

"实在可惜。想你自从同我，……以后，有这样的一个孩子真不容易！也难为你天天分出工夫来去喂乳，可是死了，……算了吧，这么长期的忧郁如何得了，横竖也干净。……"

"人不下生才干净呢！早要各人干净，何苦来先要我们。你只晓得，……我什么心也没有了，……"女的几乎是哽咽的声音，略带愤然的口气说。同时她也立住在栈桥的中央，向远处凝望。

男子默然了，过了一会却又申述一句："咳！你还不明白，若是孩子生时，看作若何处置？你呢，受累终身，谁有地方与他，人家还不是说是私生，……"

"什么；……哼！……"女子紧接上这三个字便一摔手向前走去，男子便也追着向北边去。在她的后面，仿佛说些话，但涛声与风声相和，我立在前面便听不出来了。

过了有半个钟头，我们同来的伴侣又走在一处了。三人足声踏在细砂的坦道上，沙沙作响。月亮已脱出了云浮，明悬在中天，道上已没有许多行人。

陈君说："爽快得很！可惜这月色尚不十分干净。……"

"月亮不出才更干净呢。……"我接着说。

"云君，你说的什么话？"

我没有理由答他，便默然了。只有远处的浪花溅溅作声。

"血梯"

中夜的雨声,真如秋蟹爬沙似的,急一阵又缓一阵。风时时由窗棂透入,令人骤添寒栗。坐在惨白光的灯下,更无一点睡意,但有凄清的、幽咽的意念在胸头冲撞。回忆日间所见,尤觉怆然!这强力凌弱的世界,这风潇雨晦的时间,这永不能避却争斗的人生,……真如古人所说的"忧患与生俱来"。

昨天下午,由城外归来,经过宣武门前的桥头。我正坐在车上低首沉思,忽而填然一声,引起我的回顾:却看几簇白旗的影中,闪出一群白衣短装的青年,他们脱帽当扇,额汗如珠,在这广衢的左右,从渴望而激热的哑喉中对着路人讲演。那是中国的青年!是热血沸腾的男儿!在这样细雨阴云的天气中,在这凄惨无欢的傍晚,来作努力与抗争的宣传,当我从他们的队旁经过时,我便觉得泪痕晕在睫下!是由于外物的激动,还是内心的启发?我不能判别,又何须判别。但桥下水流活活,仿佛替冤死者的灵魂咽泣,河边临风摇舞的柳条,仿佛借别这惨淡的黄昏。直到我到了宣武门内,我在车子上的哀梦还似为泪网封住，尚未曾醒。

我们不必再讲正义了，人道了，信如平伯君之言，正义原是有弯影的（记不十分清了姑举其意），何况这奇怪的世界原就是兽道横行，凭空造出甚么"人道"来，正如"藐姑射的仙人可望而不可即"。我们真个理会得世界，只有尖利的铁，与灿烂的血呢！平和之门谁知道建造在那一层的天上？但究竟是在天上，你能无梯而登么？我们如果要希望着到那门下歇一歇足儿，我们只有先造此高高无上的梯子。用甚么材料作成？谁能知道，大概总有血液吧。如果此梯上面无血液，你攀上去时一定会觉得冰冷欲死，不能奋勇上登的。我们第一步既是要来造梯，谁还能够可惜这区区的血液！

人类根性不是恶的，谁也不敢相信！小孩子就好杀害昆虫，看它那欲死不死的状态便可一开他们那天真的笑颜。往往是猴子脾气发作的人类（岂止登山何时何地不是如此！），"人性本恶，其善者伪也"的话，并非苛论。随便杀死你，随便制服你，这正是人类的恶本能；不过它要向对方看看，然后如何对付。所以同时人类也正是乖巧不过，——这也或者是其为万物之灵的地方。假定打你的人是个柔弱的妇女，是个矮小的少年，你便为怒目横眉向他伸手指，若是个雄赳赳的军士，你或者只可以瞪他一眼。在网罗中的中国人，几十年来即连瞪眼的怒气敢形诸颜色者有几次？只有向暗里饮泣，只有低头赔个小心，或者还要回喷作喜，媚眼承欢。耻辱！……耻辱的声音，近几年来早已迸发了，然而横加的耻辱，却日多一日！我们不要只是瞪眼便算完事，再进一步吧，至少也须另有点激怒的表现！

总是无价值的，……但我们须要挣扎！

总是达不到和平之门的，……但我们要造此血梯！

人终是要慷厉，要奋发，要造此奇怪的梯的！

但风雨声中，十字街头，终是只有几个白衣的青年在喊呼，在哭，在挥动白旗吗？

这强力凌弱的世界，这风雨如晦的时间，这永不能避却的争斗的人生，……然而"生的人"，就只有抗进，激发，勇往的精神，可以指导一切了！……无论如何，血梯是要造的！成功与否，只有那常在微笑的上帝知道！

雨声还是一点一滴的未曾停止，不知那里传过来的柝声，偏在这中夜里警响。我扶头听去，那柝声时低时昂，却有自然的节奏，好似在奏着催促"黎明来"的音乐！

一九二五，六月五号夜十二点

青纱帐

稍稍熟习北方情形的人，当然知道这三个字——青纱帐，帐字上加青纱二字，很容易令人想到那幽幽地，沉沉地，如烟如雾的趣味。其中大约是小簟轻衾吧？有个诗人在帐中低吟着"手倦抛书午梦凉"的句子；或者更宜于有个雪肤花貌的"玉人"，从淡淡地灯光下透露出横陈的丰腴的肉体美来，可是煞风景得很！现在在北方一提起青纱帐这个暗喻格的字眼，汗喘，气力，光着身子的农夫，横飞的子弹，枪，杀，劫掳，火光，这一大串的人物与光景，便即刻联想得出来。

北方有的是遍野的高粱，亦即所谓秫秫，每到夏季，正是它们茂生的时季。身个儿高，叶子长大，不到晒米的日子，早已在其中可以藏住人，不比麦子豆类隐蔽不住东西。这些年来，北方，凡是有乡村的地方，这个严重的青纱帐季，便是一年中顶难过而要戒严的时候。

当初给遍野的高粱赠予这个美妙的别号的，够得上是位"幽雅"的诗人吧？本来如刀的长叶，连接起来恰象一个大的帐幔，微风过处，干叶摇拂，用青纱的色彩作比，谁能说是不对？然而高粱在北方的农产植物中是具有雄伟壮丽的姿态的。它不象黄云般的麦穗那么轻袅，也不是谷子穗垂头委琐的神气，高高独立，昂首在毒日的灼热之下，周身碧绿，满布着新鲜的生机。高粱米在东北几省中是一般家庭的普通食物，东北人在别的地方住久了，仍然还很欢喜吃高粱米煮饭。除那几省之外，在北方也是农民的主要食物，可以糊成饼子，摊作煎饼，而最大的用处是制造白干酒的原料，所以白干酒也叫做高粱酒。中国的酒类性烈易醉的莫过于高粱酒。可见这类农产物中所含精液之纯，与北方的土壤气候都有关系，但高粱的特性也由此可以看出。

为甚么北方农家有地不全种能产小米的谷类，非种高粱不可？据农人讲起来自有他们的理由。不错，高粱的价值不要说不及麦，豆，连小米也不如。然而每亩的产量多，而尤其需要的是燃料。我们的都会地方现在是用煤，也有用电与瓦斯的，可是在北方的乡间因为交通不便与价值高贵的关系，主要的燃料是高粱秸。如果一年地里不种高粱，那末农民的燃料便自然发生恐慌。除去为作粗糙的食品外，这便是在北方夏季到处能看见一片片高杆红穗的高粱地的缘故。

高粱的收获期约在夏末秋初。从前有我的一位族侄，——他死去十几年了，一位旧典型的诗人，——他曾有过一首旧诗，是极好的一段高粱赞："高粱高似竹，遍地参差绿。粒粒珊瑚珠，节节琅玕玉。"

农人对于高粱的红米与长杆子的爱惜，的确也与珊瑚，琅玕相等。或者因为这等农产物品格过于低下的缘故，自来少见诸诗人的歌咏，不如稻、麦、豆类常在中国的田园诗人的句子中读得到。

但这若干年来，高粱地是特别的为人所憎恶畏惧！常常可以听见说："青纱帐起来，如何，如何？……""今年的青纱帐季怎么过法？"因为每年的这个时季，乡村中到处遍布着恐怖，隐藏着杀机。通常在黄河以北的土匪头目，叫做"杆子头"，望文思义，便可知道与青纱帐是有关系的。高粱杆子在热天中既遍地皆是，容易藏身，比起"占山为王"还要便利。

　　青纱帐，现今不复是诗人，色情狂者所想象的清幽与挑拨肉感的所在，而变成乡村间所恐怖的"魔帐"了！

　　多少年来帝国主义的压迫，与连年内战，捐税重重，官吏，地主的剥削，现在的农村已经成了一个待爆发的空壳。许多人想着回到纯洁的乡村，以及想尽方法要改造乡村，不能不说他们的"用心良苦"，然而事实告诉我们，这样枝枝节节，一手一足的办法，何时才有成效！

　　青纱帐季的恐怖不过是一点表面上的情形，其所以有散布恐惶的原因多得很呢。

　　"青纱帐"这三个字徒然留下了淡漠的，如烟如雾的一个表象在人人的心中，而内里面却藏有炸药的引子！

一九三三，七月四日

夜　行

　　夜间，正是萧森荒冷的深秋之夜，群行于野，没有灯，没有人家小窗中的明光；没有河面上的渔火，甚至连黑沉沉地云幕中也闪不出一道两道的电光。

　　黑暗如一片软绒展铺在脚下面，踏去是那么茸茸然空若无物，及至抚摸时也是一把的空虚。不但没有柔软的触感，连膨胀在手掌中的微力也试不到。

　　黑暗如同一只在峭峰上蹲踞的大鹰的翅子，用力往下垂压。遮盖住小草的舞姿，石头的眼睛，悬在空间，伸张着它的怒劲。在翅子上面，藏在昏冥中的钢嘴预备着吞蚀生物；翅子下，有两只利爪等待获拿。那盖住一切的大翅，仿佛正在从容中煽动这黑暗的来临。

　　黑暗如同一只感染了鼠疫的老鼠，静静地，大方地，躺在霉湿的土地上。周身一点点的力量没了。它的精灵，它的乖巧，它的狡猾，都完全葬在毒疫的细菌中间。和厚得那么毫无气息，皮毛是滑得连一滴露水也沾濡不上，它安心专候死亡的支配。它在平安中散布这黑暗的告白。

群行于野，这夜中的大野那么宽广，——永远行不到边际；那么平坦，——永远踏不到一块牢确的石块；那么干净，——永远找不到一个蒺藜与棘刺刺破足趾。

行吧！在这大野中，在这黑暗得如一片软绒，一只大鹰的翅子，一个待死的老鼠的夜间。

行吧！在这片空间中，连他们的童年中常是追逐着脚步的身影也消失了，没有明光那里会有身影呢。

行吧！需要甚么？——甚么也不需要；希望甚么？——甚么也不希望。昏沉中，灵魂涂上了同一样的颜色，眼光毫无用处，可也用不到担心，——于是心也落到无光的血液中了。

也还在慢行中等待天明时的东方晨星么？谁能回答。不知联合起来的记忆是否曾被踏在黑暗的软绒之下？

酒与水

"无人生而为饮水者,"因为惟酒有热力,有激动的资料,"水",对于疲倦衰弱者更不相宜。

人生难道为喝白水而来吗?那样清,那样淡,味道醇化了,几乎使饮者麻木了触觉与味觉。

乏味而可厌的水却被神创造出来,强迫人喝下去;除此外,人间还有更大的不平事吗?

将渴死,守着白水,明知是可以解救一时的危急,而想吃酒的热情不能自制。纵然救了渴死,而灵魂中的窒闷怎样才能消除。"酒",它能惹起你的兴奋,冰解了你的苦闷,漠视了痛苦增加你向前去,向上去,向未来去的快步。总之,它是昧,是力,是热情,是康健的保证者!

除却神经已经硬化了的人,那个不存着这样似奇异而是人类本能的欲念?

但是颠狂呢,沉迷呢?

如果对"酒"先存了如此忧恐，不是人生的"白水"早已预备到他的唇吻旁边？

他对着"水"显见得十分踌躇，智慧在一边念念有词，而热情却满泛着青春的血色，也在一边对他注视。

究竟在"水"与"酒"之间，将何所取？

他的手抖颤着。

迟疑与希求的冲突，他的手向左，向右，都无勇决的力量伸出来，而智慧与热情都等待着；一在嘲笑，一在愤怒。

而且渴念焚烧着他的中心。

惟淡能永，惟无色，无味，能清涤肠胃。人生的日常饮料，如智慧然，此外你将何求？

无力怎能创造，无热怎能发动，无激动亦无健康，此外，即有智慧，不过是狡猾地寻求，而非勇健的担承！

两种声音，两种表现，两种的敌视与执着，对他攻击。

他的手更抖颤起来。

渴念从他的心底迸发出不能等待的喊呼，冲出了他的躯壳。于是这怯懦的人终被踌躇结束了！

而两边嘲笑与愤怒的云翳，仍然互相争长，遮盖了他的尸身。"无人生而为饮水者！"长空中有响亮的声音。

"但'酒'是人生渴时的饮物吗？"另一种声音恳切地质问。

"能饮着智慧杯中调和的情感，那不是既可慰他的渴念，也可激动他的精神吗？"仿佛是一位公断官的判词。

但被渴死的他的躯壳却毫无回应。

愚与迟疑早把他的灵魂拖去了，那里只是一具待腐的躯壳而已！

一九三八年七月十日大热中

云破月来

　　春雨夜深时，几人在黯淡的灯光下漫谈。凄清的空阶雨滴间和着远街上的车铃声，幽静与匆忙的不调谐，正与各人的心境一样。

　　时代挑起心头上的热感，风雨叫醒了离人的苦梦。想吧：夜中，江头，湖畔，边塞的沙碛，群山中的谷涧。……想吧：死尸，血流，空中火弹的飞荡，地面上壮儿的怒吼。……

　　他们此地听着静夜中的雨声？

　　由凄然转到默然，正是万千思念横在心头，连接续着谈论的事件都找不出头绪。

　　回忆，期望，多少酸楚与等待着的慰安交互织成薄薄的血网，网住每一颗跳跃的心。

　　谁无痴愿？谁无乡愁？纵使白昼中如何忙劳，岂奈这半夜雨声滴滴点点冲上心来，即令散去，是有感者何能入梦！

　　过一会，他们走向廊檐，冷风掠过，像在额上黏着冰块。向上望，一片深黑，不知是云低还是夜暗，什么也看不见。

不想么？他们的心并不曾为听雨而平静，想的什么？自己也说不分明。

突然，一阵迅雷把春夜从暗渊中震醒，接着风雨大鸣，再不像先前慢条斯理地令人沉闷，如四弦上的将军令，如贝多芬交响乐的急奏。耀目的闪电涤净了夜空的阴霾。同时，大家也感到衷心的欢畅！他们不再沉思，也不再担忧，精神随着震雷闪电在空间跃动。

云破后，雷雨声息，皎洁的明月独立中天。

他们心上的血网都一丝丝地迎接着这微笑的清光，凝成了一片明镜。

物之不齐（考莱宜）

生命的美丽与光荣乃由不齐生出。假令我们都是贝多芬，都是莎士比亚，或则不可思议地都在任何同一趋向之中，这样，生活将变成不可复耐。谁要告诉我一棵草百合与一棵玫瑰相等，或者一株橡树便等于一株松树？齐一的问题绝无听诉的价值。我们所需要去作的一件事，在我们中间便可培养出最美好最合适的种种事；不拘我们是加利福尼亚的一株巨松，还是一个峡谷的紫罗兰，我们总可助成地面上的美丽与光荣。

生命的长途（撒慰吉）

我们在生命里经过，如同那些旅行者到欧陆游行，——一心所念念的是要看"其次"的光景，"其次"的大教堂，"其次"的绘画，"其次"的山峰，因此我们永不会为当前的美景充满了感官，就停住脚步。缘大道行，百花盛开，我们若能略住，便可采撷花朵，领略芳香。在每片草原中，众鸟歌唱，招邀伴侣，翔入青云，我们若能少少停止住我们的欲望，（意即不满足——译者）听众鸟歌声，自必满意。

微　笑（L. 颇伦）

祝福那微笑者！

我的意思并非因这人获得了效果而祝福他，也不是当世界在微笑时他也微笑而祝福他。我是祝福那真产生出内在光辉的微笑者，当暗云低压，当幸运受阻，当潮流逆行时的那微笑者。

像这样的人不止为他自己造成一个新的世界，又把他自己增扩至百倍之多，加入他人的力量与勇气里。（末句居心直译，意即不惟此微笑者在苦难时具有定力，智慧，不觉沮丧，且可推己及人，增加他人的勇力。）

生命的艺术（瓦格讷）

　　这世界的力量，以及它的全美，它的整个的真实乐观，可以慰安每个事物，可以哺喂每个希望。或则沿着我们的许多黑暗道路投下一条明亮光辉，对每一事物，可使我们超过可怜的生命，望得见一个灿烂发光的目标，与一片无拘无束的"未来。"从那些单纯的人民中向我们射照。（那些单纯的人民比较着经过自私与幻灭的满足，要造成其欲望的别种目的。）而且了解所谓生命的艺术，便晓得怎样给予一个生命。

真　理（G·魏提耳）

"真理"是小孩子的第一课，与成人的最后渴望；因为曾有过极恰当的解说：真理的问询便是真理的爱护，真理的识别便是真理的显示；真理的信从便是真理的致乐，这样方是人类的完全"善"。

为"真理"我们寻遍了寰宇，

从墓碑上写刻的卷曲字，

从一切灵魂的古时花开地，

我们选出至善纯洁，与美丽。

生　命（格林）

当生命前进时，它的爱，和平及其温柔对我滋生出何等的适意。但，这并不由于生命之知识的机智，聪慧，与宏博，

而是由儿童的笑语，朋友的交谊，炉边可宝贵的谈话，以及花朵的光辉，妙乐的声音上来的。

（这是一段散文，分行刊出，便像一首散文诗。）

山与崖

"初安如山,后崩如崖"。其实崖有时也算得是山之一部,即是山,又何尝没有飞石喷火的时候。"安"与"崩",得追究到地心的构造与其附着物的凝合力,但为崩而忧虑,战栗,忘了内在的因,却说只为它是"崖",所以"崩"了,那末,号称为山的东西便能永远仰天长笑么?

淡云白日

记不得了,"淡云白日"什么"幽州"?这七字诗句的第五字的动词应当是什么呢?时代不同,谁有闲适的心徒去感慨,吊叹。但不知怎的,那个字使我时常憧憬地回思,设想。可是,谁是这句"诗谜"的胜利者?我们能不深切地想一想?不但想,……而且要争取最后的胜利!

忍

只有对相爱的人与物有容忍，若心中尚有一分的憎恶，在对象上是屈辱，是"痴"，与忍无干。能容，一定尚有可以使你有后望，有还没来到的报偿；有心头上的眷恋。如爱人付与你的嗔怒，如已打缺了的心爱物不肯丢在垃圾堆里，因有爱，故所以能容。若非如是，当易他词。

一粒沙

一粒沙藏在我的衣袋中多少年了,小心地拈出来,看不出些微的光亮,纵使放在任何生物的身上,有多重?摇摇头掷到大漠里去,那些无量数世界中平添了又一个世界,走近前光在炫耀了,踏下去便多觉出这一粒沙的力量。

真理的摇撼

老人迟缓地叹息着"真理"的沦没。

青年急激地寻求着"真理"的实现。

中年人徘徊彷徨在所谓"真理"的唯、否之间。

但这是一般,可也有的是例外。

究竟什么是真理?时代蒙上了过去未来的淡雾,地方横隔着族类与国家的利害。……小节何须提到,为一个苹果,甲称其甜脆,乙赞其色彩,丙又提到童年采果的记忆,丁在幻念着爱人的腮颊,据点不同,遂造种种因,有种种念头,种种批评。孰为真理,孰能作公正的裁判?

小节固不足道,大的无限度的倒能确定把握着他们的是非?

"真理"不是宇宙间开宝库的久永的大匙,如伦理观,道德观,甚至如时髦的衣履。……于是有了"真理"的忧虑与争斗。

其实时间在上面(所谓真理的上面)涂了颜色。

且把永恒的"真理"的谜让书堆里的哲人用力猜去。

照　镜

　　如果不以为是消闲，照镜是有其一点点的艺术的。堂皇的学校走廊上，一面可怜相的大镜，两旁有教条般的训语——整齐，清洁，洗面洗心等等的话，青年们走过去，在玻璃的反映中掠一个影子。为的是尽教条的义务，那不过等于兵士的立正，扫垃圾人手中的长帚，照例来一下。他虽然正对着自己的影子，如匆匆走路，把别人的身影踏在脚底下一样。

　　最能懂得照镜的艺术的或许都是女子们？并不只在青年时她们会留心怎么从镜光的反映中看清了自己的颦、笑、泪光与身影，衣衫一角的斜摺，面部上表情的真伪。女子与镜，直到现在还似乎是难离的伴侣。（我并不是说男子与镜没关系，不过是比较言之。）自然，从男系社会的构成以来，遗传与习惯的积累，环境的迫成，使他不得不利用照镜的"艺术。"撇开是、非，只就这一点"术"上讲，女子们是懂得如何表现自己的外形的。

　　因为过于懂得，从外表上看，颇易变成"为艺术的艺术吧"（但骨子里却不是如此）？

反之，不甚了了于照镜"艺术"的男子，就假作是"泥做"吧，可自来多有点坚实的人生的艺术气。（自然，这句话也有他的限定。）

照镜艺术的极处，是顾影自怜，是放不下自己的在虚空中的幻象，与对外界的企求，……因之就容易"飘飘然"。

世间的事物，精细与浑然难得合在一起。

您说：玲珑剔透的鬼工神斧与略具体势的现代粗糙的木刻像，是那个更近于"艺术"呢？

自然，从某一方来讲，我们不能武断说女子善于照镜便不是真"艺术"的表现。

（这只是以旧日妇女们照镜借喻，新妇女们请勿勃然！）

淡 酒

虽淡薄总是酒，"寒夜客来茶当酒，"只在意念上认为是酒，难免不自安，于是有我们的诗人的另一种哲学观了："薄薄酒，胜茶汤。"当然，比以茶作酒，近一步；然而更有进一步的"慰情聊胜无"的办法；"一觞虽独进，杯尽壶自倾。"不只是薄酒；以茶当酒；以少许胜多许，这真是超绝的看法。以茶当酒，显见得还不了彻，多一番象煞有介事的累赘。然而随遇而安，藉达自慰，正是一个难关！自来评陶诗的，龚定庵却有所见：

"陶潜诗喜说荆轲，想见停云发浩歌。吟到恩仇心事涌，江湖侠骨已无多！"

至于要将是非忧乐两俱忘的作者，即这般如此说，不过聊以作达，或博览者一噱。若讲身体，力行，怕不是那一会事？超脱世间的烦苦，能不饮酒最妙，仍然得借酒，甚至薄酒也可。杯尽，壶倾，方觉出百年何为，聊得此生！究竟是不曾把火气打扫净尽，不免咄咄之感吧。

宁可"绝圣弃智"，不能"浅尝辄止"宁可一滴不尝，却不能以薄酒自满。对付与将就正是古老民族的"差不多"的哲理。退一步想。再退一步！衰颓，枯槁，寂灭，安息于坟墓里，究竟在人生的寻求中所胜者何在？以言"超绝"并不到家；以言"旷观"却出自勉强，自慰。

"淡酒"只能使舌尖上的神经微觉麻木而已，它曾有什么赠予你的精神，有什么激动你的力量？

一朵云

一朵云在崔巍峰峦上，在原野上，在密林上，在疏星淡月的夜中，它在你的心头点上了什么颜色？一朵云，正当孤舟远去，绿波照影时它飞来了；当花影披拂，良朋对酌时它飞来了；当风沙漠漠，独上残破的古垒时它飞来了；当哀笳夜动，战士不眠，草根里的秋虫凄叫，梦痕随着月影飞渡关山时它飞来了。无论你是有如何的主观，认识，对于它能作一例的看待？它的动，它的形态与它的颜色，随时，随地，随了"我"在时间空间中感受的不同而异其观念。

从一朵云的变化中，她已把艺术理解的消息透露出来。

风

  谁都知道宇宙中善动者莫若风：动于水上的是"风潮"，"风波"；动于季节中的是"风信"，动于人体中的是"疯狂，疯颠"，（这意思是从"风"字化出来的。）而最妙的文字——也是口语吧，是"风致"与"风趣"。这四个字形容人的神态，言谈，意味，都与呆板迂阔等字成反对个。固其活动，飘扬，因其有神有味，使人想，使人急，使人觉得有点儿别致，使人容易受感，它不会是言语无味，面目可憎，总之，是与"动"有关，所以"致"与"趣"上都加一"风"字。

  因此正可证明一件艺术品或一段文字，形象上，意义上，如果一点点灵活有力的表达——动的力——没有，根本上便不易使人想，使人急。……"风致"，"风趣"，绝非单是指的轻佻，浮动，被一般中国才子用惯了，容易向这一面想，那是一个最大的错误。

古　刹
——姑苏游痕之一

离开沧浪亭，穿过几条小街，我的皮鞋踏在小圆石子碎砌的铺道上总觉得不适意；苏州城内只宜于穿软底鞋或草履，硬帮帮地鞋底踏上去不但脚趾生痛，而且也感到心理上的不调和。

阴沉沉地天气又像要落雨。沧浪亭外的弯腰垂柳与别的杂树交织成一层浓绿色的柔幕，已仿佛到了盛夏。可是水池中的小荷叶还没露面。石桥上有几个坐谈的黄包车夫并不忙于找顾客，萧闲地数着水上的游鱼。一路走去我念念不忘《浮生六记》里沈三白夫妇夜深偷游此亭的风味，对于曾在这儿做"名山"文章的苏子美反而淡然。现在这幽静的园亭到深夜是不许人去了，里面有一所美术专门学校。固然荒园利用，而使这名胜地与"美术"两字牵合在一起也可使游人有一点点淡漠的好感，然而苏州不少大园子一定找到这儿设学校；各室里高悬着整整齐齐的画片，摄影，手工作品，出出进进的是穿制服的学生，即使不煞风景，而游人可也不能随意留连。

在这残春时，那土山的亭子旁边，一树碧桃还缀着淡红的繁英，花瓣静静地贴在泥苔湿润的土石上。园子太空阔了，外来的游客极少。在另一院落中两株山茶花快落尽了，宛转的鸟音从叶子中间送出来，我离开时回望了几次。

　　陶君导引我到了城东南角上的孔庙，从颓垣的入口处走进去。绿树丛中我们只遇见一个担粪便桶的挑夫。庙外是一大个毁坏的园子，地上满种着青菜，一条小路透迤地通到庙门首，这真是"荒墟"了。

　　石碑半卧在剥落了颜色的红墙根下，大字深刻的甚么训戒话也满长了苔藓。进去，不象森林，也不象花园，滋生的碧草与这城里少见的柏树，一道石桥得当心脚步！又一重门，是直走向大成殿的，关起来，我们便从旁边先贤祠，名宦祠的侧门穿过。破门上贴着一张告示，意思是崇奉孔子圣地，不得到此损毁东西，与禁止看守的庙役赁与杂人住居等话（记不清了，大意如此。）。披着杂草，树枝，又进一重门，到了两庑，木栅栏都没了，空洞的廊下只有鸟粪，土藓。正殿上的朱门半阖，我刚刚迈进一只脚，一股臭味闷住呼吸，后面的陶君急急地道：

　　"不要进去，里面的蝙蝠太多了，气味难闻得很！"

　　果然，一阵拍拍的飞声，梁栋上有许多小灰色动物在阴暗中自营生活。木龛里，"至圣先师"的神位孤独地在大殿正中享受这霉湿的气息。好大的殿堂，此外一无所有。石阶上，蚂蚁，小虫在鸟粪堆中跑来跑去，细草由砖缝中向上生长，两行古柏苍干皱皮，沉默地对立。

　　立在圮颓的庑下，想象多少年来，每逢丁祭的时日，跻跻跄跄，拜跪，鞠躬，老少先生们都戴上一份严重的面具。听着仿古音乐的奏弄，宗教仪式的宰牲，和血，燃起干枝"庭燎"。他们总想由这点崇敬，由这点祈求：国泰，民安。……至于士大夫幻梦的追逐，香烟中似开着"朱紫贵"的花朵。虽然土，草，木，石的简单音响仿佛真的是"金声，玉振"。也许因此他们会有一点点"前不见古人后不见来者"的想法？但现在呢？不管怎样在倡导尊孔，读经，只就这偌大古旧的城圈中"至圣先师"的庙殿看来，荒烟，蔓草，真变做"空山古刹"。偶来的游人对于这阔大而荒凉破败的建筑物有何感动？

何况所谓苏州向来是士大夫的出产地：明末的党社人物，与清代的状元，宰相，固有多少不同，然而属于尊孔读经的主流却是一样，现在呢？……仕宦阶级与田主身份同做了时代的没落者？

所以巍峨的孔庙变成了"空山古刹"并不希奇，你任管到那个城中看看，差不了多少。

虽然尊孔，读经，还在口舌中，文字上叫得响亮，写得分明。

我们从西面又转到甚么范公祠，白公祠，那些没了门扇缺了窗棂的矮屋子旁边，看见几个工人正在葺补塌落的外垣。这不是大规模科学化的建造摩天楼，小孩子慢步挑着砖，灰，年老人吸着旱烟筒，那态度与工作的疏散，正与剥落得不象红色的泥污墙的颜色相调合。

我们在大门外的草丛中立了一会，很悦耳地也还有几声鸟鸣，微微丝雨洒到身上，颇感到春寒的料峭。

雨中，我们离开了这所"古刹"。

一九三六年四月末旬

柔和的风

冬天早过了，春天也快要逝去。朋友，你觉得这地方上有一丝丝的柔和的风吗？

没有震雷；没有霜雹；也没有暴雨，空间正如空间的天气一样，郁闷、焦烦，就是一丝丝的凉风也没从江潮上掠过来。

但四围的烈风、雷、雨，却正冲打着岛上流人的心潮。

虽然哲时在人间似不再需求"柔和的风"，拂面，醉心，好继续意想中的春梦。但，盼望烈风、雷、雨投来一片光华的闪电，映着土陇、郊原、篱落、水湾、茅屋——各个地方的苦难者的灵魂，引导他们往胜利的天国。

到那边才真有"柔和的风"在血华的面容上吹拂着。

理智与暗影

"除却聪明人的快乐，别没有极真实与极纯洁的快乐；那所谓快乐只是暗影而已。"柏拉图在《共和国》的名著中写下这样深意的句子。快乐要消灭痛苦；要建立心灵的最高的安慰；要有纯粹的智慧的解脱，这才能止于至善。使人在宇宙间有愉快即是超绝之感。但要达到此种境界，非发展理智生活不成。理智生活是上至善的阶梯，步步登高；步步都是将身体与精神作快意地升腾。可以娱慰心灵；可以扩展视野；可以把卑鄙私欲的感官与智慧调和。灵与肉不但不冲突，且凝合无间，以达到人生的高峰。

只有低等的感官生活不过是"物于物"，心灵永随客观的事物辗转，单凭小我的利害作去取。甚至"屈己徇物"，泯没了公道的认识。于是此世界完全为私欲充满，说到最好，快乐左不过是一时满足肉体激刺的报偿，意志偏成为专利己者的武器，经验变做巧取豪夺者的方案。

感情是人生的连锁，谁也不能逃避它的管束与激动。但是是非非，交互错综，如没有理智的铁梭，这把乱丝怎会织成光华灿烂，经纬细密的美锦？喜、怒、哀、恶等笼统的字面，太具体了，什么是他们的分析力？远近、亲疏、利害，私念与公利，永久与暂时，要凭什么来澄清情波推荡的颜色？颠倒众生，有多少人背弃公道，沉落在苦痛的深渊，凭一时客气的感情（如果尚有所谓的感情的话，）鲁莽、冲决，造成世界无许的悲剧。他们取不到理智的镜子，甘心在卑微的快乐里作私欲的恶梦，当然，到究竟时，是一场悔恨无益的空虚！

愈当世变纷扰人生苦难的时代，虽有不少愚昧狂妄的人恃其权威驱迫良善，想泯没公道，永绝是非，以便其私，以逞其无限止的野心。这自然要搅起人生血战的风波，演成惨劫。但人类的理智却因外受横逆的摧残，内动良知的鞭策，比平常时更能迅速生长，发展，而处处显示它的力量。

无理智的感系。纵有，不过是片刻的昙花，有理智的真感才是人生的维系。只凭有形的力想打碎由理智凝成的真感；想用器械便可塑造公道，如果能行通的话，这世界早已不是现在的样子了。

但愚昧者千古一辙，不陷入绝途不止，——坠入底层的地狱，这真是无可奈何的事！

所谓快乐只是暗影，何况这些愚昧者连非真实的快乐的希求也说不上，只是原始时遗留下的狂性趁时发作罢了。

暗影终会葬埋了他们，……这并非是姑作快意的诅咒。

痛苦的循环

痛苦不限于主观的坚定性，同时从主观的意念与行动发射出时，它已受到客观的激动地反击了。鞭笞、火灼、锋刃、炸穿等等凡足以施极端痛苦与他人者，在施行者自身，纵有暂时狂热的快慰，而反身便是痛苦的回光。——强烈的回光，把他的精神烧炼成更痛苦的循环铁链，这铁链烙到罪恶者助手上，他虽情愿放松，却不可能？

疯狂算不得痛苦？非加痛苦于他人便无兴趣也算不得痛苦？到时，那强力的铁链象一具自造的刑具，随着必然律，与执有的人一同坠入地底大狱，算不得痛苦？

权力的感觉必至于非使人人痛苦便找不到自己的面目，这样滞留在半麻木半混沌的状态中，所想的是血液；所见的是血流；所嗅到的是血的腥味；所渴慕的是血池中的洗浴，正如西洋故事的某国王，因爱黄金，直到自己的女儿也变成黄金人，方才涕泣感悟，终无用处，还不是一例的结局。

凡盲目地予人以痛苦者，已身反受，——即有暂时"假象"的狂欢，何能抵得过灵魂上永久的磨折！权力的感觉，——空花幻影，无满足证明，而残暴的心意，起波难平，终会逆转，这并不是蹈空立论，籍作玄谈。凡属事件自有因果，实证具在，岂能只凭撒布痛苦的微菌便容易撞翻了宇宙！

你记得尼采的名言吗？"要使'因'不至于犯罪，而果不至于'绞死！'"

芦沟晓月

"苍凉自是长安日,呜咽原非陇头水。"

这是清代诗人咏芦沟桥的佳句,也许,长安日与陇头水六字有过分的古典气息,读去有点碍口?但,如果你们明了这六个字的来源,用联想与想象的力量凑合起,提示起这地方的环境,风物,以及历代的变化,你自然感到象这样"古典"的应用确能增加芦沟桥的伟大与美丽。

打开一本详明的地图,从现在的河北省、清代的京兆区域里你可找得那条历史上著名的桑干河。在往古的战史上,在多少吊古伤今的诗人的笔下,桑干河三字并不生疏。但,说到治水,㶟水,灅水这三个专名似乎就不是一般人所知了。还有,凡到过北平的人,谁不记得北平城外的永定河;——即不记得永定河,而外城的正南门,永定门,大概可说是"无人不晓"罢。我虽不来与大家谈考证,讲水经,因为要叙叙芦沟桥,却不能不谈到桥下的水流。

治水,㶟水,灅水,以及俗名的永定河,其实都是那一道河流,——桑干。

还有，河名不甚生疏，而在普通地理书上不大注意的是另外一道大流，——浑河。浑河源出浑源，距离著名的恒山不远，水色浑浊，所以又有小黄河之称。在山西境内已经混入桑干河，经怀仁，大同，委弯曲折，至河北的怀来县。向东南流入长城，在昌平县境的大山中如黄龙似地转入宛平县境，二百多里，才到这条巨大雄壮的古桥下。

原非陇头水，是不错的，这桥下的汤汤流水，原是桑干与浑河的合流；也就是所谓治水，㶟水，灅水，永定与浑河，小黄河，黑水河（浑河的俗名）的合流。

桥工的建造既不在北宋时代，也不开始于蒙古人的占据北平。金人与南宋南北相争时，于大定二十九年六月方将这河上的木桥换了，用石料造成。这是见之于金代的诏书，据说："明昌二年三月桥成，敕命名广利，并建东西廊以便旅客。"

马哥孛罗来游中国，服官于元代的初年时，他已看见这雄伟的工程，曾在他的游记里赞美过。

经过元明两代都有重修，但以正统九年的加工比较伟大，桥上的石栏，石狮，大约都是这一次重修的成绩。清代对此桥的大工役也有数次，乾隆十七年与五十年两次的动工，确为此桥增色不少。

"东西长六十六丈，南北宽二丈四尺，两栏宽二尺四寸，石栏一百四十，桥孔十有一，第六孔适当河之中流。"

按清乾隆五十年重修的统计，对此桥的长短大小有此说明，使人（没有到过的）可以想象它的雄壮。

从前以北平左近的县分属顺天府，也就是所谓京兆区。经过名人题咏的，京兆区内有八种胜景：例如西山雾雪，居庸叠翠，玉泉垂虹等，都是很幽美的山川风物。芦沟不过有一道大桥，却居然也与西山居庸关一样刊入八景之一，便是极富诗意的

"芦沟晓月"。

本来，"杨柳岸晓风残月"是最易引动从前旅人的感喟与欣赏的凌晨早发的光景；何况在远来的巨流上有这一道雄伟壮丽的石桥；又是出入京都的孔道，多少官吏，士人，商贾，农，工，为了事业，为了生活，为了游览，他们不能不到这名利所萃的京城，也不能不在夕阳返照，或东方未明时打从这古代的桥上经过。你想：在交通工具还没有如今迅速便利的时候，车马，担簦，来往奔驰，再加上每个行人谁没有忧、喜、欣、戚的真感横在心头，谁不为"生之活动"在精神上负一份重担？盛景当前，把一片壮美的感觉移入渗化于自己的忧喜欣戚之中，无论他是有怎样的观照，由于时间与空间的变化错综，面对着这个具有崇高美的压迫力的建筑物，行人如非白痴，自然以其鉴赏力的差别，与环境的相异，生发出种种的触感。于是留在他们的中心，或留在藉文字绘画表达出的作品中，对于芦沟桥三字真有很多的酬报。

不过，单以"晓月"形容芦沟桥之美，据传说是另有原因：每当旧历的月尽头（晦日），天快晓时，下弦的钩月在别处还看不分明，如有人到此桥上，他偏先得清光。这俗传的道理是否可靠，不能不令人疑惑。其实，芦沟桥也不过高起一些，难道同一时间在西山山顶，或北平城内的白塔（北海山上）上，看那晦晓的月亮，会比芦沟桥上不如？不过，话还是不这么拘板说为妙，用"晓月"陪衬芦沟桥的实是一位善于想象而又身经的艺术家的妙语，本来不预备后人去作科学的测验。你想："一日之计在于晨"，何况是行人的早发。朝气清蒙，烘托出那钩人思感的月亮，——上浮青天，下嵌白石的巨桥。京城的雉堞若隐若现，西山的云翳似近似远，大野无边，黄流激奔，……这样光，这样色彩，这样地点与建筑，不管是料峭的春晨，凄冷的秋晓，景物虽然随时有变，但若无雨雪的降临，每月末五更头的月亮，白石桥，大野，黄流，总可凑成一幅佳画，渲染飘浮于行旅者的心灵深处，发生出多少样反射的美感。

你说：偏以"晓月"陪衬这"碧草芦沟"（清刘履芬的《鸥梦词》中有长亭怨一阕，起语是：叹销春间关轮铁，碧草芦沟，短长程接。），不是最相称的"妙境"么？

无论你是否身经其地，现在，你对于这名标历史的胜迹，大约不止于"发思古之幽情"罢？其实，即以思古而论也尽够你深思，咏叹，有无穷的兴感！何况血痕染过那些石狮的鬖鬖，白骨在桥上的轮迹里腐化，漠漠风沙，呜咽河流，自然会造成一篇悲壮的史诗。就是万古长存的"晓月"也必定对你惨笑，对你冷觑，不是昔日的温柔，幽丽，只引动你的"清念"。

桥下的黄流，日夜呜咽，泛挹着青空的灏气，伴守着沉默的郊原，……

他们都等待着有明光大来与洪涛冲荡的一日——那一日的清晓。

柔 雾

泛一层柔雾粘住了玄涛,
秋来了,到处听凄清的夜笑。
遥遥地孤灯苍茫中颤影,
微光后递过来一声长啸。

在旅梦中摸索,他不敢回头,
向无尽处伸出震抖的双手。
秋之夜,雾阵挡住了行舟;
冲不开海上的金戈急斗。

双手,从那里拿得稳那一支长篙?
金戈飞光,透不过层雾上的密网。
你的双手,旅人,把握住海天的秋夜,
就是横空长啸也溜不过你的手掌。

拍浮暗海上，好一场人生剧战，
　　孤灯，绞台的血儿在高处孤悬。
　　玄涛，柔雾交织成夜幕围边，
　　双手，捡得起这噩梦的串线。

二十五年深秋。旧作

　　"想象"是诗歌中最重要的支持力，虽然要有情感做燃烧的火焰，有思想做指引的风信，有词藻做外面的衣裳，但缺少这类坚强的骨髓，诗歌与别的文学作品便不易分辨。诗歌要提高人的联念；（其他作品自然也有这个）由念生象；由象印感，回环荡薄，方能发生嗟叹舞蹈不由自主的"迫动"。其间接传感不是靠讲理与训教的言语，便容易深入人心。徒然在幻想上做工夫，毫无意义，固然是空余下"奇思壮彩"的空花，无果实能慰人饥渴；而专想以理与智教诲读者，争演说论文的讲席，似不必多此一举。

　　"想象"其实难说，与"理想""幻想"都非一事，而如何构成，如何适用在诗人的笔下，无论他是怎能善用想象的作者怕也不易列出详尽的道理。

　　这里且略引莎士比亚解释想象的大意：（解释二字不恰和，他是在唱歌呢。）

　　狂人，恋人与诗人，
　　与想象完全密接：
　　所见魔鬼比阔大地狱中
　　捉住的多多；这位疯爷。

恋人呢，全象痴狂了，
在埃及的一个眉痕上
他瞧出海伦的美丽。
在漂亮的颠乱旋动里，
从天堂到地上，从地上到天堂，
诗人的目光闪耀着光华。……

够了，不多引证。无论如何，诗人"多少"总有点恋人与狂人气，不说别的。想象力便是要点，否则见一五是一五，数一十能从一报数至十数；铢累不爽，诗人变成算学家，（不是算理哲学）那么，诗的世界不也完全是三合土筑成的坚垒了么？

不过我所谓想象绝非徒弄虚炫，藉文浮薄，是要给诗歌注入生命的活力；是用驰思的闪光增重读诗人的深感，理与智织成每件文艺作品的经纬，却不能抛开那丝线上原有的光华。

"想象"多了，不易通俗，或许易使人误解，实是我们不善用，不会用，不能用"想象"罢了。民歌俗谣里有多少"曲比善导"，动人寻思的想象材料，细心想想，查证一点，便可恍然。还有，容易记忆的东西常易触感，小调民歌，乡野中的男女谁不记得几个，就是读文学作品的，诗歌也易有几句上口。这原因不止在韵律上，小调民歌以及文人的诗中，"想象"力引动读者易想，易记，易于把捉住透过想象的薄幕传来的热情；情既深入，而其中的理与智不更容易为读者所据有？

因为自信这首旧作多从想象上用力，便略谈"想象"在诗中的功用。不过并非为此诗声辨，也不是作"想象"的专论。

仇　恨

　　威尔士以为在有"现代国家"以前，统治着人群间之关系的是仇恨。这正如中国的旧语，说历史是一部相斫书一样，不过威尔士生当现代所见所论更为广远而已。但"现代国家"不是一例也被仇恨织成密网，把人类的智慧，诸般生活，套得细密，拴得坚牢，连一面的活路也不给开出来吗？其实，党派、种族、国家，彼此的仇恨正是"自古已然，于今为烈！"一方固是藉了科学的力量使人类的文化焕然改观，但也因为工具的发明，与真正文化的动力不能调谐，不能互相资助，反而造出多少世界的悲剧；也因此"仇恨"的种子随风播扬，随地萌发，有时真令我们对于所谓人类的价值与互助的精神，从根本上引起疑问。这是科学的赐予么？否！是工业革命后必经的历阶么？否！是人类伦理的破产么？否！

　　这不是一句简单的答语所能包括无遗的。

　　野心、暴厉的欲求、夸大、经济制度的不平等、过度的心理与生理的激刺，都是造成现代人类"仇恨"的因由之一，而最大的关键是人类的文化教育走入暗途。

杀、掠、虐待、夺取，势力的逼迫，无限度的肉体享受与精神上的疯狂，虽是自古来已经逃不开这样公例，但近代文化教育或直接，或间接却是督促、鼓励、指导全人类向这方奔跑。

当然，我们不能忽视现实；当然，我们不能在恶力之下泯灭了思感；当然，在现时少有高谈细论人类根本问题的余裕。

但想到这个问题，证之于耳闻目睹的种种事，除却用群体的大力与团结的精神使之消灭外，在未来，我们要怎样永远消除人类社会的"仇恨"心理，怎样在正途上提高人类的智慧，与改善妒忌、专擅、强暴、残酷的行为，这确是每一个文化工作者应加一番思索的。

"生年不满百，常怀千岁忧！"我们不仅在目前的千辛万苦中不沮丧，不畏难，不消极，我们也应该为未来的人类光明努力？

不只为自己的利害要冲破前途的黑暗，更应寻求人类的真正福利为世界"树之风声"。

在未来，我们应把人类相斫的魔手投于荣光的熔炉里！

丏尊先生故后追忆

我与夏先生认识虽已多年，可是比较熟悉还是前几年同在困苦环境中过着藏身隐名的生活时期。他一向在江南，从未到过大江以北。我每次到沪便有几次见面，或在朋友聚宴上相逢，但少作长谈，且无过细观察性行的时机。在抗战后数年（至少有两年半），我与他可说除假日星期日外，几乎天天碰头，并且座位相隔不过二尺的距离，即不肯多讲闲话如我这样的人，也对他知之甚悉了。

夏先生比起我们这些五十上下的朋友来实在还算先辈。他今年正是六十三岁。我明明记得三十三年秋天书店中的旧编译同人，为他已六十岁，又结婚四十年，虽然物力艰难，无可"祝嘏"，却按照欧洲结婚四十年为羊毛婚的风气，大家于八月某夕分送各人家里自己烹调的两味菜肴，一齐带到他的住处——上海霞飞路霞飞坊——替他老夫妇称贺；藉此同饮几杯"老酒"，聊解心忧。事后，由章锡琛先生倡始，做了四首七律旧体诗作为纪念。因之，凡在书店的熟人，如王伯祥，徐调孚，顾均正，周德符诸位各作一首，或表祷颂，或含幽默，总之是在四围鬼蜮现形民生艰困的孤岛上，聊以破颜自慰，也使夏先生漱髯一笑而已。我曾以多少有点诙谐的口气凑成二首。那时函件尚通内地，叶绍钧，朱自清，朱光潜，贺昌群四位闻悉此举，也各寄一首到沪以申祝贺，以寄希望。

记得贺先生的一首最为沉着，使人兴感。将近二十首的"金羊毛婚"的旧体诗辑印两纸分存（夏先生也有答诗一首在内）。因此，我确切记明他的年龄。

他们原籍是浙东"上虞"的，这县名在北方并不如绍兴，宁波，温州等处出名。然在沪上，稍有知识的江浙人士却多知悉。上虞与萧山隔江相对，与徐姚、会稽接界，是沿海的一个县份，旧属绍兴府。所以夏先生是绝无折扣的绍兴人。再则此县早已见于王右军写的曹娥碑上，所谓曹氏孝文即上虞人，好习小楷的定能记得！

不是在夏先生的散文集中往往文后有"白马湖畔"或"写于白马湖"之附记？白马湖风景幽美，是夏先生民国十几年在浙东居住并施教育的所在。——以后他便移居上海，二十年来过着编著及教书生活，直至死时并未离开。他的年纪与周氏兄弟（鲁迅与启明）相仿，但来往并不密切。即在战前，鲁迅先生住于闸北，夏先生的寓处相隔不远，似是不常见面，与那位研究生物学的周家少弟（建人）有时倒能相逢。夏先生似未到北方，虽学说国语只是绍兴口音；其实这也不止他一个人，多数绍兴人虽在他处多年，终难减轻故乡的音调，鲁迅就是如此。

平均分析他的一生，教育编著各得半数。他在师范学校，高初级男女中学，教课的时间比教大学时多。惟有北伐后在新成立的暨南大学曾作过短期的中国文学系主任。他的兴趣似以教导中等学生比教大学生来得浓厚，以为自然。所以后来沪上有些大学请他兼课，他往往辞谢，情愿以书局的余闲在较好的中学教课几点。他不是热闹场中的文士，然而性情却非乖俗不近人情。傲夸自然毫无，对人太温蔼了，有时反受不甚冷峻的麻烦。

他的学生不少，青年后进求他改文字，谋清苦职业的非常多，他即不能一一满足他们的意愿，却总以温言慰安，绝无拒人的形色。反而倒多为青年们愁虑生活，替人感慨。他好饮酒也能食肉，并非宗教的纯正信徒，然而他与佛教却从四十左右发生较为亲密的关系。在上海，那个规模较大事业亦多的佛教团体，他似是"理事"或"董事"之一？他有好多因信仰上得来的朋友，与几位知名的"大师"也多认识。——这是一般读夏先生文章译书的人所不易知的事。他与前年九月在泉州某寺坐化的弘一法师，从少年期即为契交。直至这位大彻大悟的近代高僧，以豪华少年艺术家，青年教师的身份在杭州虎跑寺出家之后，并没因为"清""俗"而断友谊。在白马湖，在上海，弘一法师有时可以住在夏先生的家中，这在戒律精严的他是极少的例外。抗战后几年，弘一法师避地闽南，讲经修诵，虽然邮递迟缓，然一两个月总有一二封信寄与夏先生。他们的性行迥异，然却无碍为超越一切的良友。夏先生之研究佛理有"居士"的信仰，或与弘一法师不无关系。不过，他不劝他人相信；不像一般有宗教信仰者到处传播教义，独求心之所安，并不妨碍世事。

他对于文艺另有见解，以兴趣所在，最欣赏寄托深远，清澹冲和的作品。就中国旧文学作品说：杜甫韩愈的诗，李商隐的诗，苏东坡黄山谷的诗；《桃花扇》《长生殿》一类的传奇；《红楼梦》《水浒》等长篇小说，他虽尊重他们，却不见得十分引起他的爱好。对于西洋文学：博大深沉如托尔斯泰；精刻痛切如要以陀思妥夫斯基；激动雄抗，生力勃变如嚣俄（今译雨果，编者注）之戏剧、小说，拜伦之诗歌，歌德之剧作；包罗万象，文情兼茂如莎士比亚；寓意造同高深周密，如福楼拜，……在夏先生看来，正与他对中国的杜甫、苏东坡诸位的著作一样。称赞那些杰作却非极相投合。他要清，要挚，又要真切要多含蓄。

你看那本《平屋杂文》便能察觉他的个性与对文艺的兴趣所在。他不长于分析不长于深刻激动，但一切疏宕，浮薄，叫嚣芜杂的文章；或者加重意气，矫枉过正做作虚撑的作品，他绝不加首肯。我常感到他是掺和道家的"空虚"与佛家的"透彻"，建立了他的人生观，——也在间接的酿发中成为他的文艺之观念。（虽则他也不能实行绝对的透彻如弘一法师，这是他心理上的深苦！）反之也由于看的虚空透彻，——尚非"太"透彻，对于人间是悲观多乐观少；感慨多赞美少；踌躇多决定少！个性，信仰的关系，与文艺观点的不同，试以《平屋杂文》与《华盖集》，《朝花夕拾》相比，他们中间有若何辽远的距离？无怪他和鲁迅的行径，言论，思想，文字，迥然有别，各走一路。

他一生对于著作并不像那些视文章为专业者，争多竞胜，以出版为要务。他向未有长篇创作的企图，即短篇小说也不过有七八篇。小说的体裁似与他写文的兴会不相符合，所以他独以叙事抒情的散文见长。从虚空或比拟上构造人物、布局等等较受拘束的方法，他不大欢喜。其实，我以为他最大的功绩还在对于中学生学习国文国语的选材，指导，启发上面。现时三十左右的青年在战前受中学教育，无论在课内课外，不读过《文心》与《国文百八课》二书的甚少。但即使稍稍用心的学生，将此二书细为阅读，总可使他的文字长进，并能增加欣赏中国文章的知识。不是替朋友推销著作，直至现在，为高初中学生学习国文国语的课外读物，似乎还当推此两本。夏先生与叶绍钧先生他们都有文字的深沉修养，又富有教读经验，合力著成，嘉惠殊多。尤以引人入胜的，是不板滞，不枯燥，以娓娓说话的文体，分析文理，讨论句段。把看似难讲的文章解得那样轻松，流利，读者在欣然以解的心情下便能了解国文或国语的优美，以及它们的各种体裁，各样变化，——尤以《文心》为佳。

夏先生对此二书至少有一半以上的工力。尤其有趣的当他二位合选

《国文百八课》，也正是他们结为儿女亲家的时候。夏先生的小姐与叶先生的大儿子，都在十五六岁，经两家家长乐意，命订婚约。夏先生即在当时声明以《国文百八课》版后自己分得的版税一慨给他的小姐作为嫁资。于是，以后这本书的版税并非分于两家。可谓现代文士"陪送姑娘"的一段佳话！

此外，便是那本风行一时至今仍为小学后期，初中学生喜爱读物之一的《爱的教育》。

这本由日文重译的意大利的文学教育名著，在译者动笔时也想不到竟能销行得那样多，那样引起少年的兴味。但就版税收入上说，译者获得数目颇为不少。我知道这个译本从初版至今，似乎比二十年来各书局出版白话所译西洋文学名著的任何一本都销得多。

战前创办了四年多的《中学生》杂志，他服劳最多。名义上编辑四位，由于年龄，经验，实际上夏先生便似总其成者。《中学生》的材料，编法，不但是国内唯一良佳的学生期刊，且是一般的青年与壮年人嗜读的好杂志。知识的增益，文字的优美，取材的精审，定价的低廉，出版的准期，都是它特具的优点。夏先生从初创起便是编辑中的一位要员。

浙东人尤以绍兴一带的人勤朴治生，与浙西的杭，嘉，湖浮华地带迥不相同。夏先生虽以"老日本留学生"，住在"洋潮"的上海二十多年，但他从未穿过一次西装，从未穿过略像"时式"的衣服。除在夏天还穿穿旧作的熟罗衫裤，白绢长衫之外，在春秋冬三季难得不罩布长衫穿身丝呢类面子的皮、棉袍子。十天倒有九天是套件深蓝色布罩袍，中国老式鞋子。到书店去，除却搭电车外，轻易连人力车都不坐。至于吃，更不讲究，"老酒"固是每天晚饭前总要吃几碗的，但下酒之物不过菜蔬，腐干，煮蚕豆，花生之类。太平洋战争起后上海以伪币充斥物价腾高，不但下酒的简单肴品不多制办，就是酒也自然减少。夏先生原本甚俭，在那个时期，他的物质生活是如何窘苦，如何节约，可想而知。记得二十八年春间，那时一石白米大概还合法币三十几元，比之抗战那年已上涨三分之二。"洋潮"虽尚在英美的驻军与雇佣的巡捕统治之下，而日人的魔手却时时趁空伸入，幸而还有若干文化团体明地暗里在支持着抗敌的精神。有一次，我约夏先生章先生四五人同到福州路一家大绍兴酒店中吃酒，预备花六七元。（除几斤酒外尚能叫三四样鸡肉类。）他与那家酒店较熟，一进门到二楼上，拣张方桌坐下，便作主人发令，只要发芽豆一盘，花生半斤，茶干几片。

"满好满好！末事贵得弗像样子，吃老酒便是福气，弗要拉你多花铜钿。"

经我再三说明，我借客打局也想吃点荤菜，他方赞同，叫了一个炒鸡块，一盘糖腌虾，一碗肉菜。在他以为，为吃酒已经太厚费了！为他年纪大，书店中人连与他年岁相仿的章锡琛都以画先生称之（夏读画音）。他每天从外面进来，坐在椅上，十有九回先轻轻叹一口气。许是上楼梯的级数较多，由于吃累？也许由于他的舒散？总之，几成定例，别人也不以为怪。然后，他吸半枝低价香烟，才动笔工作。每逢说到时事，说到街市现象，人情鬼蜮，敌人横暴，他从认真切感动中压不住激越的情绪！因之悲观的心情与日并深，一切都难引起他的欣感。长期的抑郁，悲悯，精神上的苦痛，无形中损减了他身体上的健康。

在三十三年冬天，他被敌人的宪兵捕去，拘留近二十天，连章锡琛先生也同作系囚（关于这事我拟另写一文为记）。他幸能讲日语，在被审讯时免去翻译的隔阂，尚未受过体刑，但隆冬四室，多人挤处，睡草荐，吃冷米饭，那种异常生活，当时大家都替他发愁，即放出来怕会生一场疾病！然而出狱后在家休养五六天，他便重行到书店工作，却未因此横灾致生剧病。孰意反在胜利后的半年，他就从此永逝，令人悼叹！

夏先生的体质原很坚实，高个，身体胖，面膛紫黑，绝无一般文人的苍白脸色，或清瘦样子。虽在六十左右，也无佝偻老态，不过呼吸力稍弱，冬日痰吐较多而已。不是虚亏型的老病患者，或以身子稍胖，血压有关，因而致死？

过六十岁的新"老文人"，在当代的中国并无几个。除却十年前已故的鲁迅外，据我所知，只可算夏先生与周启明。别人的年龄最大也不过五十六七，总比他三位较小。

自闻这位《平屋杂文》的作者溘逝以后，月下灯前我往往记起他的言谈，动作，如在目前。除却多年的友情之外，就前四五年同处孤岛；同过大集中营的困苦生活；同住一室商讨文字朝夕晤对上说，能无"落月屋梁"之感？死！已过六十岁不算夭折，何况夏先生在这人间世上留下了深沉的足迹，值得后人忆念！所可惜的是，近十年来你没曾过过稍稍舒适宽怀的日子，而战后的上海又是那样的混乱，纷扰，生活依然苦恼，心情上仍易悲观，这些外因固不能决定他的生存，死亡，然而我可断定他至死没曾得到放开眉头无牵无挂的境界！

这是"老文人"的看不开呢？还是我们的政治，社会，不易让多感的"老文人"放怀自适，以尽天年？

如果强敌降后，百象焕新，一切都充满着朝气，一切都有光明的前途，阴霾净扫，晴日当空。每个人，每一处，皆富有歌欢愉适的心情与气象，物产日丰，生活安定，民安政理，全国一致真诚地走上复兴大道，果使如此，给予一个精神劳动者，——给予一个历经苦难的"老文人"的兴感，该有多大？如此，"生之欢喜"自易引动，而将沉郁，失望，悲悯，愁闷的情怀一扫而空，似乎也有却病销忧的自然力量。

但，却好相反！

因为丏尊先生之死，很容易牵想及此。自然，"修短随化"，"寿命使然"，而精神与物质的两面逼紧，能加重身体上的衰弱——尤其是老人——又，谁能否认。

然而夏先生与晋宋间的陶靖节，南宋的陆放翁比，他已无可以自傲了！至少则"北定中原"不须"家祭"告知，也曾得在"东方的纽约"亲见受降礼成，只就这点上说，我相信他尚能瞑目！

写于一九四六年

大师经典

文论
王统照精品选

生命的价值与价格

评定生命的价值,可以从我们的两句老话里得一个有力的反证,"死有重于泰山,有轻于鸿毛。"

在人生的平衡上称量生命的分量,判分价目之不同,似是公正交易的办法。但可惜没有定准,沙丁鱼在清水里快活纵跃时是一种分量,抽剖肠肚,调以油盐,不但分量有异,而且还搀入或减去多少成分。在晴空云层里的银鸽,羽毛光泽,活泼泼地,与经过火烹油炸后,在菜盘里供主客脔割时,其生命的价值前后有多少差异。

由时间、空间而来的变化已难说清,何况是价值与价格。

经济理论上争辩得颇热闹的是物之值。

物(人也在内,)就其本身论值,原有时间、空间,——因地因时的不同,何况是驱迫携带到市场中去。供给、需要既有种种变动,清新、臭腐,又须认明本物(还是,人也在内)之质的良否。就"卑之无甚高"来论生命的"价值",已经使精于计算者有"望洋"之叹。

没法,借正、反、合的试例,取重于生命的对面,——死;由死证生命之价诚然直截了当，搀不得丝毫做作。

泰山鸿毛之喻当然是抬高一层，论及"价值"——生命必有待反证而定"价值"已觉可悲，但遮拨计执，这明是无可奈何的人间事，自不必泪眼低眉不敢正看平衡上的金星。

这里还引用一句老话"有所为与无所为"便可转解"值得"或"不值得"。有所为不但是"有猷，有为，有守；"而且从究竟处说，便是不得不为不能不为更进一步解，作为之则生不为则死亦非过甚其辞。（当然，为毁人害己，为你死我活，为私欲野心的图谋，一切一切俱可完了，俱不计较。像这样不是此处所写的"有所为"的正解。）"无所为"呢？本无用为，无可为，如必鲁莽从事，一定力竭声嘶，毁灭了自己。不讲因果，但释情理，强"无所为"而"必为"，这便要用生命作赌本，鞭、笞、绳、索，还得加上念念有词的咒语，魔术、威逼、言诱，集合起肉体的生命群去碰碰市场上的"价格"，正如交易所中的风潮，本是空心喊价，色厉气促，拍价板几个起落之后，"价格"惨落，（能说得上是"价值"吗）？真变做生命的"空头"。血淋淋地驱出与血淋淋地抬进，即向高处说一句不过是"轻于鸿毛"。

同是有生命的人类，我们岂是忍心下此批判！投机者的野心与操纵，把多少原有其自然"价值"的生命向市场上做廉价拍卖，在他们的一握中，到底曾觉得有几许重量？

"无所为"的生命"价格"（能说得上是"价值"吗？）的惨跌，即在不得不为不能不为的对手，——他们有热情勇敢，甘心重造生命"价值"的纪录——目睹心伤，也为多少生命洒一掬同情的热泪！

但为保持"有所为"的生命真价，却更要勇往无前把投机者的颤手折回。这样，岂止永久保持住自己生命"价值"，同时更使握在投机者手中的生命群逃出市场，不再见其"价格"的惨落，而回复其人的本位"原值"。

论"熟能生巧"

汉代的王充在他那部识见超迈的《论衡》中有下面的几句话：

齐部世刺绣，恒女无不能；
襄邑俗织锦，钝妇无不巧，
日见之，日为之，手狎也。

本是散文我却觉得象是一首颇有意义的小诗，故以"诗式"列出。日见，日为，手指娴熟，无论绣法多精，织锦多难，可是一般妇女甚至是蠢笨些的也能学得"巧"起来。什么力量使之如此？正是天长日久，穿针引线；家家机杼，按样投梭，不知不觉中便"能"了，甚至学得"巧"了。这还不是"熟能生巧"的详明解证？对一切的文学、艺术说，手生了便没法表现出来就使表现出来也多是粗疏、浮泛，不能动人。作者的"眼高"只好剩下"高"了，一动手便显得不是那一回事。

话得说回来，文艺专家"熟"，靠"日见之，日为之"，便能达到伟大、光华的境界吗？我见过学写字的人，天天用工数十年如一日，当做功课，该写的十分出色，动人欣赏吧？实则工夫到家，极熟极细，有的也不过规规矩矩，横平竖直，一看平正，再看平平，细看就觉得平凡了。这与王充的话岂不矛盾？与"熟能生巧"的成语岂不相反？不错，是有些矛盾，但如果据孟子的一句话看来，却显明地对于"巧"字另有估计。他说：

"锌匠轮舆能与人规矩，不能使人巧。"

那么，无论齐部刺绣怎样普遍，襄邑织锦怎样"家喻户晓"，若说"无不巧"未免夸大，且与孟子的话有些不符。

要细心地明了王充是指的"习熟"——"日见之，日为之，手狎也"。而孟子这句则指的是"大匠"的传授在于规矩，却不能把艺术中的"巧"也使每个人都学会。这并不矛盾，而且对看起来更能深入一层。从古至今，各行各业，徒弟学出来比老师更好也可说更"巧"的，随在都可找到例证。但也有老师十分精能，他的艺术本事，真是"著手成春"，一经在他手上拨弄出来的艺术品的确与众不同。他虽想把这份"巧"传授给他的学生，但学生学会了他的手法，却学不会他创作品的"妙"处。这两个列子都有，足见孟子的话扎实得很。"巧"不是老师给的，虽以"大匠"的好本事，所能传给别人的也只是"规矩"罢了。

诚然，"熟能生巧"；可是并非若干人一同熟于某某艺术便能达到相同的成就。所谓熟者，只是"不生"，绘画的不至不会勾、勒、渲、染；演剧的不至上台后手足无措；写文章的不至文理不通，词句颠倒。"巧"从"熟"中生出，并非一熟就巧。一样的笔、墨，一样的学习，一样的工夫，写出的字并不相同；一同学的戏，一同是某一节目中某角色的扮演者，一同练过工夫，可是上得台来总有高低。

王充的话"恒女无不能"还可，至于"钝妇无不巧"这句，就是文学上的有意夸张了。"巧"不是那么容易的，就是聪明的妇女，"日见之，日为之"，会是会了，比没有织锦地方的妇女自然易学易熟，但想都达到"巧"的地步，怕还不十分容易，更不要说"钝妇"了。当然，在数量上由于日见，日为，能者自多，质量上也比织锦不普遍的地方自然高明，但"无不巧"三字却未免说得重些。

总之，论学习文学艺术，不常常见，常常练，常常观摩，揣测，自然生疏，但要达到真"巧"的地步，使艺术性能够充分发扬，要紧得具有文艺的基本因素，既所谓思想性，包括了立意、内容等等。否则纵"巧"，也不过是幻想的空花，难捉摸的水月，经不起时间、空间的考验的。

至于孟子从"大匠"、学习者来讲"规矩"和"巧"的分别，确是千古不磨的理论。"规矩"不能没有，学者自领先知先练，好的先生教的规短正确、清楚，学的人领会得容易些、快些，不至"误入歧途"——多走弯路，达便是"大匠"交代徒弟们优长之处。以言"巧妙绝伦"——创出一手绝活来，还得看学者的聪明、用功，以及他的艺术上的特刨性了。自然，有的不需先生教过却能在文艺上有所创造的，这也不是罕见的事。

孟子的话不须多讲，而从"熟"中方可逐渐练出"巧"的创造，也是打不倒的至理，足以反证王充这几句话的价值。那有若干年只写一篇文会成名作的，那有好几年只登台一次会成为好演员的，那有终年不拾绣花绷子，偶然来一回"描蛮绣风"不指额针斜绷"曲不离口、拳不离手"，这才能熟，——熟中可以生"巧"——还不是人人皆然。一切文学艺术的学习、创造和成就，详说起来各成专书，简要言之，似乎就是这点道理。

（早有熟练基础的自当别论。）但，这里所谈的"巧"字，话读者不要误会成"为艺术而艺术"的"艺术"，这是指的文学、艺术上的伟大、高妙境界，是每一个创作者希望达到却并非容易达到的境界。其意义指艺术上的成就，可含有思想上的陶冶。明白艺术不能离开思想的指导，我这里便不再多说大家易知的话了。

中国的艺术革命

打破死艺术的观念　创造德谟克拉西的新艺术

人说中国是文明古国，中国人便沾沾自喜，历数自周秦以来的四书，五经，百家诸子，抱残守缺，认为西方文明，不过是"后生新进"，无足与较。人说中国是静的文明，不是动的文明。中国人便以"道可道，非常道，名可名，非常名。""柔茹刚吐"模糊迷离的思想，以为"发明""创造"都是无用的事物。人说中国的艺术，自能代表东方人幽静玄秘的个性，中国人便又自捧起黑暗深沉的建筑，平静淡远的绘画，飞扬飘逸的字体，以为欧西的艺术是粗浮，犷悍，淫荡，奇诡，不能以"小巫而比大巫"。不错！中国的文明，在文明史上，自然占几页的位置。中国是静的文明，静的文明，也自有其本身的相当价值。中国的艺术，自有其艺术的民族性，与个性的代表发挥，自有其艺术之艺术的特色。然我敢说一句骇人的话，世界潮流，如狂涛怒浪，且向东方尽力的卷来，中国是古的文明国，当然独受其迅烈的冲突。典章，制度，礼教，政治，都不愁不为这狂浪怒涛打的粉碎，变成竹头木屑，不能再建立在旧日文明的旧基础上。我们须重新收起这些打碎的竹头木屑，留精弃渣，重新估定他们的价值，再和上新的材料，另行建造坚固良美的船只，方得船行于狂涛怒浪里去。若尽着保守，尽着"夜郎自大"，"目无余子"，到了时候，不但新的潮流不能容纳，就是旧的精华，也湮没无余。穷，变，通，久的道理，这倒是中国古书的革命言论，我想竭力"发扬国光"的中国人，必说这是诐书诐言，然而中国人性执胆小，却还没听见有人敢说这句话。

单就中国的艺术说来，从结绳，搆木——结绳，搆木，虽是人民文化进步的初基，然我以为也是人民艺术性的表现。——以来，四千年来建筑，雕刻，音乐，诗歌，绘画，也产生的非常之多。不过受了这种陈旧、压制、统于一尊思想的暗示，传染，所以无论那种艺术，最好的不过为个人的娱乐计，而最普泛的是记功颂德，作了他人的表彰品，中国本来没有精密的艺术史，可以征考，然就这两种标准论起来，却也出不了这个范围。

果然能真正是作艺术的艺术，完全发展个人的特性天才，虽即是无利于人，然尚不失为一个特立独行的艺术家，自有其艺术本身的价值。（就美学上说，为艺术而作艺术，也有些名人主张这种主义，言之冗长，故从略。）而中国的建筑家，雕刻家，以至于画家，诗家，音乐家，能到这种程度的，已是"凤毛鳞角"。况且有些人为消遣计的，可不必论，除此外，真能作到这样的有几个人？且是艺术对于转移社会风习，改进人生思想，非常的重大，我们只听见中国的艺术，全是为社会所包围，所征服，没听见说有几个艺术家他们的作品，能影响到民众的思想上去，能惹起社会上深烈的印象。这固然由中国昔日的社会，原没有艺术性吸纳的缘故，也是由于艺术本身，没有超越的作品，能以引起社会的兴味的缘故。

西方所说为艺术而作艺术，他们的作家，真能就特性的天才，尽力发挥，对于人生种种思想的表现，所以虽是为艺术而作艺术，然以其专力苦心，终必引起社会上多少的兴感，暗暗的移风易俗，于不知不觉中。他们并不是作淫哇无谓的诗歌，打脸谱翻斤斗，野蛮优伶技艺的这等艺术，所以与社会上是有密切的关系。

中国艺术品，不是没有相当的价值，有些人苦心孤诣，惨淡经营的，也给后人留下了些深刻的印象，但是缺乏德谟克拉西的精神，也就是与社会上不生重大兴感的关系，而非普遍的艺术。德谟克拉西的艺术，便是对于艺术的注意，要同民众的表现一样，而尤注重于民众的诗歌，民众的舞蹈和一切可娱乐的艺术，使他们普通创造兴感的发挥，是非常坚定。细解释起来，就是一切艺术的创造，无论如何，必要在民众里头生出重大的影响，不能做贵族的，古典的，装饰的艺术。而要作有主义，有兴感，而平民的艺术。重创造，不重因袭，重发挥个性，不重装点派架。我想现在有志作艺术家的，快快努力，不要只伏在旧艺术的底下，作摹仿规抚的奴隶。

艺术都是用心思的运用，手指的技巧所作出的，有什么死，活，动，静，可分。但我总以为中国的艺术，是偏于死的，静的，无生机，无活气，没有足以引人忘倦，深入人心的吸力，这即是中国艺术的缺点。譬如法国罗丹的雕刻，生动活泼，使人看过后，引动许多思想，这可见得他的艺术是有生与动的能力，绝非中国的艺术所能作到。所以我希望要打破中国死艺术的观念，另创造德谟克拉西的新艺术来，于中国死气沉沉的社会上，必有革新的关系。

这个问题很大，就此短评里，也不过稍引端绪，不能尽言的。

文艺杂评三则

文学是那样的标准吗

我根本上不信文学上必以善为目的的虚矫说；尤不信"诗"之教即以温柔敦厚可以概括。"善"固为文学中之所有事，但什么是善？标准何在？在君主时代的文学，则以歌颂圣德铺张鸿业为善；在革命时代则以文学的力量，激起人民的反抗为善。

然则善在文学中，不过是种随时转移的东西，那有准确的不移的？譬如浪漫主义盛行的时代，以描写得热烈奇幻为善；而自然主义流行的时代，又以冷静观察写实的方法为善。写大人先生曲曲传神，固是善，即写微事及乡民的生活，也何尝不是善。不要说取这个笼统的"善"字作文学的标准，不能深入文学的内奥处；即以中国的常语以"乐而不淫，哀而不伤"的话，来作文学的界限，我以为也是受了历来中国一般人误解文学的暗示。文学是感情的产物，只是由真实感情中流涌出来的作品，能有感人之价值的，便是文学作品。不然即如古今的格言，语录，何尝不是范围人性，以"善"为归的文字，但为什么不成其为文学？反让那些"荐绅先生难言之"的琐事微言，在文学上有很高的位置呢？

即或中国的文学说：几千年来，都以为"文以载道"，以为"文者以明道"，遂致后来从事文学的，在其心中，先有个"敬慎恐惧，非礼勿言"的观念亘在里面，凡有所作，虽千变万化，总以不背圣人之道为准。因此将文学的本质损坏了不少，将文学的趣味减少了不少。而人们方自赞叹，崇拜，以为这便是中国文学的"粹"处。其实中国文学的真正价值，何尝丝毫存在于宋儒语录，及原道式的文字之内。（试将韩愈的《原道》，《原人》，与其《送李愿归盘谷序》今时阅读，到底那篇比较是更多感人的力量？）为什么一班人所念念不忘的，反是一些特异与流行的诗歌，《红楼梦》，《水浒》，《西厢记》几部书？若说到他们所谓以"善"的为本，那末，像这几部小说，当然在中国文学界中，没有存在流传的可能。须知我们讨论文学，便不可让古圣先贤们先占住我们的观念，以为所为稗官野史，便无一论的价值。

"乐而不淫，哀而不伤"，充其义蕴，不过是要得中庸之道，中庸二字，用在伦理学上，或还可以有其相当的价值，至于在文学中，总不适宜。乐与哀，纯是人的情感的表现，诚中形外，是不可掩饰的。而因为勉赴中庸之道的缘故，必须加以节制，这又何苦？"发乎情止乎礼义"的话，实在令人难懂。文学固然不是含有排拨性的，然而也不能含有节约性。不能示人以必如此作，也不能示人以必不如此作。教训主义与道德主义，在文学中原讲不到，更何从说到笼统的"善"字为准。

中国文学，受了礼教的暗示与束缚，免不得是这种迁象。然而这又与政治上，社会上，种种有关，绝不是以"善"为准的话，抹倒一切而不论。不信请详细评论中国最著名而为一般人所欢迎的作品，我恐怕终难与"乐而不淫，哀而不伤"的旨趣相符合。淫是什么？其中有没有界限？难道说，独有……方算得淫吗？哀而不伤，更为费解。在当时孔子说此二句话，我想当然另有他解，绝不能如今后人那种解释。（先要说明他是说《关雎》乐而不淫哀而不伤呵）不然诗三百篇其中果然没有淫的吗？没有伤的吗？我想也没人敢下这样的武断话。

即如《诗经》中"有女怀春，吉士诱之"。"有女同车，颜如舜华"，以及《陌上桑》中，这样的状态，是淫与否？我以为真正得情感的融洽，淫亦何妨。中国文字上一般人都讳怕此"淫"字，而到底"淫"字是什么？此字涵有何意还不曾明白。写到这里，记起周作人先生的话来："倚了传统威势，去压迫异端的文艺，当时可以暂占优势，但在后世看去，往往只是自己'献丑'。"因为以礼教作文学的传统思想，古圣先贤误之于前，一般自号为卫道而研究坟典的先生们，又误之于后，遂将文学，与中国文学的真象与概念，越发弄不清楚了。

文学原不能拿那种肯定的抽象名词，去加以范围的。譬如读托尔斯泰的著作，给我们以文学上的感化，而读了左拉、莫泊桑的刻露的大胆赤裸之描写，也不能不使我们有极大量的感动。若说必要持守中庸之道，以及必以温柔敦厚为诗之旨趣时，如王粲的《七哀诗》，《饮马长城窟行》，如杜甫的《兵车行》等诗，便不能成为好诗吗？而他们的描写，却实在说不到"哀而不伤"上面。又如中国人传为名诗的"可怜无定河旁骨，犹是春闺梦里人"还曲为之讳说是"哀而不伤"，未免令作者笑死了。

总之温柔敦厚，乐而不淫，哀而不伤等话，在文学中，在中国文学中，当然多此一部分的现象，而必强断文学以此为准，以及中国文学之佳作品，都不出此三数语的范围之中，还是受了文学以教训主义、道德主义为根本的流毒。而正有好多人，却以此等见解为新发明呢。

此短文已草成七八日，今日又从上海报纸上看见有人谈论乐而不淫哀而不伤的文学价值。我本有许多感想，但在此篇中还没曾多所发挥，容后得暇当详为讨论，以决此等问题。

作者志

一九二二年十一月二十三日

我们不应该以严重的态度看文学作品

前几天有位朋友写给我一封信，大意说：近来看《小说月报》，最使我感动的莫过于某君所译的《灰色马》。当时我便即刻回复他说："……可惜具有你这等眼光的太少。中国人不但少有实行《灰色马》中所代表的精神的人，即达然赏鉴这种书的人也过于少了。……"近年来凭青年努力的成绩，输入西洋的第一流的小说，也不能算很少了，而译述俄罗斯的小说，——且是大部的小说，尤多。研究过近代文学的人，都知道俄国小说家的伟大精神，以及对于一切的制度，与人生曾有过何等切实而激励的如何样的批评。托尔斯泰固然不用说了，屠格涅甫，陀以陀夫斯奇，高尔基，安得列夫是何等伟大的天才。其所著作，切实说去，与一九一八之红色革命，实有密切之关系。而俄国之雄壮悲哀的精神，所在任遭何等艰困，而不退缩，且能勇迈前进的缘故，固然是其国民性与其由历史上得来的教训；但文学家的尽力，由潜在中唤起国民之魂，谁能说是毫无相关的。

在中国这等是非混扰，困苦颠连之中，人民虽无真正悲壮的反抗精神，与可歌可泣的魄力，一方面固是没有完备的教育，而几千年萎靡颓放的文学，实在在暗中已养成国民此等的习性。缠绵歌泣，美人香草，我们自然不能说那是没有文学的价值，即谈天雕龙，说鬼论狐，只是有纯正精神与实在情感的表现的，我们也不能蔑视。但我以为无论在创作者，或是在阅读者，都须拿一种严重态度去著作去赏鉴。读法国革命时代的文学，固然予人以热烈鼓舞的兴致，即读王尔德，与勃来克的诗与小说，也何尝不使人感到深沉而微妙的感觉。文学作品的种类，虽是不一，只是出自真诚的东西，言情也罢，说战也罢，祈祷和平也罢，描摹革命的精神也罢，作者是用严重态度叙述出来，阅者也应用严重态度去看他。我信为这种话，是不可移易的。文学万万不是一种玩具，不是掷骰，下棋般的什物，不是可以拿来用作茶余酒后消遣的资料。或者这种文字也有的，那末，无论其负有道德上的责任与否，绝不是文学作品。文学只在从事物中情感中，提到一种神威，与经济的断片写出，供人们领受的，给予人们灵的或肉的影响的。所以只以作品内在之精神，去定其优劣，而文学作品的本身，是不负有道德上，与法律上，什么善良风俗等无定则的责任的。

总之，真正的文学，是出自严重态度之中的。我们当然要用此同等的态度，去阅读文学的作品。

近代文学作品，最令人有多量之感动的，莫过于俄国小说。托尔斯泰的著作，大家多是知道的。屠格涅夫的《唔唔》、《初恋》、《父与子》，陀以陀夫斯奇的《罪与罚》、《贫人》，安得列夫的《七个被绞死的人》，《红笑》等等，都是在世界中最有名而最有力量的著作。又如阿采巴希甫的《沙宁》，《工人绥惠略夫》，以及最近所已释出的古普林的《灰色马》，其态度的严重与感人的深沉，求之于他国的小说，实少有此类。而且悲苦惨淡与兴奋激励的精神，反抗与作定价值的烛照，在俄国人当时曾受过伟大的影响，而在目前的中国社会中，尤为需要。然而为什么介绍他们的大作甚多，而未尝看见一般中国能读书的社会生一点影响？而且还少有引起青年的兴味来？大家只知一天天花呀，月呀，诗魂呀，恋歌呀的随随便便的唱出，谈起。（自然我不是不赞成纯抒情的文学，但中国这些自号为抒情的新作家，以及自命为新文艺的读者，曾创作出几部如《少年维特之烦恼》来，曾作出几部真能动人的抒情诗集来？）而对他种文学，却索性连问也没有人了。中国的新青年尚如此，令人一叹！

其实病根所在，还都是没曾将轻视文学的病根去掉。只知向捷径上乱走，没曾用严重态度，去容纳分析文学的观念。

哦！我们对于文学，究竟要这样下去吗？还是要取严重的态度呢。

什么是文学中的情感

文学是情感的产物，稍有文学常识的人，都知道这句话了。但是我们要从一篇很好的文学作品中，去清白地解剖他的情感，便不能再用这句笼统的话所能概括了的。杜甫的长歌当哭，叙述乱离的文学，自然是感情的。而李长吉的托思奇幻，胡帝胡天，难道其中就没有情感？所以文学出自感情，而感情在某一种文学作品之内，却不是一个模型之内的。《文心雕龙》中，也曾有几句极明切的话：是"……故情者文之经，辞者理之纬，经正而后纬成，理定而后辞畅，此立文之本源也。"刘勰的意思，也是以文学作品，推重情感，情感为上，文辞次之。文学求情感之真，只是由真心中发出来不得不言的情流，那末就是文辞（即今所谓文学的艺术）不及，而无碍其为好作品。反过来说，只能文藻，讲究声、色、律、韵，不含有一毫真实情感在内，不过是种悦人耳目的文学游戏品而已，万不能深深的感到人心里面。

在作者——真正的作者，他著作的时候，自然不是去造作出情感来。布局可以假定，人物可以假定，事实可以假定，对话可以假定，独有在后面的情感，不可假定。因为诚是不可掩的，少有不诚，尽管如何掩饰，在字里行间，必定看得出。即如中国的旧小说，说《红楼梦》里面所包含的情感，不能不说是真的。而《续红楼梦》，《红楼再梦》，《红楼圆梦》等书，所以终不为人所欢迎的缘故，文词之坏，布局之乱，毫无道理等，且不必说，仅是这些书中的情感，一览之后，便知道是虚伪的，矫作的。这其间似乎有点神秘，而并不是的。文学是代表人情的，一个人的性格，总是日常赤裸裸地待人观察，假面具万万不能带上。即带上究竟会被人看破。文学作品中的情感，正是如此。也或者在作者一时没有曾想到如何将内心中的喷涌的火焰，写在纸上，给阅读者以感动的印象，而他的情感的灵火，自然会炎炎地扇到阅者的同情中去。

情感在人类的心中，尤其是在文学家的心中，不是统一的，相同的，无变化的。所以头脑过于单简的，断不会有好的文学作品出现。爱与憎，赞叹与诅咒，乐与哀，平和与奋争，激动与消极，这都是一个文学家心中所扰乱不安的情感的交流。由外象的反射镜中，摄取了种种的事物，包涵到自己的情感中加以陶冶，加以剪裁，再以有趣味的文辞述叙出来，便是文学作品，当然血与泪包含在内，而欢呼与幽叹包含在内；"水流心不竞，云在意俱迟"的静的生活在内；而"风尘荏苒音书绝，关塞萧条行路难"的慷慨悲歌的感情，也在其内。文学上的理想，任何奇怪，一句话总是由于人生For Life。文学家的情感，当然也就是人类常有的情感，不过他们是更深密更敏锐更深入，且能写得出罢了。

现在中国文坛上，也讲究对于文学作品的批评了。我以为批评文学，最宜注意之点，还是情感；至于艺术的优劣等等，是后一步的事。若要真正有精确正当的批评，必先深深的加入作者原始情感之内部，而又须加以解剖，方可了解一种作品的情感如何。即是一种作品真伪所分剖之处，情感既不是一种模型的，又不是千篇一律的。一样的悲哀，程度不同，而悲哀的对象也不同。一样的快乐，而快乐的原因，与快乐中获得的也不同。若要批评一种作品时，对于情感的观察，不宜含混，也不宜笼统，必须详细剖解，而后方才能明确的知其内在的情感之所在。批评文学作品中情感的方法，据我所见，以温齐司德的主张，为最简要而利于应用。他说文学中的情感的分类，以五种作标准，译出如下：

（一）情感的正当或精确。
（二）情感的活泼或强度。
（三）情感的连续或固定。
（四）情感的门类或种类。
（五）情感的等级或品性。

他还按条加以解释，指示出如何方能认识在文学作品中的情感的真象。"艺术的每种作品，是有真实的感情的统一。"这句话也是温齐司德说的。我想在今日的文学批评界中，以批评的素养缺乏，不能深入省察作品的感情何在者，非常之多。又有些盲目的批评者，引经据典，徘徊迷失于暗雾的途中，误用批评的权威，以至于失却批评的效力的，更所在多有。所以我很希望真正有些学养有素的批评者的出现，能得真正的文学作品中所涵有的情感、批评出以介绍于读者，正是极有力的工作。

温齐司德的话，固然不能作一定而不可移易的准则，然而他用这种精密的方法，去分析作品中所涵有的情感，比着笼统含混的中国式的批评家所用的方法何如？

天才与经验

　　天才是区分与给予表现的一种势力,这种势力是在物质的下面的,所以天才(Genius)是一切进步的源泉,能以经过资才的思索,而发露出他对于人事,对于自然内在的生命的观察,而又能用恰当的艺术表现出。天才与平常人的不同处,一是观察,一是想象,一是表现的艺术。天才家的观察锐利,想象丰富,而又有完好的艺术,所以一样同我们生活在此世界之内,然而他能将我们所不留心的,所想不到的,所不能说出的事物,一一都捆捉得到。天才家所以能纵横如意,能以将平凡的事写得真实;将难于言说的风景,写得生动;将理想上的角色,写得如目见其形耳闻其声;更能将幽远曲折的想象,用各种方法叙述出绘画出传达出,这需要他的心灵的活动。不过这里所谓心灵的活动,绝不是他仅能描写绘画事物外部的形相,行动,更须探捉到它内部的生命。说到这里,足以见出天才的特点来了。与此有连锁关系的是经验(Experience)。天才是一种创作的原动力,而经验却是他的工具。无论那一个艺术家,其生活要丰富广博,却不是屏绝人事,闭户咿唔的能以窥察尽宇宙的奇妙，与自然的博大，乃人间的复杂的，艺术家必有许多体与脑的热病的生活（Febriile life）可以创造出伟大的艺术。这种生活，不止是体魄上的冒险——放纵的肤浅地经验。这种生活对于艺术家对于他所不可缺的是因为他的权能的实行（The exercise of his powers），此权能的实行可以将智慧的斗争之必要教授与他，且由此发达他的意识，将评量，称衡及塑成诸种律教与他。此处所谓权能的生命；取谓能将对于自然，对于人事，对于一切的评量，称衡……法数与他的，就是须走过经验的一条路。无论那种艺术是由人与生活及他的资才接触藉此以先决定在效果底面的原因中出来的。伟大的艺术，是人以其经验的志趣表现出，——其经验的获得由于直接，或由于间接，都不一定，然有此经验，必能以借此扩大其思路，与活动其智慧，增加他所描写的材料，却是可以断言。然而徒有经验，往往印象于心，而不能达之于笔，这就是缺乏创作的天才。譬如只有工具，而没有原动力，焉能运转自如呢。

伟大的艺术作品，必以天才与丰富的经验相合，而后方能产出。由空想而产出的艺术，一样是不可磨灭的，不过据我的理想，无论其神秘到若何程度，空想得如一片白茫茫大地，而其受有特别的经验，必可揣测而知，不过因其取材特异，不易为人觉察出罢了。

文学与战争

　　文学是描写，表现，叙述人间（广义的）的事实与理想，而其归结，则在令人愤启，悱发。而战争是什么？自然谁也知道此二字是代表破坏，扰乱，激动，不安的各个名词的性德。"文学"与"战争"，两个名词似乎并没有联属的必要，但文学是描写，表现人间事实及理想的，战争自未有历史以前即在人类史上占一重要部分，所以关于战争的文学，亦为文学作品之一种。我们知道《书经》及《左传》，《国策》诸书，其战争的叙述，足以引其数千年后读者的兴味，而由中国韵文最早的总集《诗经》如《东山》，《小戎》诸篇，——姑不论其写战争的那一面——可知战争自有此不幸的人类坠地以后，即与以惧来。希腊的荷马纪史诗，印度的Ramayana其中写战斗事活现如生，不特文学上的价值因之增高，即研究古历史的也于此中觅到材料不少。人类是战争的动物，原非虚语，再扩而言之，此终古扰扰的宇宙，原是一个战争不息的肌体。人与天然战争，一切动物又彼此作战，杀机即基于生存的欲望而起动，不足惊诧，更不足非笑。也有人说，非战争不能促世界之进化。人间生活的方式万变千转，而战争居其一。所以它能在表现人间生活方式的事实及理想的文学中占一重要部分也属当然。

然而我们读起东西古今的文学作品来，其中对于狭义的战争，——人与人相战——大可分作两面：一是赞美战争的，一是诅咒战争的。譬如王粲的《七哀》，杜甫的《兵车行》诸种诗歌，则尽力叙写战争的暴酷，残虐，人民以兵役为生活上的最大苦痛。又如陆游的《从军乐》，岳武穆，辛稼轩诸人的词，但是鼓舞兵甲驰动，壮士效命于沙场的光荣的。在西洋文学中也可分此二类。我们大概称文学家都是富于同情的，都是悯恤的情绪比着暴厉的情绪居多的，何以文学家竟至赞美战争？这岂非不可理解？这个问题要解析起来，须包含历史，政治、宗教，及社会心理学数方面讲去。但就粗浅处说，则有下列数端的原因：（1）由于时代的不同，（2）由于政治上环境的变化作者所受的感动不同，（3）由于作者所反应的快乐苦痛的不同。这三类之中大概最主要的莫过于政治的环境一层。人类究竟是受支配于历史的事实，即令有如何的天才，在一个社会中多少总不免受当时的群众心理的影响。自然时当承平，社会安宁，而在同一民族中互起无意义的战争，杀人遍野，荡析离居，好好的将整个的社会毁灭于兵灾之中，农夫弃其耒耜，商工停其职业，这都是应当诅咒的。而在世界未曾大同以前，国际的局面没曾打破，民族的侵略没曾都弃其野心，忽而有国破家亡之厄，所谓异族凭陵，恣其残暴，那末，有些热血沸腾的文人，自然不免为鼓动他的人民夺回政治上的势力的缘故，而高唱革命的悲歌，期望在惨淡辛苦中争回天赋的自由。例如玛志尼，拜伦，陆游诸人，即是根于这一类动机，而有赞美战争的文学作品出现。所以非战这是我们时刻不忘的思想，尤其是在今日尚不对于穷兵以逞以无数兄弟的头颅为少数人换取权利的永久质券的事加以攻击，则心肝何在？不过论起过去的文学家他们赞美战争的，却也有他们的环境及其遭遇的不同，我们不但须分别评论，并且对于他们那样血跃的情绪，狂热的讴歌，给他们同时的那些忍垢含辱，低首下心的人民饮下清醒的兴奋剂，还更当叹赏，而且他们的真诚，又足令后世的我们为之洒一掬的同情之泪。

不过到了今日，多数的战争只是为个人地位，或少数人的欲望而驱迫多数无知的人民为作沙场的死奴，"义战"二字已提不到。所以我们看起来，不要以为如同在剧场中看红花面与黑花面相打，聊作笑乐，以为无关于我们的痛痒。诚然，"天地不仁以万物为刍狗"，但我们少有思想的，若果安于"刍狗生活"，就不必高扬着"人为万物之灵"的旗帜，傲然地予智自雄，一任这个混沌的世界，互相搏灭，互相争杀罢了。如果尚以为我们要做个"堂堂正正的人"，我们还要有同类的情感，那么，对于灼如烈火，厉如恶魔的战争，便当扩大我们的同情心，力加反对。我们常听见说：文人的情感比起常人为丰富，而容易激动，这或者是他们有反对战争作品出现的一种原因，倒不必理会，只须从良心上下一番观察，则知同是我们的为兄弟，乃为一、二奸黠者作死奴，食不终饱，血染头颅，好男儿的体魄，竟作了春闺梦里的情影，我们便不禁血热如沸，而有不可抑过的情感，驱上我们的舌端笔尖，想替无辜的人民作不平之鸣。观于欧战中及战后的非战文学，可以想见人同此理了。

谁能读到安特列夫的《红笑》（The Red Laugh）不为之震惊！谁能读过加尔洵的《四日》不为之惨恻！不必说战争的过后损害，如罗素曾言为一时的竞争毁灭尽数世纪的文化的事不可为，即就当时民间的痛苦说，又焉能不使人为之忧伤！李华所说：谁无父母，兄弟，妻子的话，尚属常言呢！然而有人却以为这的确是书生之言，——以个人偶发的情感，想阻止不可能的战争，只不过是文人的幻想而已。抑知世间群趋于争杀厉虐的灭亡的死途上去，最可珍视的还就是此文人的同情幻想的一点。一粒沙子且之于这样扰扰纷纷的世界之中，更何足言，但它能够培植甜美的果子，芳芬的花萼。一粒沙子似的思想，果能由一个人的心里传到个个人的心里，将来的结果正未可知。

文学作品不是有目的的，但个人思想的冲发，也自有其起源与背影。

我们不愿在这等世界孤独的怯弱的生活着，我们对于为"正义"而发生的反抗精神，如皎月似的光洁，如秋泉似的明澈，如火馅似的烧着。少年的精神，宜带有悲壮的色彩，我们在不可知的前途上蹟行着，层层的翳云，重重的毒辣，都足使我们恐惧，疑忧，举足四顾，茫然不知所从，但我们能以寻到反抗精神的帮手，用悲壮的力量我们便可打上前去。本来匆匆数十的寒暑，如电流的"生"之瞬间，我们不只以遨游，且以永日，何苦替己身以外的人担什么忧！即使战争的恶魔奋翼飞翔，走遍了大地，更何苦去多扫他人的霜痕！但少年人受了自然的情绪的支配，便不禁将他心中的浪潮向人间挥洒。固然"正义"的影儿是弯曲的，但我们却能因其影儿弯曲，便说它的本身本来是不正直。因此我愿今日的少年，正宜目光如炬，眼光如泉，向此纷扰的人间，打起悲壮的战鼓，去寻你们已失去的情人。

这似乎是题外的话了，但我以为过去或将来的文学家，他们的作品果真是去寻觅"正义"的，是富有悲壮精神的，那么，反对战争或赞美战争都好。——但文学作品原不是为其目的而作的，因为它是人类普遍情感的语声，所以自然不能不与我们切近的事实有关。

"文学与战争"这个题目，自然可作专书研究，我不过在这样的秋雨萧瑟之晨，借它一个现成题目用来略抒所感罢了。现在不"积骸成莽"的地方少得很呢！何用我们来发这温饱以后没有事作的感慨，但言为心声，我们不能不表现自己，同时也不能以此望诸能人，所以就信手写完了这一段。

九月十八日

这篇方写完,《小说月报》第七号乃方由兵火围绕的沪上寄到,略看一过,其中有几篇创作颇如我所想,因为都是描写战争的,故趁便介绍一句。

人格的启示

鲁迅先生永逝了！虽然他的精神可长留于天地间，但"一棺附身"，从此却不能再见到他的面容，听到他的美语，读到他所写的深刻的辛辣的文章。凡是关心于中国新文化运动的人，这几日谁的心中也有点怆然之感，特别是在"风雨飘摇"国难日深的现在。

一个人的人格的伟大这不是用工夫学来的，也不是纯在知识中陶冶成的。世间不缺乏带着几种面孔，或翻手为云覆手为雨的人物，讲道德，说仁义，谈天论地，一样是有广博的学问，熟练的主义，但人格的伟大呢，却另有所在。

我再三细想，觉得这还得从个性上去找：先天的成分多，后天的力量少，专靠思想，知识，——由教化中来的变化，其影响于人格处究竟有限。一旦有外界的变更，容易转向，也容易屈服。本来在看法上，想法上稍稍放松一步，稍稍妥协一点，所有的"安身立命"之点也马上动摇，不久由动摇而颓落，后来便灭迹销声，找不到原来所是可以把持得住的那一点定力。

但有伟大人格的，除却思想视野的诸种表现外，他有认真的，固执的，却也在这一点！

"匹夫不可夺志"，看似平常，实行起来怕非易易，看得明，想得透，还要把得稳。荣、辱、毁、誉，一切皆不理会，自己信得过，虽"石烂、海枯"，我行我是，这不是个性极强，认事极真的人莫想办到。

试问这样单凭知识的增益成吗？单凭"用工夫练"就会有吗？

从古代到现在，好难得的是几个有骨气的人物！说一句近乎过刻的话，求之于知识阶级中人更是"寥如晨星"。

是、非、利、害计较得过于清楚，至少有两句话称量自己："图什么"？与"何苦来"！这就是所谓放松与妥协的基点，再称量几句，什么想头都来了。道不加高，魔却日长，原来有的那点器识，那点志趣，完全烟消火灭，而且反面的势力的诱、迫，可将这计较者完全另投入一个洪炉。

所以，言及此，似乎有点旧理学迂腐气（更有点言道的嫌疑），难道我们应该提"随机应变"，到处识时务，"东扶西醉"，没一点骨气的人生吗？

对于鲁迅先生，不讲其思想，学术，文艺上的造就，但就这一点倔强性来看，谁能不佩服他的人格的伟大？

其伟大处正在向不模糊将就，不人云亦云，是非的分析一丝一毫不含混。

自然以中国昔日道家的阴柔处世观看他，一定有许多聪明人在腹中加以讥笑，因为他的一切都是自找苦吃。"他火气太大了"，"他的脾气了不得"，"他一点事也容忍不住"，这些评论在鲁迅先生的生前大概已经有人曾说过想过罢，但其人格的伟大处也正在此。

对世间一切不认真，不固执，不自已把得住，随风便吹，随雨便打，春来学着鸟鸣，秋间摹仿虫叫，取悦于人或有之，求其有所建立，树之风声，打出亮光的火炬，做暗夜中的冲锋者，能成不能成？

他的火气，脾气，他对不合意的事一点不容忍，是他的真实个性，也正是鲁迅之所以为鲁迅处！

若除开这一点，他的思想，他的著作，均不是我们所知道所熟悉的鲁迅先生的思想与著作了吧？

在疾风中才显出劲草，同样，在苦斗中才见出真正的壮士！

鲁迅先生所留予我们的，第一是他人格的伟大！不屈服于任何力量，任何人，任何的浮泛的温情的好话。

但有这样精神的由来，却基于个性之强，认事之真，不稍稍放松，不稍稍妥协上。

鲁迅先生永逝了！在艰苦挣扎中的中华民族尤其需要把鲁迅先生平生的精神保持下去，应付我们的这个时代！

一九三六年十月二十三日

大师经典

王统照精品选

小说

雪　后

北京附近有个村庄，离铁道不远。十二月某日下了一天的雪，到下午才止住。第二天天色虽还没明，全镇的房舍、树木，在白色积雪中映着，破晓的时候格外清显。

晨鸡喔喔地啼了几声，接连着引起了镇里的犬吠。正在这时，村庄的前面，忽然起了一个沉重响亮的声音，接着就是枪声、马蹄践在雪上的声、呼喊的声，还夹杂着一些细小声响。这等声响约停了二十分钟，又复大作起来。立时引起了村中最东一家人家的一个小孩子在破絮被里颤栗的感觉。

破茅屋中，被雪光映着，靠北墙一张床上躺着一个三十多岁的女人，身旁有个五六岁的男孩子。他们盖着薄薄絮被，冷风从沉黑的窗中穿进，使他们几乎不敢露出头来。

重大可惊的声响，从冷厉空气里传到他们的耳膜来。那个妇人也早已醒了，然而她的心，正悬在辽远的地方，和不可思议的事上去，没说话。小孩子正盼着天明，好继续游戏。他也不怕冷，时时爬起来，瞧瞧窗户，只见很白亮的，却也不知天明没有。

看看母亲，正睡的熟，不过看她的头发，时时有些松动，又听着从她喉里，发出一种轻细像是哭的微声来；和平日抱着他，在她膝上，看一封信时发出来的声息一样。他是个聪明胆大的孩子，在这深夜破晓时，他这种联想在他幼稚的心中，同电光闪动的一般快。即时，他又起来望望窗上的白色。他忽有不敢确定的思想，

"这白色的雪吗？雪是白的，怎么又化成污泥在河沟里流着？"他这种推理是片段的，然而他幼稚的心中有这一念，却陡然觉得皮肤上也有些冷意。这时村前的响声正砰砰拍拍大作起来，他不知怎的一回事，但是觉得耳朵里几乎装不下了。他虽没听过这种声响，又不知是什么声响，因为他自下生以后，所听见的鸡鸣声、簸谷声、春鸟的歌声、田圃里的桔槔放水声，母亲拍着他睡唱儿歌的声，这些声都是他很注意的，再大一点而可怕的声响，就是村中的群狗互相打架的声了。至于这雪后的早上忽有这种狂轰的大声响，他一向没曾听过。——因为他小的时候，村中也有这种声响，不过他不记得。——他小而冻破的手也有些颤动，似乎觉得窗隔一动一动地也将倒下来了，他于是带着被子，滚到母亲怀里道：

"什么？……什么？我的耳朵！……"

他母亲用枯瘦的手腕将他搂住道，"不要怕，——这是军队打野操的声响。……"

"什么军队？……"他很疑惑地这样问。

"军队是肩着枪刀打仗的。……"

"就和李文子拿的那个用纸糊的枪一样吗？……他说是他父亲给他买的。……"

她却没即时回答他，这时窗外的炮声又作，她便含糊着道：

"不！……不！……"

他便不再问了，害怕的心也减去了一些，但是在他母亲怀里很注意

地听那忽轻忽骤断续的声响。她一手搂着这个可怜的孩子,一手把披下来的乱发慢慢拢上额角。室中已甚明亮,然而却觉得越发沉静,风声吹着落在地上的雪花,沙沙地打在纸窗上响。半晌,那孩子忽然问道:

"母亲……我父亲,……你说也有枪,他现在哪里?也在黑夜里作这种事吗?……"

她听他这句幼小而痴想的话,却没的什么说,只是从眼角里流下了一颗泪珠,滴在孩子的短发上。

天明了,村前的声响也停止了。冬晨的空气非常清冷,似乎也从长眠中醒悟过来一般。而村中的人都拿这早上的事作谈料。

村前,雪后的一片田野里,白茫茫的雪光,有许多凌乱杂沓、泥土交融的痕迹。田野旁一条小河,也全结了冰。惨淡的日光映在冰上,也不见得有些融化。北风奇冷,吹着树枝上的雪堕落在河冰上,发出轻清的声响。一望无际的雪,地上不见有一个行人。

独有在被中惊怕的孩子,这时他却不怕冷,远远地领了四五个小伙伴,冒着咽人的寒风,从镇中跑出。他在这四五个同伴里是较小一些,然而还有比他小的一个女孩子,戴着一顶绿绒花结帽,也在后边跟着他跑。

他像首领似的,要表示他的功绩,脸上虽是冻得发了紫,他却是一边跑着,一边鼓起勇气,和他那些小同伴断断续续地说道:"宝云……和妞姐儿,……你们看看我昨儿用雪盖的小楼啊!……我和吴妹妹盖的。……就在河边上,……就在河边上,管许你们一瞧就乐了。……走!走!……看小楼去。……"他不等说完就跑到河边,那些小孩子也叽叽呱呱地随在他身后乱说。

河岸很平正,昨夜的风虽冷冽,可也不大。他与他的吴妹妹,费了一下晚工夫,盖成的一座小楼,两边用雪块堆好,明明在河岸上。他们因那游戏的工作,连小手都冻破了。他自己昨晚回家,同母亲说了半天,恨不能即刻天亮,好去领那些小伙伴,夸示他们特殊的本事。所以早上在母亲怀中，虽听了奇怪的声响，和看见母亲的泪痕，但他不知是什么事，也早忘了。这回只是急急去找他那在雪后的小建筑物。

可是，河水仍然全冻着，树枝堕雪仍然时时掉在冰上，一望无际的田野里，仍然是白光幻耀，但他沿着河岸，跑来跑去，就是没有了他与他的吴妹妹昨晚很辛苦用雪堆成的小楼。河岸上只有纵横的马蹄和无数皮靴的痕迹，就是昨天晚上很平的雪地上，也忽地扫去一道，堆起一片，完全不是昨天那个样子。

他急得乱说也说不清楚，别的孩子，也看得呆了！那个戴绿绒花结帽的小姑娘，却眼包着幼稚而可怜的泪痕道："瞧咧！……没有了！谁给我们毁坏了！……你们瞧我的手咧。……"她伸出小手来给这些孩子看，白而嫩的皮肤上已红了几块，且肿得裂破了。

他这次失败，便给他娇嫩的童心里添了层重大的打击，仿佛比着成年人的失恋还厉害。他说不出地难过！别的孩子虽也不说什么，只是愣愣地向他看。他觉得他们眼光中所含的意思，是疑他诳骗他们，不禁叫道："变了，……变了！……什么都变了！地也高了，……低了……这是些什么怪物的脚迹，可将白雪弄脏了？……变了！……我那用雪盖的小楼也被怪物吃去了！……"有个很瘦弱的男孩子道："变，……变！你们没听见今儿早上那些声响？……我吓死了！……怪物的声。……把你的东西吃去了！你看这雪地上不是变了吗？"这个孩子仿佛觉得自己所见高出于他们以上，然而说到这里也有些气促色变。他和同来的小伙伴都有些惊惶害怕的样子。看看河水、地上的痕迹，都不说一句话，静悄悄地从雪道上回村里去。而那位小姑娘，一会看看自己的小手，口里还咕哝着道："我的呢？……谁毁坏了？……"她跟在一群小孩子后面时时回头，从包着泪的眼光中望望河岸的残雪。她头上的花结，也被风吹着飘飘地微动。

一九二〇年十一月

沉　思

韩叔云坐在他的画室里，正向西面宽大的玻璃窗子深沉地凝望。他有三十二三岁的年纪，是个壮年的画家。他住在这间屋子里，在最近三四年所出的作品有几种很博得社会上良好的批评，但他总不以自己的艺术品能满足他的天才的发挥；所以在最近期中，想画一幅极有艺术价值而可表现人生真美的绘画，送到绘画展览会想博得一个最大的荣誉。他想：她已经应允来作我这绘画的模型——裸体的模型——这是再好不过的事。在现代的女子中，她虽是女优，却有这种精神，情愿将她的肌体一一呈露到我的笔尖上，以我的画才表现出来。这才是真正的曲线美哩。哦！这是我一生最得意的艺术表现！她美丽而温和，即使能把她那一对大而黑的眼睛画出，也足使我们绘画界的作家都搁笔了。

他作这种想法非常愉快，是真洁的愉快，是艺术家艺术冲动的愉快。

这时正当春暮，他穿了一身灰色的呢洋服，加一朵紫色绫花的领结，衬着雪白领子。他满脸上现出了无限欣喜的情绪。窗外的日影已经慢慢地移过了对面一所花园中的楼顶，金色兼着虹彩的落日余光，反射着天上一群白肚青翼的鸽子，一闪一闪的光线耀人眼光。这群鸽子飞翔空中，鸣叫的声音也同发挥自然的美惠一样。

画室里充满了和静，深沉而安定的空气。韩叔云据在一张新式的斜面画案上，很精细地一笔一笔在描他对面的那个裸体美人的轮廓。他把前天那种喜乐都收藏在心里，这时拿出他全副的艺术天才，对于这个活动的裸体模型作周到细密的观察。琼逸女士，斜坐在西窗下一个垫了绣袱的沙发上，右手托住沙发的靠背，抚着自己的额角。一头柔润细腻的头发自然蓬松着，不十分齐整。她那白润中显出微红的皮肤色素，和那双一见能感人极深的眼睛，与耳轮的外廓——半掩在发中——都表现出难以形容的美丽。腰间斜拖着极明极薄的茜色轻纱，半推在沙发上，半拖在地上的绒毯上面。在那如波纹的细纱中，浮显出琢玉似的身体与纱的颜色相映。下面赤着双足，却非常平整、洁净，与云母石刻成的一样。她的态度自然安闲，更显出她不深思而深思的表情来。玻璃窗子虽被罗纹的白幕遮住，而净淡的日光线射到她的肉体上，越发有一种令人生出十分肃静的光景。

这时两个人都没一点声音，满室里充满了艺术的意味，与自然幽静的香味——是几上一瓶芍药花香和她的肉体上发散的香味。这位画家的灵魂沉浸在这香味里了。

两点半钟已过，忽有一种声浪从窗外传来。韩叔云向来不许有别人的声音打扰他的作画，现在正画的出神，正在画意上用功夫，竭力想发挥他的艺术天才，对着这个人身美心中却也怦怦地乱跃。他一笔一笔地画下去；他的思想，由一起一落，不知如何，总是不能安静。不意这叩门的声浪忽来惊破他的思潮。且是一连几次的门铃，扯得非常的响。他怒极了！再也不能画了，丢下笔，跑出画室。走到门口的时候，无意中回头来看看琼逸，她仍是手扶着额角，一毫不动，而洁白手腕上的皮肤里的青脉管，显得非常清楚。

大门开了，他一看来的人像是个新闻记者，又像是个教书的青年，戴一顶讲究的薄绒帽，这却拿在手里扇风。天气并不很暖，他头上偏有几个汗珠。他的脸色在苍白色中现出原是活泼秀美的神情。这时见门开了，不等韩叔云说一句话，便踏进门来道：

"密斯脱韩，……是你吗？"

韩叔云也摸不清头脑，本来一团怒气，更加上些疑惑，匆忙里道：

"是呀，我是，……但……"

"好……画室在哪里？……哼，……大画师！……"话还没说完，便要往里跑；叔云截上一步道；"少年，……你是谁？为什么这样？……"

"我呀，……是《日日新闻》的记者，……琼逸女士，在这里吗？……"

他说时用精锐的眼光注射着叔云。叔云明白了他是什么人，更不由非常生气，把住少年的臂膀，想拉着他出去。正在这时，琼逸女士披着茜纱的长帔，把画室的西窗开放，叫出惊促的声音道：

"我以为是谁，还是你……你呀？请密斯脱韩让他到屋里坐吧。"

叔云抱了一腔子怒气，方要向着这个少年发泄，不料琼逸却从窗里说出这个话，竟要将他让到自己的画室里去。他简直手指都发抖了。那个少年更不管他，便闯进了画室。叔云也脸红气促，跟了进来。

琼逸满脸欣喜，披着茜纱长帔，两只润丽的眼睛，含了无限的乐意。待到青年进来后，便用双手握住了他的两臂。但青年看看屋里的画具，和她这种披着轻纱的裸体，觉得他所听的话，是没什么疑惑了！他脸上也发了一阵微红，即刻变成郁怒的样子，一句话也不说，只是反抓住她的手向叔云看。叔云此时，心里的艺术性已经消失无余了，从心灵中冒出热情的火焰来，面上火也似的热，觉得有些把持不定，恨不得将青年即时打死。自己也知道这话不能说出,便用力地坐在一把软倚上,用力过猛,几将弹簧坐陷。琼逸握住青年的手,觉得其冷如冰,也很奇怪。

青年对她除了极冷冷的不自然的微笑外,更不说别的话。把乍叩门时那种怒气又消失了,变成一种忧郁懊丧的面色。她后来几乎落下泪来。不多时穿好衣服,也不顾和叔云辞别,并着青年的肩膀走了出去。

叔云不能说一句话,眼睁睁望着她的影子,随了青年走去!白色丝裙的摆纹摇动,也似乎嘲笑他的失意一般。看她对待青年那种亲密态度,恨不能立刻便同他决斗。不知怎的,他原来的艺术性完全消失了!他忘了她来作裸体模型的钟点是过了,他似是仍然看见她的充实、美满、如云石琢成的身子还斜倚在那个沙发上。他恨极了,身上都觉得颤动,勉强立起身来,走到沙发边,却有一种芬香甜静的气味,触到了他的嗅觉。

她同青年出了韩画师的大门,她满心里不知怎样难过,不是靠近青年便站不住了。但青年却板起冷酷苍白的面目对她,有时向她脸上用力看一看。两个人都不言语。

转过了两条街角,忽听得吱吱的声响,一辆华丽摩托车从对面疾驰过来。车上就只有一个司机人,却是穿着礼服,带着微章,高高的礼帽压住浓厚的眉心,蕴了满脸的怒气。是个五十多岁的官吏。看他那个样子,似乎方从哪里宴会来的。但是当他的摩托车走的时候,琼逸的眼光非常尖利,从沙土飞扬中看见车上这个人,不禁吃了一惊!而且这辆车去的路线,正是他们从韩叔云家来的路线。这时被种种感觉渗到心头上,自己疑惑起来,不知为什么一天之中遇了这些奇怪的事情。

不多时,这辆车已经停在韩画师的门首了。这个五十多岁的人,穿了时髦华贵的大礼服,挺起胸脯,手里提着一根分量重的手杖,用力向着黑漆的极精致的门上乱敲。——他忘了扯门铃——相隔不到一点钟的工夫，韩叔云这个门首，受了这两次敲声。这种声音，直把画师的心潮激乱了，一层层的怒涛冲荡，也把他的心打碎，变成狂人了！

五十多岁的官吏和韩叔云对立在门首——因为他再不能让人到他室中去——这位官吏拿出一副骄贵傲慢的眼光注定叔云似怒似狂的面孔。他从狡猾的眼角里露出十二分瞧不起这位画师的态度。叔云对这个来人更加愤怒。两个人没说了两句话，就各人喊出难听而暴厉的声音。叔云两手用力叉着腰道：

"恶徒！……万恶的官吏！你有权力吗？……哼，……来站脏了我的门口！"

"呵呵！简直是个流氓，是个高等骗人的流氓！你骗了社会上多少金钱、虚誉还不算，又要借着画什么裸体不裸体的画来骗那个女子！我和你说，……"

这时这个官吏眼睛已经斜楞了，说到末后一个字，现出极坚决的态度。

"……什么？……"

"骗人的人！……往后不准你再引她入你的画室，……哼！……你敢不照我我的话办理，……你听见吗？……她是我的！……"

狡猾的官吏话还没完，陡觉得脸上一响，眼前便发了一阵黑。原来韩叔云这时，他那一向温和幽静的艺术性质完全消失，直是成了狂人。听了这个官吏的话再也忍不住，便抓住他的衣领，给他脸上打了沉重有力的一掌。

于是两个人便在门首石阶上抓扭起来，手杖丢了，折断了，不知谁的金钮扣用脚踏坏了，各人很整齐光洁的头发纷乱了，韩叔云的紫绫花领结，也撕破了。他们——官吏和画家的庄严安闲的态度，全没有了。他们是被心中的迷妄的狂热燃烧着全身了！

春末的晚风已无些冷意，只挟着了一些花香气味，阵阵的吹到湖中的绿波上。天气微明，一片一片暗云遮住蔚蓝的天色，有时从云影里演出些霞光来。映在湖滨的柳叶子上，更发出一种鲜嫩的微光，反射到平镜似的湖水上。风声微动，柳叶也随着沙沙作响。渐渐地四围罩了些暖雾，似有无穷的细小白点，与网目版上印的细点一样，将一片大地迷漫起来。这个城外的湖滨是风景最盛的地方，这时的一切风景笼在雾中，看不分明了。湖滨有个亭子，是预备游人息足的所在。琼逸一个人不知怎的却独自跑到这个亭子上来。

她怎么不到韩叔云画室里作裸体模型了？不到戏院里去扮演了？在这春日的黄昏，一个人儿跑出城外，在暖雾幕住的亭子里，独自沉思！

她穿了雅淡的衣服，脸上露出非常忧郁的面色。从前丰润的面貌已变成惨白，连眼圈也有些青色。她把握着自己的手像没点气力，只觉着周围的雾咧、水咧、风吹的柳叶声咧，和晚上归飞的乌鸦乱响声都向她尽力的逼来，使她的心弦越发沉郁不扬！她在白雾的亭中，看着蒙蒙不清的湖光。她一面想：他和我几年的相知，平常对我很恳挚，很亲爱的，也没什么呀！我替人家作裸体画的模型并不是可耻的事，助成名家的艺术品，也没有别的关系啊。他知道的这样快，找到那里那样冷淡，看我象作了什么恶事，从此便和我同陌生的人一般，这是什么意思啊？……韩叔云却也奇怪得很，我的朋友找我，没有什么希奇，怎么便和人家抢去了他的画稿一样的愤怒？……我的灵魂却在我自己的身子里啊！……她想到这里，看看四周的雾气越发重了，毫无声息。她不觉又继续想道；那讨人嫌的狡猾官吏，听说后来和韩叔云还打了一场，被巡警劝开了。他来缠我，我只是不见他，他反在社会上给我散布些恶迹的谣言。现在我最爱的人不来了，不再爱我了！画师成了狂人，不再作他的艺术生活了！……奇怪？……到底我有我的自由啊！……世上的人怎么对于我这种人这么逼迫呢？

她想到这里，她的心像浸在冷水里一样抖颤。四围静寂，白雾渐渐消失了。从朦胧的云影里稍稍露出一丝的月光，射在幕着雾的湖水上。这阴黑的黄昏，却和她心中的沉思一般，但在云雾中还射出的一丝光明，在她心头上，只是闷沉沉的一片！

她沉思了多少时候，忽听得耳旁有一种呕……呕的声音，方由梦中醒悟过来。一阵微风吹过，抬头借着月光看去，原来是只白鸥从身旁飞过，没入淡雾的湖中去了。

一九二〇年十二月

一栏之隔

是两年前的一个光景,重现在回忆之中。

春天到了,温暖美丽的清晨,正是我从司法部街挟着书包往校中去的时候。那条街在北京城里,也可算比较优雅别致的街道,可也是一条森严与残酷的街道。看见街道的命名,便可想到这是个什么地方。大理院、高等审判厅、地方审判厅、威严的司法部,转角去便是分看守所。它们虽是威严,而铁栏里面,却偏有好多的花木掩映。紫色与白色的丁香,霞光泛映的桃花,在婀娜含笑的花叶中间更有许多小鸟,跳跃着,啁啾着,唱着快乐的春日之歌。每天都与铁索的朗当声、守门兵士的皮靴声、法警的佩刀声、进门来的汽车声、马铃声搀杂着,和答着,成了一种不调协而凑和的声调。无论谁,凡从那里走过的,都要向四面看看。卖零食的老人、售纸烟的小贩,以及戴了方翅穿了厚鞋的旗装太太,与下学归来的儿童,走到那里,也都要把脸贴在铁栏上向里望望,并且临走时放松了脚步,并非急急地走过。

我是他们中的一个,并且因为自然美的引诱,与每天的习惯,更是

"不厌百回"地看。

有一天,刚打过七点三十分的钟,我就匆匆走出寓所。方出巷口,立刻使我的感觉落入了另一个境界。融暖轻散的晨风,吹过对面的花丛,那些清香又甜净,又绵软,竟把我昨夜埋下的胡乱思想,全部消融。只感到阳光的明媚,和人生的快乐,幸福。而且在这片刻的思想中,不知从哪里来的魔力,使我仿佛觉得真有个"造物主宰",散布下许多快乐的种子,种在每个人的心里。脚步骤然间迅速起来,由对面街口穿过街心跑到西面来。啵啵的一辆红色汽车,从我身旁擦过,几乎没有将我撞倒,但我这时并没有半点恐怖与谨慎的心思,只看它在微动的街尘中驰去的后影。

"好美丽的花!"我心中这样想,我的面部却已贴近司法部大院前的铁栏上。只看见累累如绒毯般的紫丁香花,在枝头上轻轻摇曳。而耳旁却有许多音波正在颤动,这种音波,是从街上和小商店中传来的。

我正在看的出神,突然有个景象,把我的快乐观念打退了。哦!渐渐的加多了!那个自以为是首领的人,开始喊出怒暴的呼声。原来在丁香花中间,平铺的青草地上,我忽然发现了一群奇异的生物。他们穿了半黄半黑色的衣裤,颈上脚上,都带了铁链。他们也一样的很整齐,是衣服形式很划一的队伍啊。他们在春日的清晨,拂动着花枝,听着小鸟的歌声,来住在这所高大建筑的阴影下的花院里,努力工作。谁说这不是快乐的生活?比着那些成日在工厂里、街道上,作机械般的工作者,不舒服得多吗?这是我乍见他们这等情形的第一个思想。

他们在四围的铁栏里,拿着各种器具:帚子、铁锹、锄、绳索、木担、筐子,正在各按地位工作。他们没得言语,走起路来迟缓地、懒散地,没点活泼气象。他们真没受着温风的吹拂,没吸到清爽的朝气,更没尝过花香的诱惑?工作!工作!枝头上婉转生动的小鸟,似乎在嘲笑他们了。

是他们的几个首领吧？戴了白沿高顶的帽子，青制服，皮带下斜挂着短刀，还有种武器在手里拿着，就是黄色藤条。"笨东西！……哼！……难道只会吃饭吗？笨小子！……谁教你爱到这里来！……你的皮肉不害臊吧？……"几个红面膛、粗手指的首领，即时怒喊起来。我听到了"谁教你爱到这里来！"这一句话，突然使我原是满贮了快乐的心，迸出一种刻不可耐的疑问来。"美丽的晨光，可爱的花木，谁也爱到这里来。不是这个铁栏的阻隔，我也愿到里边去，坐在草地上，嗅着甜净与绵软的花香，是怎样的快乐，更是怎样的难得的地方，在这人烟纷杂的都市里！不过是一栏之隔罢了，有谁不愿到这里来？为什么你要发这种问话？"我心中想着，然而他们——囚犯们，却惊惧不安起来！更谨慎、更殷勤地工作。草地上不多时便齐整了许多，洁净了许多，越发加添了花枝招展的美态与春日的光明。不过他们似乎没有感觉得到。他们的首领仍然是一份严厉面孔，监视的态度，象没有感觉到花香与春光的可爱。

然而我初出门的勇气与纯洁的快乐，到这时候，也渐渐降落下来。

哦！北边大理院里的大钟，发出沉宏的声，正打过八点。这种警动的音波把我从栏边唤醒，忽然想到我也有我的事呀。便匆匆离开铁栏，往南走去。而他们和他们首领的表情、面貌、言语、动作，一直使我在听讲心理学时，还恍惚在我跟前。

"人们的情绪与感觉的转移，是不可思议的。一样的明月良宵，为什么有的狂歌饮酒，有的伤心洒泪呢？一样的一种好吃的食物，为什么快乐的人吃之惟恐其尽，而愁闷的人不能下咽呢？……思想的变迁，由于所处地位的不同而有差异，而情绪与感觉，也不能一律。……"我在坐子上，以先并没有听到先生说的什么话。忽然这几句疑问式的讲解，触到了我迟钝的听觉，我不禁暗中点头。继续听下去，却越听越不明白。揭开我的洋装本子看去，哦！原来他早已开始另讲一章了。

那片刻的经验又蒙上了我的心幕，天然的景物，与他们的面貌，又恍若使我置身铁栏之侧。

新经验的催促，却提起我的记忆来了。

方才经过的事实的余影渐渐暗淡起来，新显出了一个多年前的心影。冬夜月下，在清净与寒冷的乡村街道中，我仿佛听见喧呼欢喜的声音，杂沓的步声，追逐着、践踏着刀刃的相触声，哈哈！……哦！……啊哈的人语，带出可怕与骚动的意味。

那段使我难忘的记忆——

那年的冬日正是永可纪念的冬日。各处革命军报告捷音与独立的电报，新闻纸上不断的登载。我们僻远的乡村中也知道了这种消息。可是那时，我正是年轻孩子，偶然看见，不甚关心。不过觉得心境上有种新鲜与变换的希望！十月过了，十一月又到了末日。天气冷极了，乡村的道路上堆满了白色的冰雪，太阳每早从冷霜中升起，到了将近晌午的时候，方才明朗。有一天忽听得邻舍人家都说：我们的邻近什么县城也独立了，县官跑了，有的说已投降了革命。其实什么是独立？什么人是革命党？大都说不清白，但人人觉着大的祸事与大的转变都是不可免的了；也要在我们的地方出现。又一天，忽然有人说：县城的北门楼上也悬起白旗来了。这个消息，迅速的传出去，乡村中人人都有绝大的惊异！后来的消息更多起来。募兵，捐款，修筑城墙，要人人剪去发辫，这都是乡下人做梦也想不到的，弄得人人不知怎样方好。其实他们也并不害怕，只是如堕在迷网里，不知是怎样的一回事！末后，更有一个分外惊奇的消息放出，说是县城里的狱囚都全行放出，一概免了罪了。"他们出来作甚么？谁有权力能让他们出来？他们要上哪里去呢？"这是乡村中诚实老人们的疑问，是在茅屋中油灯下吸着烟悄悄的对话。

那正是传出来后的惊异消息的第二夜。当天还没有黑影笼罩的时候，在北风的怒号声中，却从我们那个乡村大道上，过去了百几十个人。其中似乎也有邻村的一些勇壮少年。他们有的斜披着衣服，有的带着棍棒与旧式的刀矛；有剪去发辫，却也有盘在帽子里的。他们冲着北风，从村中经过，有几个唱着"跳出龙潭虎穴中"的皮簧声调。他们过去以后，便听见村中的几个老人低声道："今天晚上，咱们得早早熄灯，关门，睡觉。这群……是去接牢狱中放出来的囚犯的。大约在半夜，他们同那些人，要由城中回来。"于是这一夜从夕阳刚落下地平线时起，我们村中就下了消极的戒严令了！有小孩子的人家，更恐怕因无知的哭声惹出祸来。早拣些好吃的东西，哄得不知不识的孩子们。伏在被底下作幼稚之梦去了。满街上只有明月的冷光，照着融化不尽的冰雪。什么声息也没了，如死的乡村之夜，寂静，沉默。我那时并不是很小的儿童了，同一个将近十岁的小表弟，还有一位常给我们料理点事务的张老头在一处。他是将近六十岁的老人了，他所经历的危险与到的地方，在左近的村子中没人能比。我们三个人，在我家靠街的书房中坐着，围了一个小小的火炉，燃烧木炭。惨白的月光，从窗纸上穿过。我的小表弟是前几日才来的，他幼弱的心中，在那天晚上，也受了一个迷闷的打击！大人的训令，使他不敢多说一句话。倒是张老头反到精神兴旺起来。他觉得这等事，实在没有恐怖与戒严的必要。他吸着长杆旱烟，拈着胡子，正在拨弄木炭的白灰。他还时时低声说些他从前的冒险事，在山中走路，遇见盗贼打架……因此，我同小表弟更不想睡了。

张老头正谈得高兴。起初还是哑着喉咙低声说，后来他说话的声音。越谈越高起来。小表弟这时也忘了恐怖，开始跳跃起来。

甚么时候了，我们都没想到。

一种由远来的喧叫与狂呼的声浪，从夜的沉寂中破空而起。张老头的话突然停了。小表弟颤抖地拉着我的手，伏在我的怀里。

声由远渐近，仿佛屋子也被人声震动了！张老头不禁把双手离开了火炉。

狂傲的呼声中间杂些笑语，还有木器、铁刃碰撞的音响，从街道上传来。步履声杂乱而且急迫。"欢迎！……欢迎！……出了牢狱的伙计们！再不作栏中的人了！……杀呀！……哈哈！……"这种骇人的声，任谁听了，身上也有颤栗之感。小表弟伏在我身上，连动也不能动。声浪越混乱而扩大了。张老头轻蹑着脚步，从窗纸缝内外望去。我正想慢慢地拉他回来，因小表弟在我身上，他吓得那个样子，我推不开他。

　　一阵骚乱的喊声又起来了："……欢迎出牢狱的兄弟！……再不作栅栏中的人。……杀啊！……"又是一阵纷乱的走步声。越去越远，而欢呼的余音还震得窗纸发颤！张老头挪步过来，叹口气道："出了栅栏了，放出来！他们去迎接从牢狱中放出的囚犯。真不明白，什么值得这样的出奇！唉！什么世界？……怪不得我也老了许多了！……"那时我忽然想到牢狱中的伙计们，是住在栅栏式的屋子里。

　　直到如今，我才明白我的观念错误。原来欢迎者所说的栅栏正不必是一排一排的木桩堆列成的房子。

　　一栏之隔罢了！由这个春日之晨的新感觉，联想到童年的经验。

　　下课钟响了，我究竟不明白这一课的心理学讲授的是甚么。

一九二二年一月

山道之侧

当我们由南口早行的时候，四月的早晨，东方还明着春夜之星，不过清冷的风吹在面上，也留下些夜中的寒气。北望重叠无际的山岭，都似蒙上了一层朦胧的晨幕，从轻细的感觉中，似有些清露沾在我们的脸上，但却不能看见。

这个早旅行，是我们来这个地方前就预定好的。本来由南口往八达岭，可以乘火车到靠近八达岭的青龙桥车站下来，再从窄狭山道，便可到八达岭的最高峰。不过那太安逸了，且不能从容地得到山中游览的兴趣，所以我们约定于那一日绝早，雇驴子爬山去。因为从南口到八达岭，要骑在驴子背上走多半天的山道，比较吃累，但在这艰苦的道中，可以细听鸣琴峡的流泉，游览居庸关的伟大残迹。

越过京绥路轨道，向东北行去，即时入了山里。浅涧中多是鹅卵大的石子，驴子走起来一颠一簸很吃力。我这时心中浮满着快乐与新希望！回望从南来的白色烟下火车的巨影，知道在这个活动的轨道上，又载了一些和我们有同等兴致的伙伴们来了。

润爽的朝气，已将无量数的山峰笼住。我在驴子背上，无意中嗅着山中清妙的香气，想是由萌发的草木与流泉上蒸发出来的？向前看，重峰叠嶂，突兀的石壁都分列在这条向上弯曲不平的小道两旁。同行的是我一位同学，和一个跛足的驴夫。他有四十多岁，穿件粗蓝棉布短袄，腰间用黄色草绳松松束住。虽在春天，他还戴一顶青里透黄的毡帽。光着脚，套双污秽的草荐子。因他的左足踝骨向外突出了一块，使他走起路来，便一拐一拖的了，幸是山道难走，即连长走山道的驴子也是慢慢的放它们的蹄声。他虽走的费力，却也跟的上。

　　初入山的小道，尚在山下盘旋，后来越走越往上去，两面高高的青灰大石积成的石壁中间却越发窄狭了。驴蹄踏着细石下的细流，汩汩地响。因一上一下的颤顿，我的大衣在驴背上掉下好几次来。多是跛脚的驴夫，由地下捡起交与我，而且他还精细地打去衣上的微尘，我心中不安地接过来，仍旧放在驴背上上。他只是扬着他手中半段的皮鞭，口中喊出特异的声音，催动驴子的速力。一会他又唱起山歌来了，我不能完全懂得他的句子中的意义。山中没得鸟鸣，他这歌声，伴和着驴项上沉重的铁铃声，打破空山的沉寂。

　　你到过居庸关边，你便知道那些山峦是怎样的伟大与奇异。山上没有好多树木，而苍老的苔痕与奇突的石块却已值得使你惊讶。我爱山石上的苍苔与小涧中的细流。听着那些微细的水溅在石子上，象把自己的灵魂在其中清洗一样。我正自胡想着，忽一件意外的事发生：原来我那位年轻同学骑的那匹褐色驴子，被一块大石绊倒，那位同学便跃到驴子的头前去了。及至我下了驴背以后，他已起立，大声说驴子太坏。诚实怯弱的驴夫呆立在一边合拢了厚重嘴唇，忽然他拭着眼泪，呜咽起来。我问他，他说："我生平没曾被人打过啊……哇！……"我笑了，那位同学也笑了，我便拍他道；"打什么呢？……你没看见那位先生早走了哩。"他一看，果然他那匹顽强褐色的驴子，早驮着那个好弄的同学，走在前面去了。于是他又呆呆地微笑了，他嘴角上松散的垂纹，重行收起。

阳光由最远的山峰升起，我们看见柳叶上浮着闪动的金光了。温软的光明山中罩遍，许多涧底下的小草，似乎也都举起头来，来欢迎这个四月之晨的日光。我们这时已走入鸣琴峡了。我觉得这里比地平线已经高了好多，可是连亘的高高山峰还没有断处。我看着早晨山中的景象：伟壮的岩壁，嫩柔的野花、日光，金光的柳叶，还有跛足的驴夫，与他的竖了耳朵步步往上走的驴子，使我十分兴奋！

"嘎！"前面的一个语声，从我那位同学的口中发出。他停在道旁一块三棱大石前面，我的驴子也到了。看他对石的一侧注视，我自然也俯着身子看。哦！原来是用铅笔写在凸凹石面上的一行字："某年某日，程某来游。"怪不得他曾说他可以作我游这个地方时的引导，原来他已来过。……跛足驴夫已催着驴子往前走去。我于是记起我的一句诗来，"到底是迹象的人间。"在这条道上又多了一层游踪了。鸣琴峡的水流声是令人慰悦与想念的，可在刹那中便过去了。那时阳光已把全山照遍。约计走了二十多里的山道，我们都觉得有点疲劳，跛足驴夫可照常的一拖一拐跟在驴子后面。我们走上一个山岗，即刻又看见铁道在山下沿着石壁缘附着，远望白色的蒸汽，从半天中散下来。山岗中凹的地方，却有小小山村，不过十几家人家，一间临着陡崖的屋子，门前大石块的放了几条木凳，这就是山中小店了。我们下了驴子，坐在木凳上向他们要了些鸡子、白水，取出带来的饼干吃着，也分给了跛足的驴夫一些，他一边吃着一边打乡谈，同山店的主妇谈起来。

我们先前没留意右边大石块上早有一个人斜坐在那里，看去是个壮年男子。衣服却不和这些村人一样，穿了朴素的长衫，衔着一支香烟，沉郁的面貌从烟气中露出，我突然觉得奇怪，不知他是哪一种人。

但跛足的驴夫却时时偷看他，有时驴夫走的近前几步，似要同他招呼，终于止住。

野餐以后，我们都觉得春日的暖气袭人，加上半天疲劳，有点困倦。黄蜂懒懒地在山坡前的乱花上飞。两匹小驴子也把眼睛闭起来。山店的主妇敞开怀在茅屋门槛上坐着乳她的幼孩，孩子起初还呜呜地索乳吃，后来也没得声息。及至我回头看对面坐的那个壮年男子，正在草地上小步走着，眼望着山下的铁道。跛脚驴夫，还在一株大树荫下嚼着饼干，他的眼光不离开壮年的男子。我知道似乎有点秘密诡异的事情。后来壮年男子，见我疑惑的态度，便一直走来，向我道了一声晨安。多么奇怪，他说的还是英语呢。我思想上略一迟回，他微笑了。他说：

"你以我说外国话见笑吗？我看你们是从北京来的学生，所以我说这句英国话。我在北京住过几年而且伺候过密斯史吉司的。……"

密斯史吉司，必是他的主人了。这句话足以证明他在大都市中的职务。但他以为他的主人——外国的主人，我会知晓的。这时跛足的驴夫同半睡的店主妇都惊愕着，带有嘲笑的态度立起来了。壮年男子忽然不经意地向我们告别了。

他不再等我的答音，也不向破足的驴夫与黄发的店主妇说什么，懒散地走下斜高的山坡。直到他的影子渐渐远了，我的目光才收了回来。驴夫也叹口气把两匹驴子牵好，催促我们骑上。这时我远远地见太阳照在山下铁轨上有种灿烂的明光。

春日上午的旅行，最容易使得人懒，况且是在山道中与颠顿的驴背上面。这时虽有温煦的日光与山色水声，却已不似在冷冷的清晨，能引动我们的兴趣了。我也开始有点懒困了。转过山坡又下到一条深涧，细石越多，而可走的道路却越弯曲了。跛脚的驴夫，一拐一拖地跟在后面，他仍是如同我们乍启行的常态，既没见他分外喜乐，也不见他疲惫，他这种一切如常的姿势，已经使我惊叹！我这样想着，那位年轻的同学，又早将缰头一紧，往前面赶去。

跛脚的驴夫，一道上沉默着，忽然叹口气："少年人都是好往前跑，吃得亏了，又要埋怨自己了。……"他正任着那匹驴子自由疏散地走去，忽然有这两句话，禁不住我心中微动了一动。他在后面一面喊出奇怪声催他的驴子，一面却又道：

"人最好要一辈子在山里过活，像我们吧，这条山道，从十几岁赶驴子走到现在，我的侄子也同我那时一样高大了。若把我用火车运到京城里去。我想着那些弯弯折折的道路，比这个地方难走得多呢！"他的舌音原有些不清，又加上几句土语，我就仅答了他一个"哦"字，他很兴奋地扬起鞭子照着自己拍了一下道：

"就像他吧，就像方才在店旁的小伙子吧！……"

"谁？……"我问他。

"谁？那个壮实的小伙子，在店前走的那个。他若在家里，种几亩山地，到冬天吃些白薯，也够自在的了。不知怎么从小时候跑到京城去，还给洋鬼子当差事，每次回家来说些怪话，人家都愿意去问他，我就瞧不起。果然，……自上年回家过节把鬼带在身上了。……差事坏了，只剩下鬼在他身上，早晚就迷死他！……我可不是诅咒他，有那一天的。自己要投受罪的地方罢了。……"

他讲着，他的跛脚似乎增加了健强的力量，已走到驴子的身侧。我虽不知道是怎样的事，因此却把我的疲倦战胜了。我一手执着粗绳子，一面看着他，像请他宣布出这段秘密一般，他果然不等我再问他，就继续着道：

"那鬼是什么？我也不明白。不过是他从北京带来的，是从洋鬼子那里带来的。不，怎么在我们这邻近的山村里从不听见过的事，也会出现？……他每到年除日的前几天就回来度岁，他住小村子，离我们那个地方不过隔着一条沟，也是隔那个山店不远的。他每年回来，到了正月初上就回去了。可是去年他来家却穿得格外漂亮了，他本来很会过日子,去年冬天,也穿上带颜色的袜子,头发分得平光滑,也分外爱与我们说话。……在山村有经验的人都说他现在学得乖了,我也很奇怪。不过我每每在山道上遇见他,总觉得他的脸上另外有种颜色。哼,别人说他学得乖,我却说他学得坏了。……后来果然出了岔子,不料常在京里混的人,倒被一个山村女人制住了。我常听得你们来逛山的人好说什么敲竹杠,可怜小伙子,被她可敲得苦了。……"

"原来是这么样的事:在他那邻村里,有个装神婆的老女人。她学会得把式极多,能咒小孩子被魔祟;能用香和水给妇女们治怪病;能用桃木条子驱鬼。她的本事叫人怕,还得信。……他自从去年冬天,有病到女神婆家去求治,弄出这段笑话来。本来他不愿去,还叫他的邻舍怂恿着去的,有什么病呢?不过是忽冷忽热,仿佛疟子。这样他就在她家中住了六七天,这是去年初冬十一月以前的事了。后来他又回京城一次,没有二十天工夫,又跑回来,带了些吃的玩的东西,都送与奇怪的老女人的女儿了。"

跛脚的驴夫,断断续续说了这段话,我心中已有些明了了。这时我们因为说话走得慢了好多。我那位同伴,早转过一个山峰去了。驴夫把袄脱下搭在肩上,又从腰袋里取出粗竹旱烟筒来吸着。

"唉!那个女孩子也是鬼的托身。竟然与他带来的鬼合起来了。我自她五六岁时,就知道她只有那个奇怪的母亲。可是她到二十岁了,却不知她母亲的本事。她一样常在树林子里扫叶子,在家中纺线,与女孩子一样。自从认识了他以后,就变了样,常常在山下的石头上哭,他呢,有多日没回京城去,只是终天在女神婆家里混。谁明白老婆子从他手中用过若干钱?后来便拒绝他在她的家中,可是他托人去说亲,她也没有应过。……"

"以后怎么样呢?"我忍不住了,追问一句。

"事情果然变了,且是大的变了!"

"就是今年的三月吧？先生，你想从去年冬天到现在，可怜的小伙子，不到京城去，也不做事情，格外要供给女神婆的花销．有几个钱全都用净了。……忽然有一天，女神婆把我邻村的老人全请了去，说是神的意旨，她应到大地方去了，还教大伙共凑一点盘费。我们听了，都十分惊怪！东村的教书先生，引用书本上的话挽留她，妇女们甚至哭留；但末后她说那是神的意思，若违背了，这几村命连一条狗也不得好死。那些听得的人，总得照了她的吩咐作去。我当时也明知道，可是我焉敢说破。……壮年的小伙子，他觉得实在太出意外了！他要求同她们一同到京城去，但那时他仅有一身破衣服了，她拒绝他，并且骂他不应该到她家里来，……那女孩子呢，也与女神婆决裂了，且说她已有身孕，情愿跟着他过活。……女神婆却没有想到，……女孩子几乎没有死去。……这样闹过了几天以后，什么事情都完了。我不知道女神婆是那天走的。但是听说那女孩子肚腹里的小的，被她奇怪的母亲硬打下来，丢在山涧里了。……男的呢，与那女孩子分开了！直到现在，女神经与她女儿的去处没有人知道，也没人去探听。这是十几天以前的事。他叫奎元。他从事情决裂后，大约吧，每天总到那个山店前，看看山下火车的来往。……"

我静静地在驴子背上，驴夫一拐一拖地走在后面，——在山道之侧。他把这篇故事，说到这里，便不言语了，我没再问，只是寻思这事的结局。忽然驴夫又叹口气说：

"谁明白呀？……我想总是奎元把鬼带在身上作出这样的坏事。大家都恨女神婆走的心狠；对于奎元，都说已经受过报应了。因为这事，他不会再有好生活了，死时怕也没有好结果。妇女们有的这么说，不晓得她们是怕呀，还是为了恨？……"

我听他说完，就详细地问他：

"奎元也有兄弟吗？"

"没，连父母都早死了。只有叔叔是个老实庄稼人。"

"出了这事以后他叔叔怎样？"

"常常靠在锄杆上叹气。"

"奎元不愿意再到京城去吗？"

驴夫微笑了，"谁知道？"

我不问了，觉得无可再问了。驴夫说了多时，自然也就不言语了。一阵温风，吹来好些柳絮扑在面上。

那一日山游后，到了第二天，正在十二点钟，我们又由南口上了往北京开的车。忽然听车中人纷纷传说着昨天晚车到六郎像的石壁下轧死了一个人。穿着布长衫，蓝丝线袜子，车到的时候他恰好从石壁滚下来，这样就完结了！我记起昨天在山道之侧，跛脚的驴夫那许多话。忽然听见同车的一位白胡子的老先生道："年轻的人就这样不留神！……"一个少年带了轻视的态度说："尝尝这等死法倒也是一桩新鲜的经验。……"

一九二二年四月

湖畔儿语

因为我家城里那个向来很著名的湖上，满生了芦苇和满浮了无数的大船，分外显得逼仄、狭隘、喧嚷，所以我也不很高兴常去游逛。有时几个友人约着荡桨湖中，每每到了晚上，各种杂乱的声音一齐并作，锣鼓声、尖利的胡琴声、不很好听的唱声、男人的居心喊闹与粉面光头的女人调笑，更夹杂上小舟实物的叫声，几乎把静静的湖水掀起了"大波"。因此，我去逛湖的时候，只有收视反听地去寻思些自己的事。有时在夕阳明灭、返映着湖水的时候，我却常常一个人跑到湖边僻静处去乘凉。一边散步，一边听着青蛙在草中奏着雨后之歌，看看小鸟啁啾着向柳枝上飞跳，还觉有些兴致。每在此时，一方引动我对于自然景物的鉴赏，一方却激发起无限的悠渺寻思。

一抹绀色间以青紫色的霞光，返映着湖堤上雨后的碧柳。某某祠庙的东边，有个小小荷荡，这处的荷叶最大不过，高得几乎比人还高。叶下的洁白如玉雕的荷花，到过午后，像慢慢地将花朵闭起。偶然一两只蜜蜂飞来飞去，还留恋着花香的气味，不肯即行归去。红霞照在湛绿的水上，散为金光，而红霞中快下沉的日光，也幻成异样的色彩。一层层的光与色，相荡相薄，闪闪烁烁地都映现在我的眼底。我因昨天一连落了六七个小时的急雨，今日天还晴朗，便独自顺步到湖西岸来，看一看雨后的湖边景色。斜铺的石道上满生了莓苔，我穿的皮鞋踏在上面，显出分明的印痕。

这时湖中正人声乱嚷，且是争吵的厉害。我便慢慢地踱着，向石道的那边走去。疏疏的柳枝与颤颤的芦苇旁的初开的蓼花，随着西风在水滨摇舞。这里可说是全湖上最冷静幽僻的地方，除了偶尔遇到一二个行人之外，只有噪晚的小鸟在树上叫着。乱草中时有阁阁的蛙声与它们作伴。

我在这片时中觉得心上比较平时恬静好些。但对于这转眼即去的光景，却也不觉得有甚么深重的留恋。因为一时的清幽光景的感受，却记起"夕阳黄昏"的旧话，所以对留恋的思想也有点怕去思索了。

低头凝思着，疲重脚步也懒得时时举起。天上绀色与青紫色的霞光，也越散越淡了。而太阳的光已大半沉在返映的水里。我虽知时候渐渐晚了，却又不愿即行回家，遂即拣了一块湖边的白石，坐在上面。听着新秋噪晚的残蝉，便觉得在黄昏迷蒙的湖上渐有秋意了。一个人坐在几株柳树之下，看见渐远渐淡的黄昏微光，以及从远处映过来的几星灯火。天气并不十分烦热，到了晚上，觉得有些嫩凉的感触。同时也似乎因此凉意，给了我一些苍苍茫茫的没有着落的兴感。

我正自无意地想着，忽然听得柳树后面有擦擦的声音。在静默中，我听了仿佛有点疑惧！过了一会，又听得有个轻动的脚步声，在后面的苇塘里乱走。我便跳起来绕过柳树，走到后面的苇塘边下。那时模模糊糊地已不能看得清楚。但在苇芽旁边的泥堆上却有个小小的人影，我便叫了一声道："你是谁？"

不料那个黑影却不答我。

本来这个地方是很僻静的，每当晚上，更没人在这里停留。况且黑暗的空间越来越大，柳叶与苇叶还时时摇擦着作出微响。于是我觉得有点恐怖了。便接着又将"你是谁"三个字喊了一遍。正在我还没有回过身来的时候，泥堆上小小的黑影，却用细咽无力的声音，给我一个答语是：

"我是小顺，……在这里钓……鱼。"

他后一个字，已经咽了下去，且是有点颤抖。我听这个声音，便断定是个十一二岁男孩子的声音，但我分外疑惑了！便问他道："天已经黑了下来，水里的鱼还能钓吗？还看得见吗？"

那小小的黑影又不答我。

"你在什么地方住？"

"在顺门街马头巷里。……"由他这一句话使我听了这个弱小口音仿佛在哪里听过的。便赶近一步道：你从前就在马头巷住吗？"

"不，"那个小男孩迅速地说，"我以前住在晏平街。……"我于是突然把陈事记起，"哦！你不是陈家的小孩子，……你爸爸不是铁匠陈举吗？"

小孩子这时已把竹竿从水中拖起，赤了脚跑下泥堆来道；"是……爸爸是做铁匠的，你是谁？"

我靠近看那个小孩子的面貌，尚可约略分清。哪里是像五六岁时候的可爱的小顺呀！满脸上乌黑，不知是泥还是煤烟。穿了一件蓝布小衫，下边露了多半部的腿，身上发出一阵泥土与汗湿的气味。他见我叫出他的名字，便果果地看着我。他的确不知道我是谁，的确他是不记得了。我回想小顺四五岁的时候，那时我还非常的好戏弄小孩子。每从他家门首走过，看见他同他母亲坐在那棵古干浓荫的大槐树的底下，他每每在母亲的怀中唱小公鸡的儿歌与我听。现在已经有六年多了，我也时常不在家中。但是后来听见家中人说，前街上的小顺迁居走了。这也不过是听自传说，并不知道是迁到什么地方去了。我每经过前街的时候，看看小顺的门首另换了人名的贴纸，我便觉得怅然，仿佛失掉了一件常常作我的伴的东西？在这日黄昏的冷清清的湖畔，忽然遇到他，怎不使我惊疑！尤其可怪的，怎么先时那个红颊白手的小顺，如今竟然同街头的小叫化子差不多了？他父亲是个安分的铁匠，也还可以照顾得起小孩子。哦！

我即刻将他领到我坐的白石上面，与他作详细的问答。

我就先告诉他他几岁时我怎样常常见他，并且常引逗他喊笑。但他却憷然了。过后我便同他一问一答地谈起来。

"你的爸爸现在在哪里？"

"算在家里。……"小顺迟疑地答我。我从他呆呆目光中看得出他对于我这老朋友有点奇怪。

"你爸爸还给人家作活吗？"

"什么？……他每天只是不在家，却也没有一次，……带回钱来，……作活……吗？……不知道。"

"你妈呢？"

"死了！"小顺简单而急迅地说。

我骤然为之一惊！这也是必然的，因为小顺的母亲是个瘦弱矮小的妇人，据以前我听见人家说过她嫁了十三年，生过七个小孩子，到末后却只剩小顺一个。然而想不到时间送人却这样的快！

"现在呢，家中还有谁？"

"还有妈，后来的。……"

"哦！家现在比从前穷了吗？看你的……"

小顺果然是个自小就很聪明的孩子，他见我不客气的问起他家"穷"来，便呆呆地看着远处迷漫中的烟水。一会儿低下头去，半晌才低声说道：

"常是没有饭吃呢！我爸爸也常常不在家里。……"

"他到哪里去？"

"我不知道，……可是每天早饭后才来家一次。……听说在烟馆里给人家伺候，……不知道在哪里。"

说这几句话时，他是低声迟缓地对我说。我对于他家现在的情形，便多分明了了。一时的好问，便逼我更进一步向他继续问道：

"你……现在的妈多少年纪？还好呵？"

"听人家说我妈不过三十呢。她娘家是东门里的牛家。……"

他说到这里，脸上仿佛有点疑惑与不安的神气。我又问道：

"你妈还打你吗？"

"她吗，没有工夫。……"他决绝地答。

我以为他家现在的状况，一个年轻的妇女支持他们全家的生计，自然没得有好多的工夫。

"那么她作什么活计呢？……"

"活计？……没有的，不过每天下午便忙了起来。所以也不准我在家里。……每天在晚上，这个苇塘边，我只在这里；……在这里！……"

"什么？……"

小顺也会攀仿成人的态度，由他小小的鼻孔中，哼了一声道："我家里常常是有客人去的！有时每晚上总有两三个人，有时冷清清地一个也不上门。……"

我听了这个话，有点惊颤，……他却不断地向我道：

"……我妈还可以有钱做饭吃。……他们来的时候，妈便把我喊出来，不到半夜，是不叫我回去的。我爸爸他是知道的，他夜里是再不回来的。……"

我听到这里，已经明白了小顺是在一个什么环境里了。仿佛有一篇小说中的事实告诉我：一个黄而瘦弱、目眶下陷、蓬着头发的小孩子，每天只是赤着脚，在苇塘里游逛。忍着饥饿，去听鸟朋友与水边蛙朋友的言语。时而去听听苇中的风声——这自然的音乐。但是父亲是个伺候偷吸鸦片的小伙役。母亲呢，且是后母；是为了生活，去作最苦不过的出卖肉体的事。待到夜静人稀的时候，惟有星光送他回家。明日呵，又是同样的一天！这仿佛是从小说中告诉我的一般。我真不相信，我幼时常常见面的玉雪可爱的小顺，竟会到这般田地？末后，我又问他一句："天天晚上，在你家出入的是些什么样的人？"

小顺道："我也不能常看见他们，有时也可以看一眼。他们，有的是穿了灰色短衣，歪戴了军帽的；有些身上尽是些煤油气，身上都带有粗的银链子的；还有几个是穿长衫的呢，每天晚上常有三个和四个，……可是有的时候一个也不上门。"

"那为什么呢？"

我觉得这种逼迫的问法，太对不起这个小孩子了。但又不能不问他。

小顺笑着向我说道："你怎么不知道呢？在马头巷那几条小道上，每家人家，每天晚上都有人去的！……"他接着又笑了。仿佛笑我一个读书人，却这样的少见少闻一般。

我觉得没有什么再问他了，而且也不忍再教这个天真烂漫的孩子，多告诉这种悲惨的历史。他这时也象正在寻思什么一般，望着黄昏淡雾下的星光出神。我想：果使小顺的亲妈在日怕还不至如此，然而以一个妇女过这样的生活，他的现在的妈，自然也是天天在地狱中度生活的！

家庭呵！家庭的组织与时代的迫逼呀，社会生计的压榨呀！我本来趁这场雨后为消闲到湖边逛逛的，如今许多烦扰复杂的问题又在胸中打起圈子来。

试想一个忍着饥苦的个孩子。在黄昏后独自跑到苇塘边来，消磨大半夜。又试想到他的母亲,因为支持全家的生活,而受最大且长久的侮辱,这样非人的生活:现代社会组织下贫民的无可如何的死路!我想到这里,一重重的疑问、烦激,再坐不住,而方才湖上晚景给我的鲜明清幽的印象,早随同黑暗沉落在湖的深处了。

我知道小顺不敢在这个时候回家去,但我又不忍遗弃这个孤无伴侣的小孩子,在夜中的湖岸上独看星光。因此使我感到悲哀更加上一份踌躇。我只索同他坐在柳树下面、待要再问他,实在觉得有点不忍。同时,我静静地想到每一个环境中造就的儿童,……使我对着眼前的小顺以及其他在小顺的地位上的儿童为之颤栗!

正在这个无可如何的时候,突有一个急遽的声音由对面传来。原来是喊的"小顺……在哪…里呵?"几个字,我不觉得愕然地站起来。小顺也吓得把手中没放下的竹竿投在水里,由一边的小径上跑过去。我在迷惘中不晓得什么事突然发生。这时由苇丛对面跑过来的一个中年人的黑影,拉了小顺就走。一边走着,一边说道:"你爸爸今天晚上在烟馆子被……巡警抓了……进去,你家里……伍大爷正在那里,谁敢去得?……小孩子!……西邻家李伯伯,叫我把你喊……去。……"

他们的黑影,随了夜中的浓雾,渐走渐远。而那位中年男子说话的声音也听不分明了。

我一步步地踱回家来。在浓密的夜雾中,行人少了。我只觉得胸头沉沉地,仿佛这天晚上的气压度数分外低。一路上引导我的星光,也十分暗淡,不如平常明亮。

一九二二年八月

生与死的一行列

"老魏作了一辈子的好人,却偏偏不拣好日子死。……像这样落棉花瓣子的雪,这样刀尖似的风,我们却替他出殡!老魏还有这口气,少不得又点头砸舌地说:'劳不起驾!哦!劳不起驾'了!"

这句话是四十多岁、鹰钩鼻子的刚二说的。他是老魏近邻,专门为人扛棺材的行家。自十六七岁起首同他父亲作这等传代的事,已把二十多年的精力全消耗在死尸的身上。往常老魏总笑他是没出息的,是专与活人作对的,——因为刚二听见近处有了死人,便向烟酒店中先赊两个铜子的白酒喝。但在这天的雪花飞舞中,他可没先向常去的烟酒店喝一杯酒。他同伙伴们从棺材铺扛了一具薄薄的杨木棺,踏着街上雪泥的时候,并没有说话。只看见老魏的又厚而又紫的下唇藏在蓬蓬的短髯里,在巷后的茅檐下喝玉米粥。他那失去了明光的眼不大敢向着阳光启视。在朔风逼冷的腊月清晨,他低头喝着玉米粥,两眼尽向地上的薄薄霜痕上注视。——一群乞丐似的杠夫,束了草绳,戴了穿洞毡帽,上面的红缨摇飐着,正从他的身旁经过。大家预备到北长街为一个医生抬棺材去。他居然喊着"喝一碗粥再去"。记得还向他说了一句"咦！魏老头儿，回头我要替你剪一下胡子了"。他哈哈地笑了。

这都是刚二走在道中的回忆。天气冷得厉害，坐明亮包车的贵妇的颈部全包在狐毛的领子里。汽车的轮迹在雪上也少了好些。虽然听到午炮放过，日影可没曾露出一点。

当着快走近了老魏的门首，刚二沉默了一路，忍不住说出那几句话来。三个伙伴，正如自己用力往前走去，仿佛没听明他的话一般。又走了几步，前头的小孩子阿毛道：

"刚二叔，你不知道魏老爷子不会拣好日子死的，若他会拣了日子死，他早会拣好日子活着了！他活的日子多坏！依我看来——不，我妈也是这样说呢，他老人家到死也没个老伴，一个养儿子，又病又跛了一条腿，连博利工厂也进不去了，还得他老人家弄饭来给他吃。——好日子，是呵，可不是他的！……"这几句话似乎使刚二听了有些动心，便用破洞的袖筒装了口，咳嗽几声，可没答话。

他们一同把棺材放在老魏的三间破屋前头，各人脸上不但没有一滴汗珠，反而都冻红了。几个替老魏办丧事的老人、妇女，便喊着小孩子们在墙角上烧了一瓦罐煤渣，让他们围着取暖。

自然是异常省事的，死尸装进了棺材，大家都觉得宽慰好多。拉车的李顺暂时充当木匠，把棺材盖板钉好，……

叮叮……叮，一阵斧声，与土炕上蜷伏着跛足的老魏养子蒙儿的哀声、邻人们的嗟叹声同时并作。

棺殓已毕，一位年老的妈妈首先提议应该乘着人多手众，赶快送到城外五里墩的义地去。七十八岁的李顺的祖父，领导大家讨论，五六个办丧的都不约而同地说："应该赶快入土。"独有刚二在煤渣火边，摸着腮没答应一句。那位好絮叨的妈妈挂着拐杖，一手拭着鼻涕颤声向刚二道：

"你刚二叔今天想酒喝可不成,……哼哼!老魏待你不错没有良心的小子!"

"我么?……"刚二夷然地苦笑,却没有续说下去。接着得了残疾的蒙儿又呜呜地哭出声来。

大家先回去午饭,回来重复聚议怎样处置蒙儿的问题。因为照例,蒙儿应该送他的义父到城外义地去,不过他的左足自去年有病,又被汽车轧了一次,万不能有力量走七八里路程。若是仍教他在土炕上哭泣,不但他自己不肯,李顺的祖父首先不答应,理由是正当而明了的。他在众人面前,一手捋着全白的胡子,一手用他的铜旱烟管扣着白色棺木道:"蒙儿的事,……你们也有几个晓得的。他是个疯女人的弃儿,十年以前的事,你们年轻的人算算,他那时才几岁?"他少停了一会,眼望着围绕的一群人。

于是五岁、八岁的猜不定的说法一齐嚷了起来,李顺的祖父又把硕大的烟斗向棺木扣了一下,似乎教死尸也听得见。他说:"我记得那时他正正是七岁呢。"正在这时,炕上的蒙儿哽咽的应了一声,别人更没有说话的了。李顺的祖父背历史似地重复说下去。

"不知哪里来的疯女人,赤着上身从城外跑来,在大街上被警察赶跑,来到我们这个贫民窟里,他们便不来干涉了。可怜的蒙儿还一前一后地随着他妈转。小孩子身上哪里有一丝线,亏得那时还是七月的天气。有些人以为这太难看了,想合伙将她和蒙儿撵出去。终究被我和老魏阻住了。不过三四天疯女人死去,余下这个可怜的孩子。……

以后的事不用再说了。我活了这大岁数,还是头一次见着这个命苦的孩子,他现在是这样,将来的事谁还能想得定?

……可是论理,他对老魏,无论如何,哪能不送到义地看着安葬!……"本来大家的心思也是如此,更加上蒙儿在炕上直声嚷着就算跪着走也得去。于是决定李顺搀扶着他走。李顺的祖父,因为与老魏几十年的老交情，也要随着棺材前去。他年轻时当过镖师的，虽然这把年纪，筋力却还强壮；他的性情又极坚定，所以众人都不敢阻他。

正是极平常的事，五六个人扛了一具白木棺材，用打结的麻绳捆住，前面有几个如同棺里一样穷的贫民迤逦地走着。大家在沉默中，一步一步地，足印踏在雪后的灰泥大街上，还不如汽车轮子的斜纹印的深些，还不如载重马蹄踏得重些；更不如警察们的铁钉皮靴走在街上有些声响。这穷苦的生与死的一行列，在许多人看来，还不如人力车上妓女所带的花绫结更光耀些。自然，他们都是每天每夜罩在灰色的暗幕之下，即使死后仍然是用白的不光华的粗木匣子装起，或用粗绳打成的苇席。不但这样，他们的肚腹，只是用坚硬粗糙的食物渣滓磨成的；他们的皮肤，只是用冻僵的血与冷透的汗编成的！他们的思想呢，只有在黎明时望见苍白的朝光，到黄昏时穿过茫茫的烟网。他们在街上穿行着，自然也会有深深的感触，他们或以为是人类共有的命运？他们却没曾知道已被"命运"逐出宇宙之外了。

虽是冷的冬天，一时雪停风止，看热闹的人也有了，茶馆里的顾客重复来临。他们这一行列，一般人看惯了，自然再不会有什么考问，死者是谁？跛足的孩子是棺材中的什么人？好好的人为什么死的？这些问题早在消闲者的思域之外。他们——消闲的人们，每天在街口上看见开膛的猪，厚而尖锋的刀从茸茸的毛项下插入，血花四射，从后腿间拔出；他们在市口看穿灰衣无领的犯人蒙了白布，被流星似的枪弹打到脑壳上，滚在地下还微微搐动；他们见小孩子们强力相搏，头破血出，这都是消闲的方法，也由此可得到些许的愉快！比较起来，一具白棺材，几个贫民在雪街上走更有什么好看！不过这样冷天，一条大街、一个市场玩腻了，所以站在巷口的，坐在茶肆的，穿了花缎外衣叉手在朱门前的女人们，也有些把无所定着的眼光投向这一行列去。

这一群的行列，死者固然是深深地密密地把他终生的耻辱藏在木匣子内去了，而扛棺的人，刚二、李顺，以及老祖父，似是生活在一匣子以内。

他们走过长街，待要转西出城门了。一家门口站住了几个男子与两三个华服的妇女，还领着一个七八岁的小姑娘。汽车轮机正将停未停地从狼皮褥下发出涩粗的鸣声。

忽地那位穿皮衣的小姑娘横搂着一位中年妇人的腿说：

"娘，娘，害怕！……"那位妇人向汽车看了一眼，便抚着小姑娘的额发道："多大了，又不是没见过汽车。这点点响声有什么可怕？"

"不，不是，娘，那街上的棺材，走着的棺材！……"

"乖乖！傻孩子。……"妇女便不在意地笑了。

但是在相离不到七八尺远的街心，这几句话偏被提了铜旱烟管的老祖父听见了，他也不扬头看去，只是咕哝着道："害怕！……傻孩子……"说着便追上他那些少年同伴们出城去了。

出城后并不能即刻便到墓田。冷冽的空气，一望无际的旷野，有些生物似乎是从死人的穴中觉醒过来，他们不约而同地扬起头来望望天空。三五棵枯树在土堤上，噪晚的乌鸦群集枝上喳喳地啼着。有一群羊儿从他们身边穿过。后面跟了个执着皮鞭的长发童子，他看见从城中出来这一行列，不禁愕然地立住了，问道：

"哪儿去？是不是五里墩的义地？"

"小哥儿，是的，你要进城。……这样天气一天的活计很苦？"老祖父代表这一群人郑重地对答。

牧羊的长发童子有点疑惑神气道："现在天可不早了，你们还是赶紧走吧，到了晚上城外的路不大方便。……"他说到这里，又精细地四下里看了看道："灰衣的人……要不得呢！"

老祖父独自在后边，听童子说完，从皱纹的眼角上露出一丝笑容来说："小哥儿，真是傻孩子，像我们还怕！"

童子自己知道说的不很恰当，便笑一笑，又转过身去望了望前边送棺材的一群，就吹啸着往对方走去。

老祖父的脚力真使这群人吃惊。他不用拐杖，走了几步便追上棺材，而且又同他们谈话。蒙儿的颧骨上已现出红晕颜色，两只噙有眼泪的眼确已现出疲乏神气，就连在一旁用右手扶住他的李顺似乎也很吃累。独有刚二既不害冷，也不见得烦累，只是很自然地交换着肩头扛了棺材走路。

老祖父这时从裤袋里装了一烟斗的碎烟，一手笼住袖口上的败絮，吸着烟气说：

"这便是老魏的福气了，待要安葬的时候，雪也止了，冷点还怕什么。只要我们不死的，还没装在匣子的先给他收拾好了，我们算是尽过心，对得起人。……"

久不做事的刚二也大声道："是呵，我早上还说老魏叔死的日子没拣好，现在想想这也难得。他老人家开了一辈子的笑口，死后安葬时没雪没风，也可算得称心了！……我今天累死，就是三年没有酒喝，也要表表心儿，替死人出点力！人能有几回这样？……"他说时泪痕在眼眶内慢慢地滚动，又慢慢地噙回去。

老祖父接着叹口气道："人早晚还不是这样结果，像我们更不知在哪一天？老魏，我与他自从二十余岁结邻居，他三十多年作过挑夫、茶役、卖面条的、清道夫。不管冷热，他哪有一天停住手脚！……有几个钱就同大家喝一壶白烧，吃几片烧肉，这样过活。不但没有老婆，就连冬夏的衣服，也没曾穿过一件整齐的。现在安稳死去，他一生没有累事倒也算了，不过就是有这个无依靠的蒙儿。……咳！

我眼见过多少人的死、殡葬，却再也没有他这么平安又无累无挂地走了。我们还觉得大不了，其实，他在阴间还许笑我们替他忙呢！……"

坚定沉着的刚二急急地说："我看惯了棺材里装死人，一具一具抬进，一具一具的抬出，算不了一回事。就是吃这碗饭，也同泥瓦匠天天搬运砖料一样。孝子蒙在白布打成的罩篷下像回事的低头走着，点了胭脂、穿着白衣像去赛会的女的坐在马车里，在我们看来一点不奇。不过……老魏这等不声不响地死，我倒觉得……自从昨儿晚上心里似乎有点事了！老爹，你说不有点奇怪？……"

老祖父从涩哑喉咙中哼了一声，没说出话来。

冬日旷野中的黄昏，沉静又有点死气。城外的雪没有融化，白皓皓地挂遍了寒林，铺满了土山、微露麦芽的田地。天空中像有灰翅的云影来回移动，除此外更没有些生动的景象了。他们在下面陂陀的乱坟丛中，各人尽力用带来的铁锹掘开冰冻的土块。老祖父蹲在一座小坟头的上面吸着旱烟作监工人，蒙儿斜靠在停放下的白棺材上用指头画木上的细纹。

简单的葬仪就这样完结，在朦胧的黄昏中，白木棺材去了麻绳放进土坑里去。他们时时用热气呵着手，却不停地工作，直至把棺材用坚硬土块盖得严密后，才嘘一口气。

蒙儿只有呆呆地立着，冷气的包围直使他不住的抖颤。眼泪早已在眶里冻干了。老祖父用大烟斗轻轻地扣打着棺材上面的新土，仿佛在那里想什么心事。刚二却忙的很，他方作完这个工作，便从腰里掏出一卷粗装烧纸，借了老祖父烟斗的余火燃起来，火光一闪一闪地，不多时也熄了。左近树上的干枝又被晚风吹动，飒飒刷刷地如同呻吟着低语。

他们回路的时候轻松得多了，然而脚步却越发迟缓起来。大家总觉得回时的一行列，不是来时的一行列了，心中都有点茫然，一路上没有一个人能说什么话。但在雪地的暗影下他们已离开无边的旷野，忽然北风吹得更厉害了，干枯的碎叶，飘散的雪花都一阵阵向他们追去，仿佛要来打破这回路的一行列的沉寂。

一九二三年冬

霜　痕

十月下旬的天气，在凌晨的时候，如一层薄薄玉屑铺成白绒毡子，罩在每家的屋顶之上。"霜痕的莹明与洁白，在冬日里虽不是罕见的东西，但是能够领略到这种冷冽中清晨的趣味的人们，也可谓是有幸福的了！在暖暖的被褥中间，炉火熊熊的红光，逼得人全身的气力，如同用醇酒浴过似的全行消尽，或者在枕畔嗅到热烈的发香做着幻美的好梦，只有沉沉地在昏睡中度过，像我在这个时候——卖报人正鹄立在印刷局门前，送牛乳人正行在道上的时候——却踏着欲待裂口的坚地沿着河沿，数着髡了丝发的冬柳，昂昂地又是无意味地走来，领略人家屋角上霜粒明亮的趣味。……总之，我比起他们——那些醉生梦死的人是有幸福的！……"

他想到此处，薄呢的外套，禁不住朔风的严威，便连打了两个寒噤，同时身上觉得起了无数的肤栗，他借此便咬了咬牙，索性将插在衣袋内的两只手，伸出来在空中交握着。但那是很明白的事，他那冻紫了的双手，在这时候似乎没有什么温暖的感觉了！

沿着窄狭的河岸,尽是连根枯干的黄草。挟着寒威的冷风,从水上吹过来,在沉寂中,微听得刷刷的细响。这个地方,本来偏僻,平常已少有人来往,况且在冬日的凌晨,只有对岸的高大钟楼,矗立空中,那黑条下的白面,仿佛在太空中冷静地,微笑着呆看着无量数的事物。他将两手在空中交互握着,骄傲而自负的思想,仍然在空虚的脑子中盘旋着。他在早上未黎明时即由床上起来,用一支秃了尖的毛笔,草草地写了封长信寄他的朋友。他向来不与人家多通信,且是因为与他通信的人太少,所以邮局中轻易与他没有来往的,不过他这封信确是急剧而非寄出不可。及至他呵冻在破纸的窗前写好之后,忽而想起在自己的屋子以内,连半分邮票也没有,所以微叹了一声,将这封待寄的长函,安放在衣袋里,抄着因写字冻僵的双手,便无目的地踱了出来。

　　门外的景色,果然与狭巷中的寓所不同,而第一使得他愉慰的,便是凌晨的霜痕。一个一个的圆粒上,如同由玉液中提出的糖晶,有许多甜美与洁净的感觉,立时嵌入他突突的心里。暂时内,他忘却了过去一切的烦忧,并且也没冷颤的感觉;露出破布的绒鞋,踏着枯根的草地,似是去寻觅他所失去的东西。而他在这瞬间能以完全寻到的,只有在环境之下被逼出的那颗骄傲而强毅的"热心"。

　　他正在冷冽的空气中,迟回而无目的地独行着,不提防由后面来了一辆溺桶车。车轮含着薄薄的冰棱,放出轧轧的声音,不过他没曾听见。车夫是个五十余岁的乡下人,这时正挽着油光闪闪而露出破絮的袄袖,失了光的眼睛,几乎一瞬不转地由车辐中间,拼命般的向前看他自己所走的前路。不在意地冲撞,从青年的身边擦过,寒气冻麻了的身体那能立得住。青年的左臂一扶,而车上没有盖子的溺桶泛溢出来,他的薄呢的外套上已湿了一片。在突然的惊恐中,老车夫因有由经验中得来的预想的恐怖,使得两臂失却平均的力量。……

　　于是车子倒了,黄色的脏水泛在地上,车夫也被肩绊拉倒,而青年的衣上湿痕越更加多。

不意的惊恐,是由于车夫曾经受过重大的惩戒,他吃吃地想着要说出求饶与万分抱歉的话来,而一手扶住倒下的木桶却没得言语。

黄瘦的青年,目光这时发出湿晕的同情的光来,两只手仍交互着,在空中握住,一面笑着道:"不寂寞!……只是不寂寞呵!……任何事都有趣味……呵呵!车夫,你的工作就完成了,省却你再走多去的路,我寂寞的过活中,有这一来,多少总有点臭味了,不……是味道总是好的,……"他说完便兴奋地举起左臂来向鼻间嗅了几次。其实他那鼻孔似乎早被冰冷的空气塞住了,他这时的状态似乎狂易,又似乎居心做作,然而败运的老车夫索索地立在一旁,却不知如何办法?

青年又大笑了几声,抬起脚步,迅速而有力量,一回儿狂嗅着衣袖上特异的味道向前走去。

沿着河沿,转过一条较宽的巷子,正当他穿破墙角的日影,往前转走的时候,那边一个人对面走来,两个几乎没曾撞倒。对面过来的人,立住看了一眼便喊道:

"咦!……茹素……是你吗?看你脸上皮都冻破了,这大清早要向那里去?……"他穿着极讲究的中国式的华旗呢外套,面上显出惊诧的状态来这样说。

"呵呵!你……你……呵!蕴如……巧呵,我今天没有空空的出来,味道,……一点味道,我尝试过一点,虽是少些。"

蕴如素来知道他这位不幸的朋友,举动奇怪,处处与别人不同,听这一套话,便知不晓得从那里又去惹出事来。便拖住他的衣袖,用谨慎的眼光,看着他道:

"走……走,请你跟我到我家里去,你这个人别这样胡闹了!弄出乱子来,你想,……怎么办?走,……走,我今天恰好没有什么事,校内又放假,我暂时不用教书,来,我们到家里去吃酒去。"

茹素楞楞地随了他那位恳切的朋友向前走去，半晌，他忽然笑道："你闻一闻我左袖上是什么味？"说时便将那只被溺水湿透的破外套袖子拥在蕴如擦有雪花膏的鼻子上面。一阵奇臭，蕴如脸都涨红了，忙离开他道："你怎么这等开玩笑……嗳！你这样疯癫的样子，还是教人捉到疯人院里去好些……"茹素仍是交握着赤红的双手，在空中摇动着道：

"这是你所挂虑的事，乱子也会从这些事上闹起，但我对于味道上，多少呵，尝到一点。"他说着又向左袖上连嗅了几嗅，蕴如到这时免不得笑了起来。

一间结构得严密的屋子，白布隔幔的后面，精铜镶边的炉子，火声毕剥地正自响着。一只明漆的茶几两旁，短椅上正坐着蕴如与茹素。蕴如这时已很轻和地将外氅脱下挂在衣钩上面，从衣袋内取出纸烟盒子检出一支香烟来慢慢地吃着。茹素仍然穿了那身肮脏的衣服，坐在对面，沉默地思想，两只手有时还不住地在空中交握着，是取暖或是成了冬日的一种习惯，连他自己也不知道。

蕴如同茹素是自幼年时的朋友，而且同时在中学校卒业，经这几年的变化之后，蕴如已成了大学教授，而茹素却已变换了几次职业，现在仍然是孑身客居，并且因了性格上，环境上的习染与迫逼，使得他同旧友蕴如相去日远。不过他仍然知道他这位童时的朋友，对他是热心的，并不因为职业上主张上的不同便有更改的。他们同在这个大的都会之中，并不得时常会晤，一来因为各人的事忙迫，再则茹素的行径古怪而且秘密，虽以最能谅解的蕴如，也不大敢时常同他在一起。

但在这日冷冽的霜晨，无意中使他们得了聚话的机会。

茹素由冰冷的河沿，迁入这所温煦而带有春意的屋子中，在他却也感不出甚么愉慰来。他的为人，意志坚强的力量，远不是一般人所能及得上的。他又受过苦痛的漂泊的生活，受过社会上尖利的刺激，受过爱之空虚的打击，他几乎变成一个无感觉者。不过无感觉只是对于那些饥寒饱暖上说，其实他心中丰富而急切的热感，又谁能知道？

这些话是他的几个知道他的性格的人的议论，然在他是不知道的，不计虑的。他惟一的思想，就是在这种永久纷扰，永久黑暗，而且永久没有甚么意味的浮生的渊泉里，尽量地沈浮一下，尽量地多喝几口奇臭与辣味的水。这种简单而不知所以的思想，近来更变成他惟一的目标。除此外一切的希望、烦恼、快慰、爱恋等等的事，他全不计较，并且也再不去批评。因为他平常觉得一切事没有甚么的，成功与失败，生与死，爱与憎，喜与怒，这其间原没有大分别，也并不奇怪。总是一个人爱尝到甚么味道，便须尽量的去寻觅，去尝试。在别人以为他是由生活的逼迫，由环境的造成，由……种种失败以后的愤气，看他成了一个危险的人物，然在他却是全无成心的，全不计较的。他不知他是个造成时代的，抑或是个时代的造成者。

但他是喜欢那么作去。他常常自由似地没有何等目的。而别的人说他的话，他也曾不在意。

这时蕴如从巷中将他这位奇怪的朋友，领回家中，预备在炉前同他畅谈，不料先闻得一袖溺气，蕴如又笑又恼，也无可如何。

在烟气与酒味中间，茹素却不多言语。蕴如一手检着日报看去，一面低头向茹素说道：

"你老是这种样子！我们虽不常往来，但关于你的事我全知道。你那种行为，到底如何了结？而且你孤另另地漂泊了这几年，你难道不明白社会上的真伪？你为甚么日夜的同那些人来往？你记得你换了几次职业？你受过多少人的讥评？你身受的困苦，设使别人，一天都忍不住。诚然，我佩服你这点毅力，我看明白你这颗赤热的心，但又何苦来？你纵使一辈子这样，又能生甚么效果？我们是老朋友，……我劝你早打点主意，你不知你是个危险的人物，差不多你那个假名字，在警察的耳中充满了，左不过他们不甚知底细，能以使得你在这一时中平安过去，将来呢？……茹素。你不必看我不起，我不错是个自私的人，照你所想；但我们有酒可饮，有炉可围。罢罢，在这等时候，这样的社会中，你又不是不聪明，去作那些事，白白地牺牲，可有甚么？……再一层说吧，你还记得当年我们同时在绿蒲湾一个小学校里读书的时候：那时，哪个亲戚、朋友、同学不说你是个天才？记得你家伯父死后，伯母常常在竹篱边同我母亲谈她那苦命的悲哀，但每见我们挟了书包由白杨道中沿着湾头走来的时候，她老人家微带皱纹的面上就笑了，而且又同我母说：'我如今活着不过为这点点子罢了，幸而他还有出息，将来也不枉我抚养他一场，过后果然有些上进，我死后也对得起……'嗳！茹素，茹素，这场谈话，分明尚在脸前，如今我们都已经快中年的人了，不要说你这样，即使我记起伯母那样生活，那样压伏住心下的悲哀来教育你，那样沉痛的言语！……我也不能再说了。现在呢，我是最知你不过的人，自从离开学校以后，不知为了甚么我们相去日远？你的生活，在我看来，实感到有无尽的忧虑！你倘使念到绿蒲湾外的伯母的土坟，难道你就会忘记了竹篱下的老人家的苦语？……"蕴如说到此处，便特报纸放下，叹了一口气，神色惘惘地由案上取过酒杯来呷了一口滚热的花雕。

茹素听了这位老朋友的白话，不禁地俯在案上连喝了三四杯的酒，面色顿时增加了红晕，但他重新又将双手交握着不言语。

蕴如又接续着道：

"我说的这些话，自问绝没有居心挑拨老朋友悲感的意义在内，但为你自身起见，我不能不这样说。目前我只问你一句话，你到底为什么如此？"

茹素一脚蹬着火炉的前檐，夷然地答道："为什么？……怎么讲？谁曾知道。我觉得我愿意，我便那样干去。……母亲呵！惟有你曾知我……呵……"他说着久久未曾着迹的眼泪，已流了满面，而且滴在灰色的外套上。然而立刻他又狂笑起来，一连干了几杯，泪痕在他那枯黄的颊上，并未曾拭去。

蕴如不曾想到他近来愈变愈奇怪得不可捉摸了，哭声中杂以狂笑，诧异得端菜来的婢奴，都立住呆呆地向他注视。蕴如想他已是有了心疾，知道苦劝也无益处，紧皱着眉头，望着指上缕缕的烟纹出神。

一回茹素将交握住的双手放下，从衣袋中取出今晨所写的厚函来，索性格封皮撕去，低头看了半响，猛然地念道：

"我生是浮尘，但浮尘须在光与气中游泳，……动的生活，是人间唯一的原力。只求其动罢了，更何必管它是点在浮汛的萍花之上，或是粘附在柳花的中间。……本是孤另另的，更何需人来怜我，只是弱者才有受人痛惜的资格。我想谁也是游戏，游戏即动，只是灵魂的冒险，不能尝到人生的真味。无感觉最好，不得已也要有一种任何感觉的提示。有天我看见园内的小孩子在绿桐荫下荡着秋千，我想这是儿童的动呵，我已觉得替他满足了；不料他荡得高兴，从秋千架上跌了下来，顿时尽情地号哭。……这样，我更替他满足。……不论甚么事，有变化就好。有情感尽量可挥发的时候与处所，终胜过那平庸的生活。……"

他读到此处，用力地看了蕴如一眼，蕴如用手托住右腮默默地不做声，他脸上却现出快乐的颜色来，更往下读去：

"犹忆昔年读庄氏之书曰：'意者其有机缄而不得已邪？其运转而不能自止邪？'不能自己与不能自止，呵呵！这正是顺乎天而应乎人，一句时代的话，就是尽其本能。我近来灵魂之冒险，——这自然是借字来形容的，固自由活动于我的意识界内，而同时身体上接触着外界的风波给予我的一时的快感，也可使得我麻木的心上有点'动'。古人求其心之不动，但我为动，才来扰搅起我生活的波澜。……呵呵！只要动罢了！……但你知道，我并非要立奇的人……"

他得意似的又像是带有感伤的情调似的，一手摇动着手中的毛纸短笺，脸朝着前面的绿色的窗格，说着这些话。他的状态，似乎并不是为答复他的朋友的质问与劝解，只是向着无限的空处，申诉他的情愿。

在这片刻中，恰巧一只白毛尾部带有黑斑的小猫，咪咪地从软帘外蹿进来，它不知拣择地跳上茶案，顺着急遽的姿势，用后爪将一碗雨前茶碰倒，流了满案的茶汁。即时在软帘外跟进一只卷毛的黄狗过来，带着凶厉与寻求的目光，两只前爪扑在地下，几乎也要蹿上案去的一般。主人在椅上不能安坐了，从屋角中提过橡木手杖，赶去上了衣架的小猫，回头来又去迫那条黄狗，同时又喊着定儿定儿的喊声，同时猫叫的咪声，狗尾的摇动，手杖碰在地上的响声，主人口中愤愤的叱声，搅成一片。而婢女定儿从后堂急促地跑入，无意地又撞到主人的膝骨上去。

短促的一瞬间，安然的屋子里成了演电影般的景象，猫从窗子跳出，黄狗垂了尾巴，扫拭着臀部的伤痕，默默地走出，主人将手杖丢在地板上，揉着膝部，定儿脸上肃然，立在旁边，一步也没曾多走。

破空而起的狂笑声，从如银幕的幻梦上唤起人的注意，原来茹素在得意的欢笑，一面点头道："动呵！……这还不有趣些，破了皮血，流出紫色而明亮的血，喊出呼曝的痛声，好些好些，总比死沈在炉火旁边。……呵呵！"

蕴如懊丧地坐下，瞪了十三四岁的定儿一眼，她将两手插在短布袄的里面，悯悯然地走出，但放下软帘时，分外放得轻缓。

蕴如暂时不说话，茹素在一边慢慢地将那封长信叠起，重复装入封内，送进已破了口的衣袋中去。

仿佛膝骨已没有了继续着微感的可能了，他——蕴如又重现出庄严而含有责备，期望的表情来向茹素说：

"你的那些怪话，我再用心也不明白；你的那种使人猜疑与迷惑的样子，一辈子我总不敢相信。你总不在什么时候说什么样的话，老是如此。我如今还同你说什么？……但是我看你一样是从强项之中，带几分勉强的态度，你吃的困难，可不是以此为最大原因？你分明是含了泪珠儿来说笑话；捧了被啮噬的心放在火焰之上。这样生活的表面之下，明明有温软的绒地，有花朵的芬香，有醇酒的沈醉，有无数的仙人的跳舞与歌唱，不过他们只待你自己去发现。况且你以那么高出的才气，要何施不可？偏偏要去受痛苦的包围，作奴役的生活，时时同了那一般穷无聊赖的人去干那种为人——受人迫胁与指使的勾当，他们自然有他们的目的，但你却为什么？"

茹素谈然地苦笑道："为什么？你要为什么？你为什么成了现在的这样？"

"你们会嘲笑我的，会不以我为然；会说我是没有志气的为衣食打计划的人，不过我自有我的目的。……"

"你有目的，……我向来没有什么！……目的只悬在下不过几分的睫毛之下罢了！……唉！我也笨到十二分了！"

谈了半晌，闹出一出滑稽的活剧之后，蕴如才知道他那位不幸而带有半疯狂的老朋友，到了现在的地步，不料却是没有甚么目的的人。这足以使他出于意外了，于是他便更逼近一步问道：

"无论你有何等的秘密，我敢以平生的交谊作保证，不会替你破露，你又何苦故意推诿，瞒着我来。"

这句话有点激怒茹素了，他立刻从胸前的内衣里，掏出一枚三角红色的铁质徽章，一柄三尖形长有一尺的雪亮而窄刃的手刺刀出来，放在被茶汁渍透了的桌布上面。并且从热切与饥饿般的眼光中，射发出证明的火念，逼迫着他那隔阂的朋友来检取证明。

骤然的恐怖，使得蕴如心上卜卜地跳起，同时感到右手有些麻木，脉搏如同将血管阻塞住地急促。——也许他拿过沈重的手杖追打猫与黄狗的事——而同时他一眼瞥见，早已看到R.F.两个字母交结在发出晶亮的铁质徽章的中间。由这两个字母的联想起的恐怖，立刻他觉得如坠在冰冷的冰渊里，从足踵上的筋抽搐着一直达到脊椎骨的上端，而被酒力薰浸过的脑子，顿时也感到清醒。一切闻到与看见过的恐怖的事，如看见过的普法争战的画片一样，现在眼前。一年前曾从报纸上知道"红花"二字的特异的标记，没有过去三个月，他便记得两桩杀人的新闻，而且都在杀人的地方留下R.F.二字的铁质章在被杀的身旁。记得T地的警察长在某处被人暗算的时候，他正带了银行科的学生去参观那处各种会社及交易所的组织。他走访一个外国朋友，回来的时候，沿着赤日下有榆荫的马路上，正看见若干骑士与一些便衣的警察及医院里的人，抬簇着一个血色殷渍湿透了白色绒被的半死的身体，从他一边走过。第二天报纸上便拍照出来说是"红花"又实行找地方来培植种子了，那时R.F.的特别用名，作"红花"的隐谜，已经为一般智识阶级中的人谈话的资料了。而当时他见过那种光景之后，在旅馆中一夜没曾安睡。这时思想上一时的回忆，又亲眼看得案上带有R.F.二字的特异的如炸药般的毒物，由茹素的怀中掏出放在案上，况且那晶亮如在嘲笑弱者的三尖形的刺刀，更足证明"红花"二字的威权。因为他知道那时社会中的谈资，都以三尖形的伤痕与"红花"两字并作一次说，这分明为每有牵涉"红花"二字的刺杀案出现，大多数都有三尖形的伤口。"他们大多数用刀，这是他们显本事的地方，……"或是"他们总喜欢见血，亲眼看见血光从被杀的身体上冒出，这非有刀伤是作不到的事。"像这类的谈话，往往在茶肆，与俱乐部的低声谈话中听得到。这种种印象如蜇虫钉咬的不安与不知所可的打击，一会儿直向蕴如的皮肤外层的纤维中钻来。

实在危险的想象，竟出乎他原来的意想之外。

一时室中没得声音，只有炉火在炉中毕剥地响着。

茹素脸上浮现出惨淡的苦笑，用紫色硬肿的手指，指着蕴如的肩头道："你以为太吃吓了，不要怕！这是平常的事，也是平常的器具，在我看来，如小孩子玩着陀螺一样。他们的目的，在得到游戏的兴趣的满足，无论谁，自然也是如此。你烤着这样……这样热的炉火，在屋子里读小说，或是调弄着婴孩，看他牙牙地学语，是兴趣的满足，我也是如此。即使战士在深壕里，蹲立于没踝的泥水中，望着空中的星光，擦着枪上的刺刀，而一边弹子如雨点的落下，眼看着同伍的伙作，卧在地上，吐涌着鲜血，一样的，当时他也有其复杂的兴趣的满足。……人们不能作同一的人。就像炉中的煤块，没有两块有同样的角度一样。……蕴如，你那番言语，不用你说，我何曾忘却！绿蒲湾外竹篱下的影子，如现在眼前。但为了我母亲那样的期望我，作了官吏，当了大学教授，是可以使得她的灵魂欢喜，即使这样，我究竟得到了兴趣的满足，无论如何，她的儿子生在世界上，不曾感得到肉体上的损伤，与精神上的不满足，而且多少尝到一种热烈的奇怪的味道，……可更何所求？我喜欢'红的花'开遍了全世界，我就去随意地去撒种。我喜欢黄狗扑捉猫的事，我便努力去造成它。至于我是否为红的花下面的洒血的土壤，或者是小猫被黄狗捉去，没有关系。真的，……我只过我的生活；我只从沈死的世界中去找到我的生活！……'乘彼白云，返回帝乡'，我的帝乡，即在我泥粘的足下踏破了，我还去希望甚么白云的来临！我只看见血一般的虹光，斜在天际。呵呵！你……你抖颤了吗？我不愿将这等虚空的恐怖，给予另一个寻求别种兴趣的人身上。好了，或者门外的霜痕还没有消尽吧。……"

他说到这里，便持刺刀，徽章，很安然地如同放手巾在袋中似的装了进去。一手将长发拂了一拂。蕴如猛地立起，颤颤地拉了他那只左手，语音有点吃力了。

"我……我说不……出什么来，我一时有点麻木了，也或者吃酒吃得多些。你要到那里去？……衣袖上的湿溺，趁此时可以脱了下来喊他们烘干再去吧！"他分明有点说话不自然了。茹素摇了摇头，将被溺水沾湿的袖子重行举起，嗅了一嗅，夷然地答道："不须！"只此两个字的重量，使得蕴如几乎觉得刚才放在案上刺刀的亮锋，已经透入皮肤似的冰冷而且爽利。

末后蕴如到底拼出一句久存在心中的话来道："你毕竟要向那里去？"

茹素悄然道；"去看门外屋上的霜痕！"

这场谈话就此终结，两个人都似各抱了一层要分离——远的隔阂的分离的心握手了。不过茹素的手仍然冰硬，而蕴如的确在手指上不能用力了。

最后茹素将出门时，忽地立住又问蕴如要了几分邮花贴在那封长函上，重行粘好，便微笑道："机会，幸得你的助力，假使这封信发出后有何效果，……"蕴如脸上有点苍白，吃吃地道："有关……吗？"

茹素道："我后面的字，读出来时，恐怕你今天要挨饿了。"他说完这句话后，并不抬头看看蕴如狐疑而惶恐的面色，竟自踱了出去。

他仍是沿着河沿，向来的方向走去。这时枯柳枝上，人家的屋顶上，霜痕被初出的日光消化得不多了，而他的面上，却平添了些霜痕似的东西。

纪　梦

虽是初秋的节候，然在北方已经是穿夹衣的天气了。早晚分外清冷，独有午后的阳光，温煦、柔暖，使人仍有疲倦困乏的感觉。P.P.女子中学的一个教室内，这时正是可爱的阳光布施它的魔力的机会。学生们在上午从太阳未出前，忙到吃过中饭后，梳洗、穿衣、铅笔、书包、道中的飞尘、校门口的喧嚷、铃声、异样的教员口音、赞赏与斥责、各种样式的玩意、外国文的拼字记忆、吃饭、盥洗，半天来没有一刻安闲，热闹的时候过了，弱小的胃量充满之后，便有倦意的来袭。况且国文教员两点钟方到校上课，早呢，还没有到一点半。微有暖意的秋风将明热的阳光送进玻璃窗内，一阵不易打退的倦意即时占有了这所宽五英尺、长十二英尺的教室。书本纵横地抛在案上，胡乱写的字纸压在各种色彩的袖口下面，她们的垂发也都安静地不动，任其在寂静的空气中从容地散布夜来枕畔的气味。有几个还在勉强地温习文章，然而小声低诵着"世中遥望空云山"的句子时，也觉得模模糊糊仿佛有许多云雾在眼前出现。

"玉清姐，哼！……我没有气力了，好歹让我在你身上躺一会儿吧……一会儿吧！"一个扎着紫色夹有银线辫把的，将身子斜倚在她的同学的左臂上，装着小孩子样儿这样说。

她的同学——玉清，素来就好顽皮，这时呢，也正自觉得两目有些发痒，懒懒地不抬起头来。恰巧有个人来倚在自己身上，便趁势用左臂把那一个的脖颈揽住，自己的上半段身子也向左俯了下去，腮颊贴住她的额发，眯缝着沉沉的眼睑道："好孩子！来，睡到我怀中来吧。"

她们在懒静中骤听得玉清这句话，不约而同地纵声笑了起来。有的将首枕在臂上，有的拍着手儿向着空中，都笑得掩不住口。在玉清前面正在玩弄着缺襟半臂的珠扣的女孩子，这时却回过脸来笑道："呸！真不害臊，多大呀，就想做小母亲呢！"没说完，她自己也笑得伏在案上了。

于是一阵喧笑声，变为带有快乐而玩笑的语声，"小母亲""小母亲"的摹仿口音哄满了全室。更有几个要居心看热闹的学生，立在讲台上说：

"玉清，……你两个还不起来同小琭算帐，她真会说俏皮话儿。……"

"得啦，要叫我，……一定隔肢得她要死。……"又一个带有挑战的意味轻蔑地说。

果然这两句话激起了玉清同她的伴侣的报复思想，便一同起来，一边一个，把刚才说"小母亲"的小琭拉着，四只纤柔的手指便向她的胁下乱插。小琭原来笑的已没有气力，如何禁得住这两个报复者的摆布。她一面护着头后的双鬓，一面用右手乱拦，口里尽管说告饶的话。玉清哪里饶得过她，连喘带笑地说："好呵，当面挖苦了人，过后只会说几句轻巧话儿！……有那么便宜的事么？"说着仍然不曾住手。琭呢，实在无力抵抗了，便高呼着："好吧！连姐姐，韦如，你们难道看见我被人欺负不说句公道话么？……我还和你们好啦！"这句话的结果，是从后座上过来了两位身穿着绛紫色的衣裙的、差不多的模样儿的姊妹来给她们调解。

几分钟后，全课室内的空气变了，笑的、说的、埋怨的、交手的，……把方才的倦意都打消了。不多时这场不意之战也结束了，室中充满了暖意，只余下大家互相嘲笑指责的语声。她们都如春日园林中的小鸟，一切都是随意的，自然的，没有拘束也没有恐怖。然而在这一群少女中，独有坐在南墙侧第三排案子上的一个，仿佛独处于欢乐、讥笑之外，侧着面部，向着淡绿色的墙纸发呆。自然同教室的人不大答理她；而在她看来，这些玩意也没曾在心中留下一点快乐的种子。她穿得很淡朴，浅蓝色的竹布裙上没有好的缘饰，连钮扣也是用布结成的。松松地梳了一条辫子垂在细弱的项后，连个珠花夹子也没有戴；不过在发根的一边，用个白色骨质作成的小梳斜拢着散发。她的发细而长；但并不十分油黑。她的额发也没用火剪烫过，很自然的罩住了左右额角。她面色是洁白的，而看去却像带有病色，因为她并不像其他的女孩子有红润的腮颊。她的鼻骨很平，一双弯弯明丽的眼睛，愈显得她的颖秀精神。她寡于言语，又似是懒于言语。她每天来到教室，安闲从容，绝不似他人的忙乱，有时连上四班的功课，她可以一次也不离开座位。可是她的功课却不见得答的完全。有时教员问她，答得极清晰，有时却茫然地答非所问。教员的告诫，同学们咳咳的暗笑声，她不曾烦恼也不报复。她终日这样，所以别的女孩子自然不大肯同她说话。大家都暗笑她，有时却又带点猜忌的意思，背地里批评她。大家共同送了她一个浑名字，叫做"活哑巴"，左不过背后拿这三个字作她的代名罢了。在教室中、操场中还没有人好意思这样叫她。在这一群欢乐的女孩子中她是孤寂的、落寞的，如同从远处跑来的一个陌生人。人家不大理会她，她也从不多事。平常多是默默地坐着，缓缓地行着，呆呆地侧看着绿色的墙壁。

照例，每逢教员在讲台上的时候，提起霍君素这名字，她便立了起来，然而从不向教员直望，或匆迫地向四周的同学笑看。她都是低着头拨弄一枝绛色的带有白铜帽的铅笔，回答教员所问的问题。这枝铅笔似乎是她朝夕亲近的伴儿，因为她到P.P.女子中学来三年了，也曾用过几种铅笔，独有这枝铅笔无论上课、下课、书包、怀内一直陪伴着她，而她却轻易不肯用它。这点小故事，同学知道的不少；不过大家都说她有几分呆气罢了，却说不出她为什么不用这枝铅笔，而又时刻不离的道理。好在同学们的课业、游戏，整天忙得不开交，又有谁来理会这样小事。

在喧笑讥诮的声中，壁上挂的时钟敲过两下，突然室内静了一静，女孩子们有的出去，有的打开本子重新用功，而君素仍然呆望着绿色糊的墙壁。

十分钟过了，戴着近视眼镜的黄教员，从对面的休息室中走来，便有几个好说话的学生嚷着"黄先生来了，黄先生来了"，说时现出期待的神气。及至黄先生推开红漆的玻璃门进来后，学生还有忙着找座位的，打书包的。黄先生微笑着从一边走上了讲台左边，把一包书往桌上一搁，先说道：

"我前二十分钟便到了，听得你们笑的厉害，为什么？……我也好跟你们欢喜，你们说得出为什么？"黄先生的质问，像是要从她们口中探点什么秘密一样。于是一时沉静的室内又起了一阵笑声。有些性情活泼些的女孩子，想起了刚才大家闹的笑话，笑的不敢抬头。有几个庄重点的，本想板着面孔把书本铺得正正的，无奈别人的笑脸、弯曲的眼角、颤动的额发，老是向着自己作"笑呵，……笑呵"的诱惑，就不自禁的口边的曲线聚成弯形，眉痕也向发际扩张了。黄先生莫名其妙也随同大家笑了起来。

笑了一会，她们究竟敌不住黄先生的考问，便有个嘴快的学生，弯着腰站起来，指手划脚地把"小母亲"问题一五一十地说出。黄先生不由得不满脸好笑，末后，只好说一句"你们真淘气"的话，各个坐椅上还是遏不住笑声。

时钟已指在二点二十分了，黄先生一手执着书本，一手拿着半段粉笔，时时向黑板上写画，如细雪似的粉末，沾了一身。一会儿将一段书讲完之后，他便命大家把纸本、毛笔取出，说在这半点钟连续着下一点须要作文。他说完，便用板擦将黑板上的粉字擦去，很郑重地在黑板正中写了两个大字"纪梦"。他刚刚写出，下面向黑板出神的女学生们不禁都微笑了。因为这两个字的确是有趣味的，里面当然包含着些丰富的联想与连绵的回忆。且此二字即教员不加解释，也是能以引起她们的注意的。她们正如方在学飞的雏燕、方从山谷中流出的活泉，活跃舞动的生命正在翱翔于云表，自由自在地酝酿着、寻求着，希望着许多许多的好梦。所以，她们见这样的一个题目，使她们心理上起了好大变化：记忆的、想象的、过去的、未来的、悲喜忧乐交织成一片心网。不但出题的教员不知，她们自己也把捉不到。然而最微细、最柔腻、最深幽的情绪的幻境，都一一地被这两个有魔力似的字唤起了。

黄先生自然自己也很感兴味，把梦与人生有何关系、梦究竟是怎么作成的理论话，向学生略略解释。但这并不在她们心上。她们虽是侧耳静听，从她们的眼光上就可看出她们只在寻味梦境的经过。类如什么心理、生理、意识、生活这些抽象的话，她们哪里有闲心思再去领会。黄先生又将各人的梦如何纪法，文字的修饰如何等等告诉过了，便向她们前后左右的注视了一会，看见学生们都将十分钟前的嘻笑态度改换，虽还有一二人面上微笑，然而这是记起梦境后的愉快的表情，比起前时为笑话引来的大笑不一样。

黄先生趁这个时候便向墙角上伸了个懒腰，在这一群女孩子凝神构思的当儿，他可把一日的辛劳暂为休息一下。他坐在讲台左侧，向那些作文的学生们细细看她们的姿态，与作文的用思。黄先生他向来是好在无意中观察人家的动作的，况且这次他出的作文题目，知道与这些女孩子的心理的表现上很有关系，于是观察的习惯便使他注意她们的动作：托着腮颊的手形低头蘸墨时缓缓的举动，并不是发痒而故意地用小牙梳爬着顶心的浓发或者折弄着内袖口的花边。至于面部的表情，虽有沉郁、愉快的不同，然而都是庄重地、沉思地在那里追想寻求。黄先生注视她们加以比较，但在心中却想何苦出这个趣味太深的题目，令她们从回念中感到苦恼。梦境果然是悲苦的自不必说即使是欢乐曲，其实是一梦呢，她们十八九岁的人，难道还不会寻味出这是空空的欢喜！教她们作文完了，何苦以好奇的心思试验她们，老实说可不有点罪过！……他正在与学生同时构思的时候，忽然，把目光从左而右落到第三排案上那个名叫君素的女生身上。因为她在这时的样子，很易惹起教员的注意。她自见出题之后，望了望黑板上的大字，仍然将脸左向，侧望着绿色的墙壁。先生如何解释题目，她是一个字也没听清的。及至她的同学们都在执笔构思的当儿，她又回头望了那"纪梦"两个字，便伏在案子上不动了。墨盒儿没有开，毛笔还是安闲地放在一边，她的肩背却时时耸动。黄先生在此教书一年多了，对于学生的个性知道的很详细。他明了霍君素是个特别的女生，她的文字、性情、举止，有时与她那些活泼泼的同学们差得太多，并且她除了功课之外，连在教员前也不肯多说一个字。平常已惹起黄先生的疑心，所以他曾向教务处问过她的履历，只知她住在北长街一条胡同内，有母亲、父亲在外省审判厅内办事，是十八岁，除此之外，便一无所知了。又见她的同学们背后议论她，就时常禁止，而自己可也究竟猜不透君素是个什么样环境的女学生。

　　这时他突然看见她伏在案上，额前松垂下的头发时时颤动，仿佛是在哭泣的样子。他注视她，却也时时看看别个学生，有的尚在那里寻思，有的却已铺下纸本写了出来。黄先生疑讶地、无聊地在讲台上正踱来踱去，一会儿坐下，从大衣中取出一个袖珍本子的洋文书来，但他的目光总不期而然地向霍君素的座位射去。这时学生们也看得出君素伏在案上的状态异常，有几个回头看着她，又望望黄先生，便重复在纸上簌簌地写起字来。

距离应该交文的钟点不过还有十数分钟了，黄先生看看别的学生，有的已将文字交来，有的也快写完，独有那个奇怪的霍君素仍旧伏在案上不动。作完文字的学生们，都在座位上卿卿喳喳的小声议论她。黄先生再不能忍了，便走到她的身旁问她，同时又教两个学生好好把她叫起，问她可是身上生病不是？那知总拉不起她来，她只是小声呜咽地哭。黄先生也没有办法，把各人的文字一齐收起，看看君素还抬不起头来，便好好地和她说，教她把文字带回去作。又盼咐两个大几岁的学生不要下课以后马上走了，须好好地将她哄得不哭，送她回家去。于是在下课铃声重复响起的时候，黄先生很不自在地夹了一包书籍、文字趑出课堂去了。

君素一个人沿了北河沿阴湿的土道上走着，女伴们都欢乐着回家去了。这么长远的街道，这么凄凄的心境，又是在这夕阳沉山的时候！

北河沿的两旁都是刺槐与柳树，连日西风吹得起劲，一堆堆枯叶积在粘土地上，没人扫除。不是夏日了，河水污淤有种臭味。这脏烂的泥水与对面高楼矗立的某国使馆的屋顶正相映照。君素虽是一步挨一步地走着，她并没为这秋日的风景引动，她只是在那作她那梦中之梦的文章。

她低着头，有时觉得向晚的尖风时时从单衣的袖口穿入，她看到手腕以上皮肤有点紧缩，她并不在意。她正在追忆她梦中画图的一片。

"你倒乖，……吃饱了饭就抱起书本子来，……哪件事不是我来瞎操心，……就是为你们拉纤，我在张太太家输的钱还没捞回本来，弄得我毛手毛脚的哪里也去不成。都是你舅舅说的，要你念书！……天天打扮齐整，跟站门子的人一样讨小子们的欢喜，……哼！你别忙，还有我呢！真是死气摆裂（北平土语）的累我一个。……"梳着没有平板的圆顶旗头的老太太，提着旱烟袋坐在堂屋门坎上数说着。

堂屋门的东角上一个小白炉子，煤球烧得通红。上面坐着铁壶，盖子时时作响。炉边躺着一只棕色懒猫，前左爪正在有意无意地播弄着一个箸篓的箸苗；它又很狡狯地时时用黄色的眼睛斜瞪着低着头、含了泪珠的她。

她头还没有梳好，两个髻儿只挽上了一个，那一边的头发还握在手内，因为听见老太太的喊声，便从房间中跑出来，呆呆地立着听教训。

她原是个旧家人家的女儿，她父亲的世袭云骑尉职早已失掉，薪俸没了，又没有资产。她自下生后便随着父母过那几乎讨饭的生活。她父亲要每天到茶馆去吃茶，到朋友家去谈天，手头里又没有东西可以作生活的支持。一天天地挨下去，没有方法了，每天吃茶的生活还是不能不过。就是这样，结果只有出卖女儿——她是他们唯一的活动财产。

人家虽穷了，面子却不能不讲，究竟是世袭云骑尉的家世，怎么好将女儿卖给民国以来的阔人做姨太太、做婢女！

因为环境的威迫，后来她被父母当质押品般的一半借物质钱，一半是亲戚寄养的办法，便到这位陌生的老太太家中作养媳。

有一张契约，上面注明她的父母负有二十元债务，——对这位老太太说的。

那样的闲言语在她听来，已是常日饮食，只是有酸苦辛辣的味道。没有什么别的滋味。契约上的丈夫呢，是南横街理发店中的学徒，老太太每见他之后，就非常生气地说："不长进的畜类……不是我养的"这类话，因此他轻易不回家来。独有老太太的兄弟——一位在茶馆说评书的滑稽和祥的老人，却在清早时来谈谈。他力劝老太太把这位未圆房的媳妇送到校里读书。他的主张是女子念好了书可以预备老太太的后事。本来她在家里识得几个字,名义上的舅舅就先请人教她一些功课,过了一年,以她努力的结果居然考得上P.P.的女子中学。

舅舅自然欢喜,她也是望外,而老太太每天怒骂声却也更多。

可怜的小动物,吃饱了主人的残食,只有斜着黄色眼睛向帚柄上就抓。它以为这是顶好的消遣;而老太太的思想也与此相仿,只要有消遣方法,哪顾到含着眼泪握着头发的别人!

她并没有什么特别的梦可纪。

一瞬的短时中,这篇尚未写出的文字,已经在河沼旁的君素的脑子中打了几个回旋。这幅经过事实与想象合成的图画,虽深深嵌在她的心中,总难有抒写出来的机会,而且她又哪里有勇气来写;她想自己的苦梦,不知哪天才做得完,又如何写得出。

但是她一眼看见河内的水流便不禁起了一个念头。

眨眨眼第三个礼拜二又来了,P.P.的学校庭前秋风吹得几株刺槐堕叶的声音,飕飕不断。教室内仍然有天真烂漫的一群女孩子的声浪。同一的钟点到了,小琜圆瞪着眼睛还是同玉清斗嘴。不一会黄先生也同样的夹了书包从教员休息室中走来,态度很庄重,不似上次的和气了。他坐下后,便一本本的发作文卷子,到了最末后的一本,黄先生便低头重复看了一遍,轻轻地将木案拍了一下,着力的喊出"霍君素"三字。喊过两次之后,学生们互相注视着微笑。黄先生抬起头来向教室的四周看了一遍,只有霍君素的座位空着,小琜最爱说话,便道:"没来,她两天没有到校中来了。"黄先生听过这句话,诧异地立起来,轮着指头算道;

"礼拜一、二、四,恰好她这篇……是教务处星期五送给我的,她不是那天在班上没有作好,后来交代的么?"

他一手握着这本文字,皱着眉头,道:"怎么好!怎么好!"很惶急地向学生们说：

"你们看！看她……她这篇纪……梦！"说着，把卷子交与一个座位在前面的学生，便匆匆忙忙地出了教室，一面口里喊着听差道：

"李主任呢？……快请来……事情真么？……出了岔子，……纪梦的事！……"

一九二四年秋

号　声

　　每逢与C君一同由盲目的冈田先生家出来的时候，在太平路转角的草地里，一定听见一阵悠扬、激切的军号声，同时便见几个穿了米黄色军衣的日本兵——他们是日本强健的少年，在那夕阳返光的密林前面练习军号。

　　多么烦热的夏天，幸亏还是傍晚的时候，聒人的小蝉声——C君很能辨别蝉的分类，他说：在这地方的蝉多是知了类长翅短肚的小蝉，没有乡间的大。——不歇地从槐林中发出繁杂的鸣声。在旧式的大都会里飞尘奔腾与车马的纷扰中，偶然见几棵绿树已觉稀罕，若能再添上噪暑的蝉儿，使好雅静的人以为是"槐荫夏长"，一枕醒来大有诗趣了。可是这个地方全是花与树木围绕的街道，人家都象住在大花园中，除去热闹的市中心外，即在大热天里听这些蝉鸣也不感得烦热，——谁教它们不到稀罕的地方去？太凑热闹了便容易惹人讨厌，我每从密树荫下走时便这么想。

　　"太多了，……讨厌的！……"这是我们那位深目削颊、竖起一撮上胡的冈田先生常说的话。他的中国话说的很漂亮,二十多年的"支那居留",但还不大知道蝉字应该怎么念,他说话带着日本男人一般的刚音,沉重而沙沙的,表示出他是有坚定的个性的。

他在窗外蝉鸣声中替我们讲着这一小时的功课,但他发问或教我们重述对话的时候,也时时侧着耳朵向窗外听那吱吱的蝉声。虽是讨厌的,却对于他似有相当的兴趣。

我们盘膝坐在那八铺席子上约摸有一个多钟头,饮过冈田的大姑娘送来每人的一玻璃杯"麦汤"之后,我们便起身走了。到通道上,我们同这位盲教师,或那位好修饰的姑娘说一句"再会,再会"的日本话后,便提上鞋子从青草的院子中走出来。

我们沿道听着蝉声,不久,便迎着那草地上的军号声了。

一幅静美的图画在夏日将晚时展示开来;小道的右侧,下临着绿荫织成的绣谷,高的、低的,如绿绒毡的叠纹,时而有曲折的流水从树木中间流过,如奏着轻清的音乐。每逢雨后的天气,不但谷中的绿色分外鲜润、明洁,就是那水石间的鸣蛙也努力与高树上的蝉儿作竞争的喧叫。谷东边一带不高的山陵,在浓绿中点缀上三五所红瓦、垩壁,参差的欧式房屋,在掩映中,也庄严也幽媚。西边一带树了灰绿颜色栅门的住家房舍。什么式的都行,方整的,玲珑的。牵牛与多叶的藤萝都在木栅与灰块洒成的墙壁上面委婉地生长着,种种怡人景物,往往使我堕入一种悠然的状态,忘了久坐的疲乏。突然听到军号鸣声,我便止步看一看,心中却有难言的感动!自己并不明白,不过一听到这样声音,似乎周围的树木,绿嫩的色、光,流水与小蝉的鸣声,都变成一点凄凉的气氛,从四面包围上来。

声音本来是一样的经过波动,传入耳膜,何以在夕阳返照的绿荫下听到这军号声,使我不能与听蝉噪水流一样的慰安与有兴味呢?这恐怕不只是发音器构造的不同,是这激昂沉咽的号声中包含着复杂的情绪与光景吧?他们从异国中来,紫色的风尘的少年脸色,不疲倦的强壮身体,来到这柔平而香的草地上练习军号。向着那淡蓝色的夏天吹,在高沉与放咽的音中他们也许有个人乡愁的发泄?于是我每每听着,总以为这是人间在复杂情绪中吹出的音响。

无论如何,它不是代表喜悦的安康的!

悲壮与激咽——其中似乎不少惨怛的调子,虽是练习着"冲锋"的声调。

这样悲壮与激沉的声音怕只宜于黑暗中的远听,不合于在绿荫下与柔静的光色中作愉悦的闻赏?然而我听了也没有极大的憎恶与诅恨的意念,只感到沉冥,低怨的分量比其他的分量多。

然而吹的人是怎样呢?——他是一个青年,一个血液健跃的青年,情感那么兴奋,精神是活泼而健旺,是海中勇往的浪头;是长途中健体的旅客。

号音与他的生命力的搏动相迎,相拒,同时又容易相合。总之是浓绿酣春末,与淡灰的寒秋;是骀荡的热风,与凄凉的暮雨。

"世界上尽是冲突的!有时离心力大而吸力亦重。——这是怎么样的人间?"这便是我每从道旁经过得来的无结论的感动。

又一回,正是一个大雨后的晚晴天气。

"你听!今儿知了倒不大鸣了。——昨天的雨本来太大,所以热度表落到华氏的五度以外去了,它们最会知道天气的。"我们一同往去路上的C君摇着大蒲葵扇向我说。

"今天一定也听不见号声,草地上满是泥水。"我不期然地说出我在这时期中最注意的一件事。

"也许,管它呢!吹不吹的,不过露他们的脸,给中国人看样子。——大沟下面的水真流得好听!刷刷——听,小石头上响得多么自然。不是大雨，这下面哪有许多的话水。"C君善能唱旧戏；又能背得胡琴三弦的工尺谱，十分熟练，所以每说话都好带出很恰当的声音形容字来。

"你记得韩信坝上的水流声？真好听！多少大石齿叨啊。秋来风劲水涨，那真雄壮！虽是庐山的瀑布也不多让。"

C君还是觉热，摘下硬草帽，左手一起一落地轮动着打着道旁下垂的槐枝。听我说出韩信坝来，便高兴地道："可惜那个地方我只到过一回！一排一排的石堆，——水象浇场地往上翻，临着漫漫的黄沙，那样响声真比听'骂曹'的击鼓调——'夜深沉'还好得多。韩信是英雄！那大概是他叱咤的余音，不也是当时的军乐留下的调子？"C君大有怀古骚人的口吻了。

我低头听着绣谷内的细流，又加上C君言语中的深趣，便觉得"声入心通"这四个字确有讲究。

不多时已走进冈田先生的书室内。

进门照常脱了鞋子，我们穿了大衫走进那白木方格的壁门之后，冈田先生首先问我们："外面，C州的事怎么样了？"含有恐怖与不安的系念也将这盲目的异邦老人的精神扰动了。我们就所传闻的告诉了他一二句，他那墨精眼镜后的凹目动了几动，皱着眉头没接着说话。然而这明明是表示一般人对于战事共有的疑虑与难安的状态了。不过老人越感觉得厉害些。在对过的屋子里，他那位穿了粉红大花长衣的姑娘，正在秀美的脸上敷着洁白微红的脂粉；同时用梳子通着她那散开的黑发，对着镜子尽管拢来拢去。一个穿制服的十岁左右的小学生，正在温读极浅的英语课本。窗前窗后的知了又与每日一样不住地鸣着。一切与平常夏日的过午相似，但我们的盲目先生却不说"蝉儿讨厌"的中国话了。他似是十分牵虑到距离不远突发的战事，因而心理上感到不安！然而这完全是日本风味的屋子里一切照常，只这多有经验的老人在打算着"异邦居留地"中战事的影响。

这一天的功课讲解得松懈、疲倦，我仰看这书室中木龛上挂的一副草书有好多次。

长叶子的美人蕉在椭圆形的蓝色水盂内摇曳着幽媚含笑的姿态，也似乎装点出特有的日本妇女婀挪的风神。

当我们走出时，盲先生的大姑娘方梳上头，手里还拿着长齿的假玳瑁梳，送出我们来。她那痴憨可爱的态度，正与美人蕉一般，显出无挂、无念，并且是无自私的一种爱美的女性的清媚。

然而在我们离开宽大的院落不上二十步，使骤然听得军号声嘟嘟哒哒地吹起。

"这号声又是日本人吹的——一听便听得出来！现在外面有战事，他们更吹得上紧了。"C君对我说。

"那倒不必是，"我答道，"他们仍然很安闲地，不用象中国兵的忙碌。横坚用不到他们上阵，你不知道人家以为日本兵到的地方便是'安全地带'！"我勉强着说了，我对于这一切感到十分苦闷！

"生活真是喝白水么？多么复杂的人间，还不如他们自在！——"C君说着，用草帽指着树上的知了。

我没再回答，沿了向上坡的马路走去。不用转弯，便看见一群在草堆上的日本兵。奇怪！他们每天在这里吹号，有的连上衣脱去丢在绿草上，只穿短袖的白衬衫，今天却一律武装了，皮带上的刺刀把的白铜明光与深林后的日光相映，他们右胯的上部有的带了木套的盒子枪，没一个脱了军衣。但态度还从容，仍然是说笑着在练习他们特别的乐器。更奇怪的大学路的南端，石桥上有四个中国灰色人，穿着颜色不其一致的——虽是灰色军服，却穿青布鞋子，执着长枪，意思或是加岗？距着日本兵的立地不过十几米远。日本兵的军号尽着向这一面吹，灰衣人有的向他们傻笑，似赞美又似极度轻视。然而两下似乎还没有十分严重的敌对的表现。这是我可以从观察上加以保证的。

"事情真有些紧要呢！"C君低低地向我说。

"左不过做做样子。"我向着灰衣的弟兄们看着。

忽地一辆汽车从桥的南端上飞来，四个灰衣人马上收回了对着他们异国伙伴们的面容，一声口令，"立正，举枪！"拍的一声枪柄落在地上。武装的黑色怪物从我们的身旁驰去，飞尘的散扬中仿佛内有一个带金牌、穿青马褂的老头子，一个黄色短衣、袖缘有三四道金边的少年。

一瞥眼的功夫后，日本兵的号声重行吹起，而那边灰色人的轻笑还浮现在他们的脸上。

忽低忽高的军号伴随着一路上叫暑的蝉鸣，与绣谷下雨后的水音，把我们送到黄昏的庭院里去。

在这夏夜的马樱树下，我仰望黑空中闪缀的星光，默默地想着。

一点声音听不到，只有海岸的微波在石上嘶叫出懒倦的夜音。"一切静止了么？这是夜的威力所统摄的时间。或者另有四个灰衣人在石桥上对立着，那些米黄色的外国兵或正在电灯下擦拭他们的枪膛？远的远的郊原中也许有些少年们正在卧地，注目看这无限的黑暗的边缘？不就是号兵们在练习他们的'进行'或'冲锋'的准备，预备鼓励他们的伙伴？"这样杂乱的联想，许久许久的挥不去。但我却多少知道些人类与声音是怎么一回事！我们在清幽的时间中好听沿街风送的批霞娜声，一想可知是由青年姑娘们的柔指上发动出来的情爱之曲；我们在无聊与忧愁中，有高处远处几声横笛，足以使我们起奈何之感；就是那静夜的潮音，雄壮而宽沉；雨后的蛙鸣，似乎阁阁地一点也没有音律的趣味，然而并不使人有多少的憎烦；至如春晨湖畔的雏莺，郊原中的鹁鸪，它们传布出光明与勤动的消息，使人听了更感到生命泛溢的喜趣。人为的，或者天然的无量声中，表绘出无量的情绪与行动。这正是人间可爱的事。但是那些壮少年的号音呢？也是人间不可少的一种音趣？是包含着多少仇视与奋杀的音调,以及毁灭与失亡的意念从悲壮与激沉的声中达出?预备浴血的少年们的心中也许是不可没有这一类的声音?悲剧是人间最受感动、最容易博人赞叹的复杂表现?并不是只拿了"康乐万年"一类中国的赞颂话所能包括的。它是有深密的意义在宇宙的中心——也就是在人类的天性里!但什么才是真正的"悲剧"?

星光闪在大的绿叶中间,似送与我微温的同情之笑。称们太聪明了,太莹洁了!想那真的"琼楼玉宇"中没有象我这么些冲突纷乱的思想吧?

中夜以后,微觉得有露滴在脸上了,别了星星,到屋子的藤床上,虽少蚊虫却一样的睡不好。看着圆的帐顶,几个小动物在上边荡来荡去,似乎在它们的世界个,演着电影以慰我长夜的寂寞。

什么声音都静止了,这是黑暗中应有的结果?

将近破晓的时候,宙外还朦胧地看不清,烦热又袭来了。于是近的远的树上,蝉儿们又争着乱鸣了。同时悠扬壮阔的军号声——虽然不知是哪里吹的也破空而起,似乎是告诉人间:"脱去黑暗的统摄吧,来!我们在晨光中同游。"

然而蝉声似讨厌与宏大的号声争鸣!

天色果然亮了,只是云阴阴地不象个晴明的秋日。

一九二七年十月二十五日

司 令

在卉原镇上象这样急迫而惊怖的忙乱已不是第一次了，不过这回的来路与每次不同。从十二点钟后，保卫公所的门口十分热闹，在那两扇大黑漆门中间走出走进了不少人物，甚至连大门里粉刷的照壁前一堆紫玉簪花都践作坏了。大而圆的花萼，躺在土地上被毒热的阳光晒着，渐渐变了颜色，有的已被脚印踏碎了。门前右侧，独独忙了那个穿灰衣的团丁。一支套筒在他的手中忽而高起，忽而落下，不知多少次了。因为办差的人物，城里派下来的委员，本乡的乡长、团长、乡董、绅士、校长、商界的首事，还有他们团里的排长，与巡警分局的巡官，一出一入，照向来的规矩都得打立正；并且要把枪刺举得高过头顶，这真是自有保卫团以来少有的苦差事。

于五在镇上当团丁也有三个年头了，他是东村有名的一条"蠢牛"。他两膀很有点劲儿，眼睛大得吓人。身个儿又高，不过有些傻头傻脑，所以村子中公送了这个外号给他。可是自从入了保卫团之后，他简直聪明了好多，不单是学会卧倒、上刺刀、放连枪这些知识，而且也懂礼节,"是是""啊啊"的声口也学会说了。所以现在他不比从前"蠢"了,于是伙伴们使用普通尊重人的称呼法,把外号的上一个字去了,换上个老字,喊他"老牛",他也答应。因为他听过牛的故事,晓得牛是庄稼人最尊敬的畜生,所以大家这样叫他,他并没有什么不乐意。

从天色刚刚发亮的时候,县里派来招待招兵司令的委员与原差便都到了。消息传播的非常迅速,不到八点钟,这两千人家的大镇上几乎没一个人不晓得。商店的学徒、卖食物的小贩、早上上学的学童,以及作工夫的短工,他们交互着谈论"司令"到过午便来的大事。谁知道带多少马弁?谁知道有什么举动呢?学校中特为这件事早与学童说明午后放假半天;切切地嘱咐那些小孩子藏在家中,免得家庭里不放心。至于在镇西门外前年方办成的私立女子初中,这一日的上午便早没有人了。教员、学生,都临时走了。

于五呢,他在晓露未干的时候便跑到操场里耍了一套谭腿,这是他自小学的武艺,几十个团丁里没有一个赶上他的。团中虽也有武师在闲暇时候教教他们打几套拳,或是劈几路单刀,然而在于五是瞧不过眼的。因此他常常发些牢骚,同他的伙伴说:如果他不是从幼小在这个地方住,一定可以教他们了。"人是外乡的好",他有时拍着胸脯慨叹那团长老爷太好摆架子,埋没了自己的真实本领。在操场的时候,十分清静,除掉大圆场周围有几十棵古柳迎着晓风摆动垂丝之外,就是一条鬃毛大黄狗,垂着尾巴如老人似地一步一步地来回走。于五趁这个时光把全身筋肉活动起来,光着上身,在柳荫下舞弄了半响。看看太阳已经满了半个场子了,又听见场外有人赶着牛马走路的声音,他便打个尖步将双脚一并,立正之后,随即从柳枝上将那件灰色短衣披在身上。方想回去,却好他那同棚的萧二疙瘩从一边走来。

"你才起来?我说你再懒不过,一定是夜里到那里耍骨头去来。"

于五擦擦脸上的汗珠向那位身体矮小、长了满脸疙瘩的伙伴说。

"伙计，你省些事吧。夜里倒运！说，你不信，被老伍、老华赢了六吊七百钱去！害得我一夜没睡好觉。可也更坏，偏偏今天黑夜里又凑不成局，真倒运！哪里来的这些把式？一起、一起，都得叫这些大爷伺候！……真他妈，……"萧二疙瘩人虽小气分儿最大，他最不服硬，这是于五一向知道的，所以听他说出这些话来，便道：

"萧二哥，你不要输钱输迷了心窍吧，平白无事的谁又来？……团长这几天不是为了病不常出来，松快了许多？"

"哼！"萧二疙瘩把鼻子耸了一耸道，"看着吧！看他今天出来不出来！一样是差事难当，今儿就够瞧的！我说老于，他们来时咱也去吃粮吧？"

到此，于五有些明白了，他便将手一拍，急促地问道："莫非是真来了招兵委员？几起了？这日子真没法过！在乡下还有舒服？……你说什么，去吃他们那一份子鸟粮，我看你是输昏了！你没听见卖饼的黄三说：他兄弟在上年丢了好好的生意不做，迷了心去当兵，好！不到三个月偷跑回来，那是个什么样子！没饿死还没冻死，是他祖上的阴功。大风，大雪，偷跑到山里去当叫化子，过了十多天才赶回来。他不是情愿饿死管干什么不当兵了？……你别瞧咱们土头土脑，我看那简直是一群狼，土匪、青皮、叫化子，都能当。……一百十三团，你记得从我们这镇上过的，真丢脸！哪一个不是穿着油灰的衣服？不知是几辈子的？连咱们还不如。打仗，好轻快的话！不是吹，我一个人，他们来上五个、六个，……"于五正说得带劲，萧二疙瘩插言道："老于！你别高兴！你记得公所门口的岗位今早上该你站吧？这个差事真要命！还好，要是下午准得挨上几十耳光。……这一回我听说了，不是委员，大哩，是司令！我说是他妈的司令！听说是上头专派来这儿县招兵的'司令'，还是，"他说到这里似乎有一种潜在的力量把他的声音压低了。"怪事，听说这还是我们的乡亲哩！老于！听说他是专门谋了这个差事来的，想想：来者不善，善者不来，嘿嘿！"

"是谁？"

"就是营庄的管家，我可不记得他的大号。说是什么军官学堂出身，在外头混了多少年，干了些什么事，家里早不知道这一口人，这回回乡了！"

于五叉着手凝神想了一会，没有话说。

"看他怎么样，到自己的地方？……看他怎么样？"于五脸上骤然涨红了。

一阵喇叭声响，正是他们团里吃早饭的时候。

这一天上午，在于五的心情中与其是恐怖，还不如说是不安。他虽是心里不愿去伺候那些同样的灰衣人，然而他却是个十分服从命令的壮士。所以刚到十点，当他那棚的排长，喊声"于五换班"，他早已结束完了，肩起他素日宝爱的明亮的套筒，由镇东门里的宿处向局子走去。

四月末旬已经有些烦热了。他肩着枪在道旁的树荫中走着，额上微微有些汗珠。他这一回的上岗状态更为严肃，每次呢，也带子弹袋，可是照例只有几个枪弹装在里边，为了数多沉重而且不许，他这回却把周身的袋子都装满了，少说也有五十个枪弹在他腰间。套筒的膛内五个子儿全压在钢条之下。这也不是常规，因为怕压坏了发条。他雄赳赳地走着，看看那些一早到街市上买东西的人，多少都带些惊惶的颜色。尤其异样的是壮年男子不很多了，全是些老人，以及蓬头宽衣的妇女，——年轻的妇女却未曾碰到。于五看见这光景不免皱了皱他那双粗黑的眉毛，同时脚底下也添了气力。

由城里临时派来的委员是个学务局的视察员，因为时兴的，学务上没有事可办了，却常被县长与绅士派作外委——作催草料与招待的外委。他自从半夜奉了急于星火的公事，带了几名差役从星光下跑来，到后便住在乡长崔举人的宅中，招集了镇上几个重要人物，如商界首事、保卫团长、校长等计划了两个钟头，即时都穿戴整齐，到街内的保卫公所里开始办公。他们来的时候，于五已经直挺挺地在门口站岗了。

他们在里面商量些什么，于五是不知道的，但他看见他们的团长一会儿出来，一会儿又拿些账簿、纸件之类的东西进去，跑的满头是汗，嘴上的短胡子也似乎全挺起了，背上衣服隐隐有些湿痕。最忙乱不过的是由城里派来的差人与本地乡约，不住口地喊着预备"多少草料，几份铺盖"。他们一边喊出，在门外有几个听差的团丁立刻答应，分头打点。还有镇上的三个好手厨子正在门口石凳上坐着吃纸烟，听里边呼唤。

于五从在公所门口这两个钟头看来，似乎见到卉原镇上的 "奇迹"了。自然，从前这类事他见过不少。镇守使在这里也打过尖，而这回的影响却来得真大！从花白胡子的崔举人走出来的神情便可看出。他脸上的皱纹象是多添了几十道，斑白的头颅不歇地摇颤，一件软绸半旧马褂下仿佛藏不住他那颗跳动的心脏。

于五等待的希望不如那时的大了，眼看着这一群人忙到正午，却还不见动静。他一个人挂着枪四下里望着，茫然地不知这一天是什么日子？治当这时，局中纷乱的人员差不多把一切都预备好了，大家却不敢散去，只有坐在里边吃着纸烟、水烟。谈天，虽然他们各人的心里明明是多添了一块东西没有安放得下。出入的比刚才少了好多，于五在这闲暇的时候便想起早上萧二疙瘩同他谈的那些话，以及当兵吃粮的勾当，于是也想到这次招兵的来由。他想：招兵不止一次，也不是由一个地方来的，什么军、什么师，分别不出，也记不清。按照向来的经验，不过是几个头目、几个兵士，到镇上住上十几天，插了小白旗子寻开心。点心有，饭菜自然是好的，还要大家公垫办公费，数目不等。每回哪里空过呢？末后也许领了十个八个的流氓乞儿走去，一个人没招到也有过的。有一回还被教堂里的洋人照了几张像片去。为什么这么一次一次地招兵？于五不识字，不看报纸，当然不甚明白，只听说外面不安定，开仗。有回来的朋友说听见炮响，学堂里的先生们说些什么铁甲车、追击炮的新鲜名目。他从这一些零碎的概念中，便也知道招兵是这么紧急。他立在如醉的日光里，渐渐觉得腰部、双肩都发起热来。然而下岗的时间还没到，而他所希望的一群人也还没见个影子，因此他心里有些烦躁了；也因此他对于那将近走来的一群人的憎恶更增加了分量。

　　一个约摸五十多岁的乡约在局门口的一条小街上，用一手掩着被打破了的左腮颊，一面还是加劲地快跑。一滴一滴的血水从他那一件粗蓝毛大褂上流下来，随着他脚后的热尘便即时看不见了。而立在局门外面的两个"军士"正将眉毛竖起，大声喊骂。那明明还不过是兵丁下的兵丁，因为他们还没有整齐的皮带与子弹盒子挂在腰间。两个人的灰色衣服已经变成黑色。一个穿了黄线袜，那一个却是一双破了尖的破白帆布鞋。他们像是随处都有动气的可能。紫面膛，近乎黑色的嘴唇，一个是高长曲身躯，那个穿破帆布鞋的却还不过是十五六岁发育不全的孩子。于五这时还没换班，直挺挺地立在门口右侧。他这时倒格外精神了。虽是不立正的时候，整个的身子也绝不歪斜。那杆明亮的枪枝在他的手里似乎是十分荣耀，晶明的刺刀尖仿佛正用一只极厉害的眼睛向门外一高一矮的新客人注视着。于五在他们将到的时候，受了团长的临时命令。因为今天四五个镇门与街头巷口都加了岗位，有些团丁又须时常出去办差，人是少的，又以于五的姿态分外合适，叫他多站两点钟，也叫那些招兵的差官看着好夸赞几句。于五自从看见几匹马从飞尘中滚过来以后，他反而振奋起来，虽是连续着站岗到也不觉疲乏。这会亲眼看到两个差弁狠恶的样子；亲眼看见他们用马鞭把伺候的乡约打破了腮颊，他并不怕！仍然保持着他那威严的态度。那两个差弁骂够了，便向内走去。于五声色不动，厉然地挺立着，更不向他们笑语，或行军礼。那个高身材的向他瞅了一眼，仿佛要想发作，于五也把他那双大而有光的眼睛对准差弁的眼圆瞪起来，差弁却低头进去了。

全是于五目所见的、耳所听到的事。丰盛酒菜的端入，里面猜拳行令的声音，以及饭后来的司令在局子的大厅上高声发布命令的威力，地方绅董战栗着的应声。于五是十分清楚了。在他胸内正燃烧着饥饿与愤怒的火焰，看那些出进的"大兵"有的赤了背膊，有的喝得面红汗出，在局门口高喊着不成腔的皮簧、小调。他真有点站不住了。已经到了午后一点多钟，夏初的天气烦热得很。听说司令，还有副官都在局内午歇。除去有两个人在里面值班预备叫唤之外，局长与校长那一群都严肃地退出，各人预备去做的事。那个伛偻上身的老举人到外面大杨树下时，便同一位中等年纪的校长说：

"我直到现在直不觉饿！看他们吃的高兴，我……就是咽不下去。……我说：校长，这怎么办？还没有日……子呢！一天三百串，……酒饭在外……这笔款？……"他一边说着，用一只微颤的血管隆起的手掠动额下的长须，还时时向门里面瞧着。

校长虽还不到四十岁，上唇已留了一撮浓黑的上胡。他拿竹子折扇不住地开开闭闭，却不煽动。听了老乡长的话便踌躇着道："现在什么事似乎都不用办，只有伺候他们！有钱还可以，没有呢？……慕老，你看这个'司令'还是……毕业，还是咱们的同乡？……哼！那才格外上劲呢！一口官腔，一个字不高兴就拍桌子，我看怎么办？事情多呢！……"

校长皱了眉头，低低的话音还没说完，门内骤起了一阵哗笑的声音，两个兵士倒提着手枪从里面跳出来。于是他们在外面诉苦的话自然即时停住。两个兵士脚步一高一低地蹭下了阶石，一个熏黑面孔的便一把拉住老乡长的方袖马褂道：

"老头子，……有出卖的？在哪里？快快说！……说！"

老举人惶然了！他不知是什么"出卖"，上下嘴唇一开一合却说不出半个字来。在一旁立着的校长究竟懂事，他知道他们醉了，便任意用手向东指一指，两个兵士咧着嘴，步履踉跄地走去。

老举人还没有喘气过来，便被校长先生掖着趋回家去。

这夜的月色分外明亮，所有的团丁除去值夜、站岗之外，都在他们的操场的树下纳凉。镇中人本来睡得早些，这一天更是不到黄昏全闭了门。街道上各学校里都十分肃静，到处没有人声，只是断续的犬吠从僻巷传来。然而这几十个壮年团丁仿佛受了什么暗示，在初热的清宵也有些意外的感触，无复平日的笑谈高兴了。又听了他们的头目的命令，在这几天内如有赌博等事发生是立刻究办的，因此大家在一处越显得寂寞了。

月光从大柳树梢上渐渐升起，清澈地含有温暖的光辉映在这细草的圆场上，什么影象都被映得分明，在静默中，一个带有叹气口音的道：

"像这么过上几天真要闹出人命来！……我们吃了地方上的供养，却得小心伺候这些小祖宗！……"这口音明明是忍辱下的怒骂了。

"你仔细！……看你有几个脑袋？被他们暗查听了，活捉了你去，先吊起你这猴子来，交代上三百皮鞭！……他们做不出？你道这些……还看同乡的面子？……"又一个说。

"反正庄稼人还能过活！一年到头：怕土匪，怕天灾，还得够他们的，这个年头过日子？……横竖是一样，若不是借了那些势力，再来那么几个，就这个把式的！无法无天，先弄死几个出出气再说！"第一个说话的青年衔了一支香烟，说的声音格外大了。

一时全场都默然了，有几个正在操场中解开衣扣来回走着，有的却正在那面用木剑游戏着比较体势，大多数都坐在地上。

萧二疙瘩因为今天晚上不得赌，恢复他的输钱，心上正没好气，冷冷地笑道："不要瞎吹！说是说，做是做，看那不三不四的'司令'喝一声，怕你不屙在裤筒里！没瞧见连崔老头子都把老脸吓得蜡黄，不信问问老牛，是不是？老牛！亏得你今儿罚了四个钟头的站，没挨上嘴巴，算是时气好罢咧。……"

于五躺在草作的披蓑上没做声。

于是一群人便不自禁地都纷纷谈着新来招兵的一群。有的说他们是做买卖来的，有的却说这几夜里镇上土娼的生意发达了，又有好嬉笑的说这位司令要讨几位姨太太回去的。一时笑声与怒骂声破了半夜以前的沉寂，然而于五躺在草蓑上始终没做声。

恰在这时，从圆场的东北角的木栅门上急促地闪过一个人影，到了这一群人的前面，在月光下闪出他那高伟的身材与阔大的面皮。所有的团丁都看明白，来的是他们的团长。他在左臂上搭件短衣，上身只穿着排钮的白小裃，满脸上气腾腾地象是被酒醉了，汗珠不住地从额上滴下来。团丁都肃然起立，连躺在蓑衣上没言语的于五也跳起来。

团长喘息定了说；"你们站好！"这句话即时便发生了效力，众人立时成了一个半圆形，把团长围在中间，那边正在比剑的几个也跑来了。

"兄弟们！不要快活了！有一个不太好的消息。我先报告一句，"团长说到这里便停住了，看看这些团丁们的颜色，然后用较低的声音续说："这事恐怕早晚是要知道的，……招兵的——司令吗？他这一来却不象先前那几次来的，因为他晓得地方上的情形，他知道我们这里有几十个弟兄们。他今天晚上请了乡长去，说得很厉害，不客气！明天他便要点验我们，要带同我们上前敌！打仗！连枪械、服装，……他说这样兵不用招了。……他是什么官谁知道？听说他带了我们去至少马上就是团长。他说在他的势力下可以便宜办理。……你们想：绅董们自然要说这是民团，是地方上出钱的。不成！他说那便是违抗，是民变，要带人来缴械！……"

团长方说了这一段，一阵喧声从这个半圆圈中纷哎地发出。团长急了，便止住他们的语声，又缓和地说："然而这事可说不定，我看他也没有这么大胆量，上头未必是这样吩咐，还有局长呢，听说明天要交涉去。你们先不要着急，我不过告诉你们。……"

团长末后的语音这一群人听不分明了，团丁们已经纷纷怒骂起来，有的是沉闷不语。过了一会，大家似乎被一种严肃而危难的空气包住，便有几个年纪大些的团丁与团长低声谈着抵抗的方法，而众人也随意散开各作讨论。

于五早已跑进屋子里去了，过了一会他从屋前的刺槐荫下溜出来。忽地被一个人看见他这样打扮，便急急地喊道："于五，你……你哪里去？……"

一句喊声，立在一边的团长的眼光便落在疾走的于五身上。他已脱去团丁的制服，在白小衣上斜插了一支匣枪，围了周身的子弹袋，左手提了长枪，上了刺刀，匆匆地往圆场的木栅门那面跑去。团长也急喊了一句："这时你带了军装，……哪里去？……"

"去！……先打死那只狗小子！什么'司令'！……"如飞的脚步已经跑出栅门外去了。团长呆了一呆，便急裂开嗓音喊声"回来"，便追上去。同时，立在团长身旁的那几个团丁却也抄起家伙随着跑出了操场的栅门。

一九二六年六月

沉　船

"再走半天，我们便见那一望无边的大海了。——海是怎样的好看！刘阿哥见过来，是不是？那些像生了翅子般的小舢板荡来荡去；——在上面如果拉着胡琴唱'二进宫'，那才好听哪！在水上面心地清爽，嗓音也高亮。……"人都叫他高个子顾宝的状年车夫，正在独轮车的后面推着车把与前面的刘二曾说话。

刘二曾是个将近四十岁的农夫，在农闲时便给人家剃头，但近几年来也改称理发匠了。他们推的车子上，一个是四十多岁穿深蓝土布褂子的妇人，两个七八岁、三四岁的孩子，是刘二曾的妻、子。

"那自然！你忘了几年前咱一同来贩鱼的事，还过海去玩过德国大马路？我真不晕船，有些人就不敢。"刘二曾推车子过了几个钟头，有些支持不住，说话喘着气，没有他那伙伴的自然。

"咦！你怎么啦？别说能坐船不能推车子，你看还隔有十里路才打午尖，你就把不住车把？——我说：你在家里做轻快生活惯了，手里的劲一天比一天少，你还要到关东去'闯'那边才更得吃苦！我不是去过一趟？就那个冷劲，咱这边人去便受不了。你，虽然有亲戚在那里，却不能白吃。挣钱是容易，可是下力也真受罪！……"

刘二曾一边喘着气，一边往前看着那匹瘦驴子道："不吃苦还能行？……皇天不负苦心人！谁叫咱那里不能住来！好好的年头，谁愿意舍家离业地跑？幸而我还会这点手艺，到那边去也许容易抓弄。——总之，一个人好说，有孩子、老婆，真累人，谁能喝风！"

他的妻在车子上，抱着的三岁小孩正在睡觉，听丈夫这样说，便道："你别埋怨这个那个！谁拖累谁？我原说将孩子寄养在人家，我一个出来找'投向'，吃的也好，穿的也好，还可以见见世面。不是你不？大的、小的，老远地拖出来受苦！"他的妻是个能干而言语锋利的妇人，几句话便说得她丈夫不再言语。

丈夫只在气喘中向道旁的石堆吐了一口唾沫。

顾宝很聪明，这时向前行拉着套绳的驴子，"喝喝"的喊了一声曼长的音调，驴子便走得慢了。他于是用披的白布将额上的汗珠擦擦，笑道："算了，我说你们两口儿好吵嘴，一路上总是你抱怨我，我抱怨你。'单木不成林'，'单丝不成线'，困苦的日子在后头哩！隔着沙河子还有多远！你们到了现在谁也不要说谁，横坚拆不开来，还要好好的做人家。——了不得！我也饿了，这车子分外沉，二曾，到酒店好好打一壶来咱喝行不行？"

"哪有不行！"她在车子上笑了，"找你来帮一路上的忙，耽误了工夫，他难道连一壶酒还舍不得？我说：——过个十年、八年，我们过好了，我打发阿仔到家乡来搬你顾叔叙去住些日子哩！"

"一定！顾叔叔，我来搬你，咱一同坐小舢板。……"在右侧斜卧的理发匠的大儿子——一个八岁的小孩很伶俐地回答。

于是他们暂且住了谈话，车子也慢慢地走上一个山坡上去。

午刻的晴光罩着一簇簇的柞树林，大而圆的叶子被初秋的温风翻动，山上山下便如轻涛叠击的声音。这些林子在春日原是养山蚕的地方，到夏末秋初的时候尤为茂盛，是沿南海一带人民的富源。但近几年来，山蚕却已减了许多，虽有不少柞树，春间可没多少人到山上放蚕。沿山小径，全是荦确碎石与丛生的青莎。有许多灰色黑点的蚱蜢跳来跳去，因为天旱，这些小生物们便日加繁殖。

两个推车子的人脸上游流着很大的汗珠，背膊上的皮肤在炎灼的日光下显出辛苦劳动的表色。他们在乱石道上推着，道路难走，他们言语的精力都跑到光脚下去了。

约摸有半点钟的工夫，他们在一所不等方的石头建筑的屋前停住了。驴子半闭了眼睛，似乎在寻思它那辛劳无终的命运与盲目的前途。两个孩子跳跃着去捉蚱蜢。刘二曾坐在石屋前的粗木凳子上，扇着破边大草帽，不住用手巾擦着汗。他的伙伴，那好说笑的顾宝，却在草棚下蹲着吸"大富国"牌纸烟。

这个酒店的地方名叫独石，是往红石崖海码头的必经之路。这一带山陵的地层，都从石根土脉中隐映着浅浅的红色，似是表现这个地方的荒凉。围绕着三五人家的小村落，很多大叶子的柞树与白杨。道旁，三间乱石堆成的屋子是一所多年的野店。本来是大块白石砌成的墙壁，都被木柴火烟熏得黟黑了。石屋前，荆棘编成的棚门上斜悬着一个青布的招帘，正在一棵古槐树下横出的老枝上飞舞着，包含了无限的古诗的意味。每每有过往的行路者，在几里路前看见这个招帘，便不禁兴起一种茫昧、渺远的感想；也禁不住有村醪的浓烈的味道流到干苦的嘴边。

野店的主人与这一伙客人作照例的招呼，到石屋中预备大饼、蔬菜的肴品去了。缺角的小木桌放在茅棚下荆棘编的栅门以内，放上一沙壶的山村白烧，一大包花生，两个粗磁酒杯。理发匠同他的妻、他的伙伴饮着苦酒，恢复他们半日疲劳。

"这地方真好！刘二哥，我多咱再娶房家小，一定搬到这里来住。

人家少，树木多，先不愁没得烧；又有山，有海，再过二十里地便是大海。春天吃鱼虾多么贱！你说：……你还不如不要老远的到沙河子，就在这里混混不一样？"顾宝一连喝了三四杯酒，精神爽健起来。

"顾叔叔，你又会说这现成话了。你没有女人，没孩子，哪里也可以。我们哪能够在这里住，吃山喝海水，倒可以？……"理发匠的妻即时给他一个反驳。

那瘦黑的理发匠呷下一口酒，北望故乡，都隐藏在远天的云树下面了，一段数说不出的乡愁，在他呆笨的心中起了微微的动荡，他更无意去答复他的伙伴的话。他想到那故乡中的茅屋，送与邻人家的三只母鸡，那种了蒜菜的小院子，两个读书的侄子！（每天当他挑了理发担子到街市上去的时候，一定碰到两个小人儿背着破书包到国民学校中去），更有将行时伯兄的告诫话，劝他先在家中住过一年再去。这些情形与言语的回忆，他在这野店前面看着新秋的荒山景物，便从他的疲劳中唤回来了。他到了这里也有些迟疑了，然而看看那言语锋利而性格坚定的妻，便不说什么。及至回过头去，又看见草地上嚼着干馒头的两个孩子，两滴清泪却从他那灰汗的颊上流下。

店主人衔了二尺多长的黄竹烟筒，穿着短衣、草鞋，从石屋的烟中踱出来。因为与顾宝有几回的认识，便立在支茅棚的弯木柱下同他谈着。

主人有六十岁了，虽是没有辫子，还留有三四寸长的花白短发。干枯的脸上横叠着不少的皱纹。他那双终天抖颤的手指几乎把不住这根烟筒。

"哪里去？你送的客人到关东去吗？"

"正是呢，近来走的人家一定不少？"顾宝这样回问。

"哎！一年不是一年！今年由南道去的人更多。由春天起，没有住闲，老是衔着尾巴——在大道上走的车辆。多么苦啊！听说有的简直将地契交了官家，动身去，——这样年头！"他说着，频频地叹息。

"说不得了！像他们这一家还过得去，不过吃饭也不像前几年的容易了。好在他们有亲戚在那边叫他们去，还好哩。——你这里生意该好，……茂盛吧？……"

"什么！你看什么都比从前贵了又贵，我家里满是吃饭的人口。现在乡间倒不禁止私塾，可是也没学生，谁还顾得上学！我这把年纪，还幸亏改了行，不去做'先生'。不然，……"

"你说，我忘了。记得前十年你还在北村里教馆，……你真是老夫子！就算做买卖也比别人在行。"顾宝天生一副善于谈话的口才，会乘机说话。

店主人被他的话激醒了，骤然记起几十年前那种背考篮做小抄的生活，到现在居然在"鸡声茅店"里与这些"东西南北人"打交涉。一段怅惘依恋的悲感横上心头，便深深地叹口气道：

"年轻的人，你们经过多少世道？真是混得没有趣味！眼看着'翻天覆地'的世道，像我也是在'无道邦'中的'独善其身'呢！"顾宝不大懂得这斯文的老主人末后的两句话，只好敷衍着说："可不是。人不为身子的饥和寒，谁肯出来受磨难呢！"

老主人敲着黄竹烟筒苦笑着走去。

这时树林中的雄鸡长啼了几声，报告是正午的辰光。顾宝吃饱了大饼，躺在茅棚下的木板上呼呼地睡了。理发匠与他的妻对坐着并不言语。他望着从来的道上，那细而蜿蜒的长道像一条无穷的线，引导着他的迷惘中的命运。他对此茫然，似乎在想什么又想不起来。

两个孩子不倦地在捉蚱蜢，而驴子的尾巴有时微微的扬起去拂打它身上的青蝇。

他们于日落时到了红石崖的安泰栈内，便匆忙地收拾那些破旧的家具行李，预备明天的早船好载渡他们到T岛去再往大连，实行他们往关东的计划。栈房中满住了像他们、或者还不如他们的难民，一群群淌鼻涕、穿着破袖的男女孩子在栈门前哭闹。几匹瘦弱的牲畜，满路上都丢下些粪便。海边的风涛喧哗中仿佛正奏着送别的晚乐。理发匠将家口安顿在一间大的没有床帐的屋子中，一大群乡间的妇女、孩子们在里面，嘱咐他们看守着衣物，便同顾宝出来探问明天出航的船只。

栈房的账房中堆满了短衣、束带、穿笨鞋子的乡汉，正在与账房先生们说船价。

"明天十点的小火轮，坐不坐？那是日本船，又快，又稳，价钱比舢板贵不多。你们谁愿意谁来。恐怕风大，明天的舢板不定什么时候开。"一位富有拉拢乡民经验的账房先生用右手夹弄着一支毛笔向大众引动地说。

理发匠贪图船行的快，又稳便，便按着定价付了两元多钱的小火轮票价，又到大屋子里向妻说了，妻也赞同，因为听说小火轮比帆船使人晕船差些。

他那个大孩子听说坐小火轮从大海里走，惊奇得张着口问那船在哪里，船上也有蚱蜢没有这些事。

顾宝等吃了晚饭后，他说趁太阳还没落，要同理发匠先去看看明天拔锚的小火轮，因为他是坐过的，理发匠还是头一次见，他情愿当指导人，理发匠的大孩子也要去。

于是他们匆匆地吃过栈房中的粗米饭便一同走出。

栈房离海不过百多步远，只是还有一段木桥通到海里，预备上船与卸货物的人来回走的。红石崖虽是个小地方，然而到处都是货仓，是靠近各县里由船舶上输运货物的重要码头。花生、豆油、皮张，都在几十间大屋子里分盛着，等待装运。一些青衣大草帽的水手们三三五五的在街上的小酒馆中兴奋地猜拳、喝酒。烟雾的黄昏里他们走在街心，听着那些喊卖白薯与枣糕的小贩呼声,各种不同口音的杂谈,已经觉得身在异乡了。理发匠因为要使异乡的人比较瞧得起,便将他在故乡中到主顾家去做活计时才穿的夹大衫穿在身上,那是一件深灰色而洗得几乎成了月白色的市布大衫,已经脱落了两个钮子。晚风从海面扑来,扫在他那剃了不久的光头上,有点微冷的感觉。顾宝还是短衣、草鞋,不改他那劳动者的本色,只是不住地吸着"大富国"的烟卷在前面引路。

这里没有整齐洁净的码头,因为来回航行的多半是些帆船,除掉一二只外国来作生意的小火轮以外。沙土铺成的海岸上面全是煤渣、草屑,一阵阵秋风挟着鱼腥的特别气味从斜面吹来。岸上还有一些渔户搭盖的草棚,在朦胧的烟水旁边,可以看得见一簇簇的炊火。全是污秽、零乱、纷杂的现象,代表着东方的古旧海岸的气息。理发匠尽跟着他的伙伴往码头的前段走,隐约中看见白浪滚腾的海面。那苍茫间,无穷尽的大水使他起一种惊奇而又惶怖的心理。他对于泛海赴关东的希望在家乡中是空浮着无量的欢欣与勇敢。及至昨天在野店门前已经使他感到意兴的萧索了。当他来到这实在的海滨,听着澎湃怒号的风涛,看着一望无边的水色,他惘然了!"为什么走这样险远的路程?但怎么样呢?"在黄光暗弱的电灯柱下,他站住了。

"来来!咱们先到这船上蹓跶一下。"顾宝说时已经随着几个工人打扮的从跳板上走到一个黑色怪物的腹面上去。

那钩索的扑落声,烟囱内的淡烟,一只载不过二百吨的小火轮正在海边预备着明天启行。

顾宝像要对理发匠炫奇似的,自己在船面上走来走去,像表示大胆,又像告诉他有航海的知识。望望海里的船只灯火,便不在意地将一支剩余的香烟尾抛到海心去。"咦!你不上来看看,先见识见识,来来!"

但理发匠倚着电灯柱子摇摇头,他对着当前的光景尽是不了解,疑问与忧愁。

一群一群衣褴褛的乡人们走来,着实不少,都是为看船来的。一样的凄风把他们从长守着的故乡中,从兵火、盗贼、重量的地租、赋税与天灾中带出来,到这陌生的海边。同着他们的儿女、兄弟、伙伴们,要乘着命运的船在黑暗中更到远远的陌生的去处。

夜的威严罩住了一切,只是沙石边的海沫呻吟着无力的呼声。在荒凉的道路上,顾宝终于不高兴地同他的朋友回到那嚣杂的栈房里去。

这一间四方形、宽大如货仓的屋子充满了疲劳者的鼾声,一盏大煤油灯高悬着,无着落地摇摆出淡弱的光亮。因为空间过于阔大了,黯淡的灯光只能照得出地上一些横堆的疲劳人。一天的行程现在把他们送到暂时的梦境中去了。破旧的箱笼、粗布的衣被,一堆一堆地也分不清楚。理发匠怅怅地从外面走来,在大屋子的一隅上看他那个八岁的大孩子,不脱衣服睡在薄棉褥上,在灰腻的口边满浮着童年的微笑。这的确是个健壮而可爱的孩子,也是理发匠最关心的一个可怜的生物。他的妻在膝上抱着小孩打盹。理发匠坐下来,觉得从墙边上透过一阵阵的冷风,原来那屋角上有几片瓦已经破了,透出薄明的微光。

"什么时候?明天早上上船吗?"

"听栈房里人说得十点。"理发匠懒懒地答复。

"你一点没有高兴。只要渡过海,再渡过海,就快到了我哥哥那里了。你可一点精神没得,还舍不了什么?"

"…………"

"我说不用愁。你记得黄村的吴家?人家上关东去不到十来年,回来又有房子又有地、吃的、穿的,谁也称赞他们有福气。怎么咱就种田地一辈子么?时运要人去找,它不能找人!……"

他的妻每每有这样坚强的鼓励话。

"呜!——呜!"她一面拍着孩子,一面在昏暗中做着她未来的快乐之梦。

"你看！"她又说了，"人家的家口比你大，穿戴的比我们好，一样也是跑出去'闯'！刚才我同一位沂水的女人说起，她还是大家人家的姑娘，现在也'逃荒'。因为她那里来回打了十几次的仗，房子都在炮火里毁了，所剩的田地一点也没的耕种，一样还是要粮要钱！——这比我们还苦。她有个十七八岁的女孩，就是打仗惊死的。想来咱还算有福。"

理发匠躺在草褥上淡然道："一个样！"

她便不再言语了。过了一会，在屋子的这边那边不调匀的鼻息声中，她又记起心事来，向她丈夫质问："你这一次带的钱还有多少？"

"有多少！田地退了租，两个猪卖了，不是向你说过么！自己的一亩作与大哥那房里，得了三百吊钱。猪，二百五十吊。八吊钱的洋元，一共换了五十元，还有五十吊的铜子。到现在已用去二十多吊了。你想，一吊钱的一斤饼，吃哩！还有很远的路，家里什么也没有了！"理发匠在悲恨的声中讲给她听。

"船价呢？"

"一元五毛，因为有两个小孩子还便宜呢。"

于是他们的谈话便止住了，各人想着不同的心事。她那高亢坚强的性格往往蔑视她丈夫的怯懦怕事。这一次出来，还是她的主张加了力量。他呢，忧郁的已往，冥茫的未来，全个儿纵横交织在他的心网中，在这如猪圈的大屋子里哪能安睡。

侧卧着看他那大孩子梦里的微笑，看他妻给风尘皱老了的面貌，以及满屋子沉沉的睡声与黯淡的灯光，这仿佛在做着不可知的迷梦。

独石的店主人每天拿着黄竹烟筒在荆条编成的门前等待来客。他的大儿媳妇带了两个孩子终天在石屋中作饮食的预备。虽是生意比往年好，然而他知道这一行一队送到他这野店中来的都是从血汗中挣得来的路费，因此这久经世变的老人时时感到不安，对于那些去关东的分外招待。也因此，他这店里的饮食比别处便宜，洁净。

这一天，距离理发匠的家口从这里过去的三四天后的一个清晨，老主人早起到林子中拾了一回落叶，命小孙子用柳条框背回来预备烧火。他喝些米粥之后，便在茅棚底下坐着吃那一袋一袋的旱烟。这两天来回的旅客少些了，尤其奇怪的并没有从海码头回路的人，然而他并不因此觉得忧虑，只是感到稀奇罢了。

老主人的记忆力是很好的，也是少年时曾经过强力的练习的。因为他家当富裕的时候，他正在邻村的学塾中读书，又曾住过城中的书院，所以他不但能背诵得出"四书"的本文、"朱注"，更能将全部"诗韵"不差一字的说出。在当时他曾经许多老师与同考的先生们推崇过。虽然一个"秀才"也弄不到，这究竟是可自傲的一件事。到了他当野店主人这样不同的时代中，他有时还向过客中的斯文人叙说他从前自负的异能。不过近几年以来更没有近处的"文人""绅士"们往海边游览的了。年年烽火中，只是不断的有些劳苦的农人、小手艺的工人，从这条路上过海码头向外谋生。这真使他添上无限的怅触、慨叹！他爱那些真挚和善的人们，但是他们不能做"朱注"与"诗韵"，只可同他们说些旱潦、兵灾的话。他常想这古旧可爱的、有趣的、风雅的日子过去了，也像他的年纪一样飞向已往，不能再回。现在无论谁，只有直接的苦恼，更没有慰借苦恼的古趣味的东西了。

所以他每当无人的时候往往独对远远的青峰发出无端的凄叹。

这日是个沉冥的秋日，天上的灰云飞来飞去不住地流动着，日光隐在山峰后露不出它那薄弱的光线来。四围的树木迎着飘萧的凉风，都在同他们快摇落的叶儿私语。远远的地平线下，有层层短雾向旷野中散漫着卷来，令人看着容易起无尽的秋思。

野店的老主人，坐在茅棚下，披着青布长袄，拈着稀疏的花白胡子，又在回想什么。他望着往海码头去的小道，枯黄的草叶上浮动着氛雾的密点，就像张下一个雾网似的。他记起了"停车坐爱枫林晚，霜叶红如二月花"的句子，而怀古的绘画般的幽情在他的心头动荡了。忽然一个朦胧的人影从下道上穿过雾网向自己的野店走来。他在冥想中没有留心，很迅速的，影儿已经呈露在他的面前。老主人抬头看了一眼，并没立起来，"好早，好早！你送邻里家回来了吗？——怎么也没带点海货来？"

"啊！……啊！没法提了！真倒运！再说再说！没天明就起身走，这样大雾的天。有酒先打两壶！……"那来的人背着一件长衣，空着双手，脸上很仓皇地。

"屋里快烫两壶酒来。顾二哥又回来了，等着用，……快！"老主人颤巍巍地立起来。

他猜不出好说笑的顾宝是为了甚么急事这样匆忙。他每年从海码头上来挑着鱼担，或是给人推车子，总是唱着山歌，吸着极贱的卷烟，快快活活地，但这大清早却变成一个奇异的来客了。

在酒味与烟气的熏蒸中，老主人问了："你去了这几天是过海送他们去吧？——你什么事这么忙？……"

"不！……不是送他们过海，时运不好，送葬呢！什么事都有！——你没听见说？"顾宝连连地倒着方开的白烧。

"怎么？——给谁送葬？什么事？……"老主人惊奇地追问。

"什么……丸出了事啊！"

"落了难吗？没——没听见说！那不是小火轮吗？还能失事？奇怪！淹死了多少人？多早晚的事？——这两天没人来走回路，简直一些消息也不得听见。"

"完了！你看见那……那可怜的理发匠与他的妻、子，完全了！"

顾宝带着愤愤的口气接连喝了几口白酒。

"怎么！……也在遭水难的一起？"老主人已明白了。

"事也凑巧！偏偏他们那天到的，第二天坐了这只混账的外国船！好！出了码头还不到两个钟头，只剩下那船的烟囱在海水上面漂动！……"

"可怜，可怜！他们哩！——遇救了不？……"老主人几乎是口吃般地急问。

"遇救！也有。他那个八岁的孩子，幸亏一只那国的小水艇放下去的早，——听说人载得多了，理发匠上不去，便把擎在手里的孩子丢上去！——这是那没死的他那同船的人说的。也许有点好报应？可是他的尸首没处找了！他的老婆还死抱着小的孩子，在T岛小巷上陈列着。——因为她在舱里出不来！"

"那么你也去过吗？"

"我因为在红石崖想买点货物带回家去，耽搁了一天。第二天一清早又坐了舢板到T岛去看那只沉船与男女的尸首，并且为了邻里和朋友去探问一番。"

"那……他的活着的孩子？…"老主人被骤然的惊吓与悲悯的感情所打击，不自知地将黄竹烟筒从右手里落在地上。

"就是为他，说不了现在成了理发匠的孤子了！我去看过他娘的尸体，才打听明白这孩子已被救济会收养去了。——我幸亏地方熟，便找到了他。几个命大的苦孩子，他也是一个，似乎变成傻子了！他不知道他爹死在浪里，也不知道他娘在海岸上抱了他那死弟弟正与苍蝇作伴。他说话不明白，肚里也不知饥饱，这一定是脑子里受了重伤，看来虽是活着，还不晓得能治好不能！……"他说着，两壶白烧已经吃了一多半。

"他呢？——现在在哪里？"

"救济会里！因为我一个生人，不让带回，并且说还有什么抚恤洋须得他伯伯来领，连钱领着。这么，我昨天晚上又下船，预备明天到家，向理发匠的哥哥说，教他去领孩子。"

暂时的沉默，在这尖风吹动的茅棚下，两个人都感到无限的凄惶。流云在空中很闲散地分不去又合起来。顾宝一面大口嚼着粗面饼，一面仰头看着皱纹重叠的老主人的脸。"运气？那只外国船真看得中国人比狗还贱！那么小，那么小的船只载上四五百名的搭客。自然就会往下沉，况且还有风浪！……我对理发匠说过这一点，他又不舍得船票钱，……咳！老店东！你待怎么说？不过横竖一样，不冻死、饿死、烧死，究竟还得淹死！这真是他的命该如此！——然而那日本船上的人员偏偏一个没死！他们格外会泅水吗？还不是出了事早有办法！"

老主人这时却将思想推远了，他断定这是"用夷变夏"的小结果。若是红石崖没有可恶的小火轮来，也许舢板不会沉在海里；就使沉落也不能淹得这么凶。因为要得到他心中断论的确据，他便更进一步问了。

"到底淹死多少人？"

"听说是快四百口！男的、女的，都有。还有找不到尸首的，我来时还有人在打捞。——但这全是由沂州来的难民。也有家里很富裕的，只是'难民'罢了。从多少地方来，奇怪！就会注在一本生死簿上！"

老主人弯腰拾起烟筒没答话，然而他心中又作断论了："末世的劫数了！"他不禁摸摸自己的花白胡子，联想到他也是一生的末世了。一阵酸楚的意念从鼻腔酸到眼角，老眼中浮动着失望与悲哀的两滴清泪。

当顾宝匆匆地用过早餐要起身赶路的时候，老主人忽然记起一件重要的事，便郑重地道："你嘱咐他，——死者的哥哥领那个孩子回家的时候从我这里走。这可以吧？并不背路。"

"可以、一定，还从你这里走。"顾宝将长衫重行背在肩头，"怎么，你老人还忘不了那个好捉蚱蜢的苦孩子？"

"因为，……是的，他不是正同我那个二孙子一样大！……"话没说完，顾宝的后影已经掩映在几棵槭槭作声的大柞树前面了。

一九二七年十月二十二日

刀　柄

一点风没有，飞舞的大雪花罩遍了冻地，正是义合铁匠铺燃旺了炉火迸击出四散火星，制造利器的好时间。这两间长宽各一丈见方、红岩石砌成的老屋里，只听见煤炭在火炉中爆裂声；几只铁锤一闪一落地重打在铁砧上，有节奏的应和声；以及铁锅里熔炼纯钢的沸腾声，铁器粗粗打成，从火里蘸到冷水时的特别音响。除此外，轻易听不到工作者的言语，似乎这隆冬的深夜只有铁与铁，铁与火，相触相打的急迸音响。外面是雪花飞扬的世界，屋中却造着刺砍的兵刃。

这是城东关著名的铁匠铺，门口挂着三叉形武器的铁招牌，不论昼夜，在黑黝黝的檐前耀着尖锐的威武。它是铺主人曾祖的特制器。那时，属于这城的乡村忽有狼灾，是从古旧的琅琊山下跑到平原来的饿狼群，幸得这铺主人的善使三股叉的祖宗把精铁打成多少锋利长叉，交付与乡村青年，救了那场稀有的兽灾。因此，这几个县里没有人不知三叉铁匠铺的名气，反而把义合二字掩没了。经过七十多年的时光，独有旧门前这铁质招牌未曾损坏，虽然三个锐尖也变成小牛角般的钝角。

在所谓承平的时代，他们只造些锨、犁、叉、铲等农家的工具，与工人们用的斧、凿、锯、锹，再便是裁纸本的小刀与剪断绒的绣剪，这类书房与小姐们的法宝。然而用途广了，生意并不冷落。近十年来，真的，成为有威力的"铁器时代"了。他们的出品也随了"文明"的发展，什么一尺多长的矛头，几寸宽的长刀，给警备队与民团配置的刺刀，甚至于小攮子，也十分流行。所以这老铁铺的生意不惟不比从前衰落，反而天天增加他们的出品。虽然在各地方一切的农民、工人，都不大急需那些旧式粗蠢的工具，而书房用品与小姐们的法宝也早被外货与镍镀的东西代替了去。

支持祖业的独东吴大用从他父亲手里接过这份事业，过了二十个年头。全凭他的经验，他能捉住这时代的需要，更能从他的出品上十分改良，以求不负"货真价实"的历代相传的铺规。他从有铁矿的地方整数栋运来的精铁，用他祖传的方术，绝不依赖化学知识便炼成纯钢，能一锤一锤在砧上打成质重锋利的杀人利器。左近地方凡是要预备厮杀的第一要事，便是定购三叉铁匠铺的枪、刀。只见整大车的铁块送来，成担的矛头、大刀送出。他的门口比起卖吃食的杂货铺还要兴隆。所以他的工人加多了，身工也贵了，但是门口的招牌永远任凭它变成钝角，总不换掉。因为纪念他祖业的由来，而且他从各类人的心理上明白久历时间旧招牌的重要。

在这一年将尽的冬夜，并非大都市的C城，各种商家因为没有黑天后的生意都早已关门安睡，独有这位六十岁的铁匠铺主人，还勤劳地督催伙计在做这有关人类生命的工作。

沉默，沉默，火星迸射在打铁人的脸上，似乎并不觉得热灼。他们在充满热力的屋里多半赤背，围着厚布上漆的围裙，双手起落的闪影显出那些筋结突起的健臂。黑染的鼻、嘴，都带着笑容，足证这工作虽是劳苦，并不使人躲懒。这"力"的生动与表现，若有一种隐秘的兴奋注入各个工作者的身心。

孤零零地靠近郊野的铁匠铺,风雪长夜里,正制造着惨杀的利器。雪花打在油纸窗上时作微响。从外面看来,洁白的大地上只射出这一团红热的光彩。

屋子是四大间通开的,当中两扇木条子矮门通着主人的后院。这夜的轮班夜工,连学习的小徒弟一共八个。主人却坐在东北角的一张白木桌子后面,慢慢地执着大笔用粗手指拨动算盘。他那沉定的、不甚明亮的眼光时时落到屋子中央两个大火炉上。

在紧张工作中,正是铁锤连续不断地敲打时,不但听不见语声,他们也都习惯保持着一定的沉默。每过半点钟住下了铁锤的起落,全在用轻轻地敲、削、钩、打,或做炼钢、淬火的工夫。他们便从容地谈着种种的趣话。

"二月,你把这炉火通一道,你看,你不觉得热的喘不过气?……这回用不了大火使。"仿佛大把头的神气,约有五十岁开外的瘦子,戴了青线挂在耳旁的圆花眼镜,在炉边用小锤敲试一把匕首。

一个十四五岁的孩子,一边通着炉灰,一边从腰袋里抽出一条印花面巾擦抹胖脸上的汗珠。"落雪可不冷?……谁害冷要到这里来学点活,准保他一辈子记着热!"孩子聪明而自嘲地说。

"怪不得今年掌柜的这里来荐人的不少,二月想的不错,真真有点鬼见识。……"是比二月大五六岁的一个健壮青年,穿着青布单裤,坐在东面炉边,吸着一支香烟悠然地答复。

"哼!你们这些家伙只会算计现在,忘了夏天来到一天要出几十身臭汗。"口音粗涩带着鼻塞重音,是正在修理小刀剪钢锋的赖大傻的反驳。

戴回花镜的老人抬头看了一看,"我说大傻子不傻了,你不信,听听他偏会找情理。"

即时满屋中起了一阵哄笑，仿佛借着赖大傻的谈话松动也松开了他们一天的辛劳。

店主人这时随同大众的笑语把右手中指与无名指间夹的毛笔轻轻一放，丢在木案上，发出沙哑的声音："周二哥，你说现在的人谁是傻子？你放心，他也有眼，有耳朵，从前还可说是老实人，现在……哼！……就没有这回事。傻子不会生在这个年头里。"一屋里独有他还穿着东洋工厂织成的粗绒线紧袖内衣，青布棉裤，脚底下却趴着一双本地蒲鞋。他已将上胡留起，一撮尖劲的毛丛，配上赤褐色圆脸，浓浓的眉毛，凡是看过社戏的一见他的面就想起"盗御马"中的杨香五。

周二哥是富有工作经验的，在这古旧铺子里常常居于导师地位、戴着圆眼镜的老人。他凡事都保持一种缓和态度，思想常在平和与怜悯中间回旋不定。因此他虽在少年工人的群中，因为年纪知识，得到相当敬礼。然而背后却也受他们不少的嘲笑。他以吃份的资格老，在这火光铁声的地方，就是吴大用也须不时向他请教。周老头听见主人高兴的评判话后，却兀自没停手，还微微皱起疏苍的眉头答道："话不是那般说：我看来是人便有三分傻！'有眼，有鼻子，傻来傻去无日子。'张口吃饭不就是糊涂么？一辈子还是打不完的计算，到头来谁曾带些到棺材瓢子里去？……"他老是带着感慨的厌世口气。

这一套话不但赖大傻与小二月配不上对答，那些吃烟、巧嘴的人也不见得很明了，还是主人张开口哈哈地笑道：

"周二哥，人越老越看得开。"他迅速地将火柴划着一根，吸了口香烟，有点大会中主席的神气。"不装傻子实在也混不到黄的金，白的银。谁送到门上来？我说，谁都不傻，也是谁会装傻呀。讲'装'可不容易，没有本事只好等人家去喂你，……"

他的话还没完，因在炉旁的壮健青年便骄矜地搀言："我看掌柜的不装傻，又不傻，然而咱这铺子里生意多好，还不是人家把大把的洋钱送到门上？我可是爱说话，我想……"

主人家的权谋，向来易得伙计们的赞成，他绝不用对待学徒的严厉手段，所以伙计们可以自由谈话，工作也十分尽心。

他——主人，侧着头，口角松弛地下垂，截住这青年的话："好！你想怎么样？试试你的见识？……"

"我想是掌柜的本事，大家的运气。……"

主人浓黑的眉毛顿时松开，显见得这句话多少打中了他心坎上的痒处。

圆眼镜老人没有立时说话，执定锉子，在大煤油灯下细琢细磨地修整一把精巧的小刀。过了二分钟，他低低地叹口气："本事？……命运？……你还忘了一点。……"

"什么？"壮健的青年仿佛一个善辩的学生，不意地受到了老师的提问。

老人抬起头来没来及回答，忽听得窗外有人在掸落身上雪花的"扑扑"声，即时用力地敲着裹了镴铁叶的前门。

意外的静夜打门，使得全屋子人都跳起来。

主人骤然从桌旁掇过一根短短的铁棒，镇定地喊问是谁，别人却惊骇着互相瞪眼。

"快一点！……是找吴掌柜的。……"这声音很高亢，急切，显见得是熟人了。

主人听了后面的几个字音，把铁棒丢在地上，脸上紧张的筋肉立刻弛落下来，变成笑容。走到门边，一面拨开粗木闩，一面道："我说没有别个，这时候还在街上闲逛。不是筋疙瘩，还是……"

门开处，闪进来一个一脸红肿粉刺的厚皮汉子，斜披着粗布制成的雨衣，却带上箬笠，穿着草鞋。一进门便是跺着双脚的声响，门内印上了一大堆泥水。

"好冷，……这地方真暖和呀！你们会乐。我忘记了带两瓶东池子的二锅头来咱们喝喝。……"他说着，雨衣撂在木凳上，把腰里挂着的一口宽鞘子大刀也摘下来丢在雨衣上面。

顿时起了一阵寒暄的笑语，主人便掇过矮凳让大汉坐下，命二月拿香烟，自己从草囤子的茶壶中倒出了一杯艳艳的红汁放在矮凳脚下。别的伙计们又纷纷地执着各人的工具开始工作，而圆眼镜老人到这时才起来伸了一个懒腰，笑着与来客点点头，把手中的东西丢下，也斟一杯茶在一旁喝着，精细地端详这雪夜来的壮汉。

突来的汉子把青粗布制服的外衣双袖捋上去，真的，在肘部已露出聚结的青筋与红根汗毛。他这时早将门外的寒威打退了，端起茶杯道："官事不自由，这大雪天里还下乡去打了两天的仗，这不是净找开心？……你说？"

"啊啊！我仿佛也听见说局子里派了兄弟们到石峪一带去，没想你老弟也辛苦一趟，怪不得几天没有看见。"主人斜坐在大木墩上回答着。

"前天半夜五更起了'黑票'，吴掌柜的，谁知道为甚么？管这些事，大惊小怪，足足把城中局子的人赶了一半去。第二天呀，就是昨儿个，人家冒烟的时节到了，啊呀！你猜怎么样？好！……有他妈十来个山庄的红枪会在那儿操练。……不大明白，我们的队长，就是独眼老子，他先带了五六个兄弟们去问他们要人。……"

"要什么人？"

"说起真有点古董。原来是替第……军催饷的副官要人。……""哪里来的副官？……你把话说明白点。"主人在城中也是一个十字街头说新闻的能手，但对于这新发生的事都完全不懂。

筋疙瘩一口气喝下一杯热茶，急急地道；"什么副官！咱这里不是老固管领的地面么？大队没到，先锋却早下马了。没有别的，一个急字令要！要！要！柴、米、谷、麦、牲口、大洋元，县上一时办不及，——数目太多，他可带了护兵，领了差役，亲身到四乡坐催，剪断截说，这么一来，碰在硬尖上了。那石峪一带几十个红枪会庄子不是好惹的，向来有点专门与兵大爷作对，这一来也不知那位副爷到那边怎么同人家抓破了脸，一上手几支枪打死了两个乡大哥，还伤了一位小姑娘。结局，反被人家把他带去的差人、护兵，扣下一大半。他下了跪，听说亏得出来三个乡老与会里说和，算有体面，把他放回来。……我想想，这是前天黑夜里的事。"

戴圆眼镜的老人执着空茶杯悠然地道："不用提，于是你这伙又有财发了。"

"周大爷真会说现成话，说起来在这年头，谁不想发财？还是发横财呀。可是不大好办。不错，那吃大烟的副官到了县政府几乎没把桌子拍碎，一声令下，不管县长的请求与人家的劝解，昨儿一早便强带着我们去要人。"

"他真是劣种！自己再不敢上前，还是我们的队长先去交涉，人家正在分诉，那劣种他看见这庄子上只有二百左右的红会，便放了胆，先打过十几响手枪去，你猜怎么样？那些一个个怒瞪起红眼睛、扎了红兜肚的小伙子，一卷风地大刀长枪横杀过来。这怪谁呢？……"他说到这里，故意地作了一个疑问，用棉衣袖揩抹额上的汗珠。

正是一个卖关子的说书，一时全屋的工人都将手里的器具停住，十几个眼睛很关切地望着这身经血战的男士出神。

"那不用提，你们便大胜而归？……"主人道。

"好容易！……那时我们跑也跑不掉。那副官，那队长，在后面喊着'开火''放呀'的口令，一时间几百支长枪在小丘子上、山谷口的树林左近全开了火，自然啦，他们是仗的人多，这次却没来得及下'转牌'。竹叶枪与大砍刀没有打得过我们，……完了。其实我们也伤了五十几个……他们那股儿凶劲真有一手！"

"你呢？"主人像很关切。

"哈哈，不瞒你们说，我还不傻，犯的着去卖死力气？我跑到一块大青石后面放空枪，……事情完了一半，活捉了十五个红小子，一把火烧个净光。天还没到午刻，上急地跑到离城十里的大镇上休息了半天。听说那边聚集了几千人开过大会，这才冒着雪把人犯带回来。……"

"怕不来攻城？……"老人断定的口气。

"攻城？还怕劫狱呢！反正事情闹大发了。午后那个坏东西打了个电报与他的军长，已经接了回电，先将活捉的人犯就地正法！……"

"十五个呢！……"忽然那位作细活的赖大傻大瞪着眼突出了这一句。

主人向他有了看道："用你多什么嘴！"懒大傻便不言语。

"这还不奇。……"筋疙瘩这时已将衣襟解开，望着炽热的炉火道，"偏偏点了我们五个人的好差事，是到明天做砍头的刽子手！……这倒霉不？……"

"……明天？……"全屋中的工人在嘴角上都叫出这两个字来。

筋疙瘩回身把木凳上青布缠包的宽背大刀拿过来，慢慢解开缠布，映着灯颠弄着那明光闪闪的刀背道："冤有头，债有主！谁教吃了这口饭，点着你待怎么样？吴大哥，我就是为这件事情特意来的。我在那边开火后拾得这把大刀，说不的我明天就得借重它了。我从前只不过枪毙了一个土匪，还是打不准，这一次辞也辞不了，他以为我有点儿凶相便能杀人。若再辞便受处分。可是我如果这么办，光要痛快！反正我不杀他，他也一样受别人的收拾，不如你腾点工夫替我把这口刀修的愈快愈好。还是他们的东西，叫他们马上死去，也可以表示出我这点好心！……"他的话受了激动，说不十分圆满，虽是著名的粗猛汉子在这时反像有些畏缩了。

店主人骤然听明这一切消息之后，他老于经历的心上顿时起了一层不安的波澜。近年以来城外沙滩上的"正法"他知道的不少，却从没有去看过。对于这来客的复杂心理这时也不暇作理会。他惟一的忧虑还恐怕一两天内红枪会聚起大队要来围城报复，生意怕要暂时闭门，还不定有何结局。他吸尽了一支香烟尾巴，似乎不觉烧痛，还夹在二指中间，呆呆地面对着来客手上横拿的大刀没有回答。

圆眼睛的老人这时在他枯瘦的脸上却没略显惊奇之色，他抬了抬眼皮，向四围看看伙计们都楞楞地立着，又迅速地将眼光落到主人呆想的脸上。便弯过腰去，从客人的右手中接过那把分量沉的大刀。略略反正地看了看道："这是一定啊，非修理不可。刀不旧，上面的血迹盖了一层锈，你放心，我来成就你的这份善心！恰好今夜里活不多。大用，你说对不？……"

"……是……是呀，周二哥的意思与我一样。"主人这时也凑到老人面前把刀接在手里。他本无意去细看，但明明的灯光下，却一眼看到刀锋中间有很细的找补过钢锋的细痕，镶在紫斑的血片之下。这在他人是不会留意的，可是他一看到这里，脸上现出奇诧与骇怖的神色！执刀的手在暗影下微微抖颤。即时，如同避忌似的把它放在靠墙的搁板上，顿了顿道："活是忙，但分……谁的东西呀！"

"东西么，可不是我的。……"筋疙瘩惨笑了一声，"哈哈！说不定还是他们十五个里一个的法宝？像这种刀他们会里能使得好的叫做大刀队，没有多少人。排枪就近打中的也是这一大队上的人多。咳！吴掌柜的，这种杀人的勾当我干够了！谁来谁是大头子，听谁调遣，临时逃脱，连当初入队时的保人还得拿问。风里雨里，杀人放枪，为几块钱拼上命？若到乡间去被大家的仇人捉到，不是腰铡，便是剖心，这是玩么？这年头杀个把人还不如宰只鸡来得值钱。……不错，我当初不是为养活老娘我早溜了，可待怎么样？一指地没有，做工上哪里去做？找地方担土锄地也没有要得起人的。……老娘今年也终久西归了！我就想着另作打算，顾着一身一口，老是拿不出主意来。平空里又出了这个岔子。……"他粗暴的形态中潜藏的直率的真性，被火光刀影与两天的血战经验全引出来。说话时，圆瞪的眼眶里仿佛含了一包痛泪。

全屋子里只有很迟缓很断续的打铁声，似乎都被这新鲜奇怪的故事把各人的心劲弛缓了，把他们的预想引到了另一个世界。戴圆眼镜的老人回顾着那把在暗影下光芒作作的宽刀似有所思，静默不语。

善于言谈的主人，一片心早被现在的疑思、未来的恐怖弄得七上八下，突突地跳动。

因此，这粗豪大汉的话一时竟没人回答。

还是圆眼镜老人回过脸来道："力老大，你倒有见识，走开吧！不要常在这里头混。……等我做了智多星，一定收你做个黑旋风道童。"

除了学徒二月之外，工人们都在城中乡镇的集期、从前的农场上、月光下，听过说《水浒》的鼓词。他们都记得很清楚，所以一听老人这句俏皮话，眼光便一齐落在清瘦的老人与满面粉刺的筋疙瘩面上。即时，他们在意念中把盲先生口中形容的假扮走江湖的吴用，与梳了双丫髽的李逵活现出来，都将沉闷的容态变成微笑。

"谢谢你，老师傅。……"筋疙瘩把雨衣掖在左臂下，"早晚我一定这么办。……我得好好睡觉，天明便来取刀。……心里烦得很，睡不着，回到局子里喝白干去。……"他沉郁地披上雨衣，也不作别，如一条大狼似地冲出门去。

"走啊。"主人在后面关起门来，他那高大的身影早隐埋在洁白的雪花下了。

早上天气过了冷了，雪已不落，冰冻在街道上有一寸多厚。铺子里在冬天清早不做大活的，只是修理与磨刮这类零碎事。因此周二哥也没有来，只有些年轻的伙计在作房里乱闹。吴大用不知为了什么一夜没得安睡。从东方刚发白的时候，喝得酒气熏人的筋疙瘩一歪一步地走来，把周二哥给他重新锻过、修过的大刀取去后，吴大用披着老羊皮袄便抽身回来躺在作房后面里间的土炕上，点起一盏高座烟灯，开始他照例的工作。

吴大用年轻时连支香烟都不曾上口，后来生意好了，却也学会吃鸦片。不过他并不是因嗜好忘了生意的懒人，他也借着这微明的灯光来作生意上的考虑。他更有一种特别的习惯，便是晚饭以后不但鸦片不吸，反而努力算账。他懂得夜中吸烟早上晏起的道理，便一定在大早上慢慢地吹吸，支持他的一天生活。所以耽误不了他的事业。

这时花纸糊的屋子里青砖地上烘着博山磁盆的炭火，他侧身躺在獾皮小褥子上，方在用两手团弄那黑色的苦汁。这个小屋子是他的上宾招待室，也是他的游息地，除掉妻子、还有周二哥，都不能轻易进来。有时队长与乡下的会长、团长们来拉买卖，这小屋子便热闹起来。

他已经急急地吸下一大口去补救夜来失眠的疲惫，但，第二口老在他手尖上团弄，却老烧不成。因为在困烦时他正寻思着那青筋大汉，那口宽刃大刀，以及那刀的主人。

他记起了筋疙瘩今早提刀在手出门时怪声怪气的话："好热闹，……看我当场出彩！……掌柜，……别忘了十点二刻！……"他说这些话似已失了常态，手里执着刀几乎狂舞起来。大用一直目送他转过街口。这时在花布枕头上又听到了筋疙瘩的语声。

"不错！……"正是那把刀！ 夜里一见就对。四月初五交的货算来一年半了。石峪中贾家寨那老头同他那红脸膛的孩子亲来取去的，八十把里这一把特别的家伙。……他们这些小子早忘了，年轻的人也不知留心。那把刀背上有个深携的"石"字。……那把刀特别宽，钢锋是加双料的，还有那异常精亮的白铜把！……是云铜把，贾老头把他多年前祖上做官时带回来的云铜大面盆打碎了一片交来，嘱咐给他儿子铸成崭新的刀把。这事是我一人经手，独有周老头动过手化过铜，……看样子他也忘了？幸而精细，还能看得出这上好白铜的成色。……

他在片断地回念一年半以前的一幕，那带着白发的老头，那二十多岁自小习武打拳的他的大儿，都在跟前现出。嗤的一声，一滴黑汁滚在灯焰上把一点的明光掩灭了，他赶快再点好，用钢签子在牛角盒里又蘸了蘸。

"记得一点不差，那把是莲花托子的，是精细老人出的样式。……可惜当时专打这托子的人早到别处去了。……他一定认得。……怪不得这小子昨夜里不住口称赞这刀把的精工。他们真弄不来，恐怕这样细工的买卖不会再有。……再有么？如果今天这十五个人当中没那老头子的大儿？……"他迷惑地想到这里，骤然全身打了一个冷战，把皮袄的大襟往皮褥子上披了一披。

他吐了一口深气，仿佛将一切遗忘似的，急急地又吸了一口没烧好的烟，呛得干咳了一阵。放下竹枪，一手无力地执着钢签，闭了双目，又重在脑子里胡乱推测。

"那把刀除却他没人能用，太重，太好，他会与别人用？他，自从这东西打成之后听说刻不离身。……不知与匪人战过多少次。……那老头子太古怪，他把田地分与大家，却费尽心力教那些无知的肉蛋练武与土匪作对。……几年来没见他们几十个庄子上出事。他有时进城还着实称赞三叉店中的刀枪真好用。……这回，天运是把刀借与人家？不会！不会！没有的事！我真呆，怎么昨天晚上没细细探问捉的是哪些人。……那老粗也够不上知道吧？……又大又重的刀，云铜刀把，一些不错，如果是老头子的大儿？……"他觉得眼前发黑，几乎要从炕上滚下来。"不至于吧，丢了刀的未必会被捉。况且那孩子一身会纵会跳的本事，……"想到这里，觉得宽解好多，恍惚间那盏没有许多油的烟灯已变成了一个光明的火轮。

"他的刀,……这三叉铺子里的手打成的,……又修理得那么快,落到筋大汉有力的手中,被砍的头滚在地上,鲜血地泉般直冒!如果,……"恰好桌上的木框里呆睁着两个大眼的自鸣钟铛铛地敲了一阵。

他不愿想"如果"以下的结论,好象吃了壮药,轻快地翻身跳下床来,恐怕耳朵不好用,然而近前看,双眼怪物的短针正在十二点上,顺眼看到那下面的6字,觉得里衣都冷冰冰地沾住了。

"吃饭,吃饭回去顺道看杀人的去。……"这是作屋中二月那孩子的欢叫声,他楞了楞,一口吹灭了烟灯。向后窗喊了一个字,意思是喊他正在烧饭的妻,也来不及听她应声,紧紧黑绉绸扎腰,从作屋里冲出去,并没看清还有几个伙计。

平常日的黄沙全都在一夜换上了平铺的白毯,天空中悬着金光闪耀的太阳,朔风吹着河畔的雪,枯芦似奏着自然的冬乐。这洁白耀目的光明,这日光下的万物,都含着迎人微笑,在预备一个未来的春之新生。也仿佛特为预备这个好日子助人间行快乐典礼的兴致。但可惜这天的雪花上可纵横乱杂地印满了铁蹄与人足的深痕。

几方丈的大圈子是马队与步兵排成的圆屏风,屏风外尽是一重重的人头。在每个柔和的颈上,他们都是精明与活力的表现,是做着各个特有姿势在群众中现出他们的脸子。几十重的人头层:种种黑的、黄瘦的、赤褐色的、铅粉与胭脂的面孔。各个面孔尽力地往上悬荡着,用灵活的瞳孔搜索那出奇的目的物。一片嘻笑的吵叫压下了河畔枯芦的叹息。

不久,从肉屏风中塞近一群人,这显见得有高低、胜败,"王法"与"囚徒"的分别。许多壮汉扭拉着十几个只穿单布小衫、垂头的死囚。内中也有一两个挺起胸脯,用骄冷的如血的眼光向周围大众直看。

那目光如冷箭一般锋利，因此周围的人头都一齐把他们的目光落到那些几乎走不成步的死囚身上，谁都慌张地避开那些箭一般的死光。

又是一阵特别的喧嚷，人都争着向前塞，四围的脚尖都深深陷入泥地，西面城墙上还有些自鸣得意的高处立足者，俯看着拥挤人群的争闹，可笑不早找机会，好占地位。

斜披了皮袄、连帽子都没带的三叉铁匠铺的主人也在那十几重叠压的人头中间。隔着十几步便是今早没到作房的周二哥。他们彼此望见，可不能挪动寸步，也听不见说话的声音。

吴掌柜两只失神的眼尽在那些壮汉们的大刀下荡来荡去。他偏去向那些死囚中找，只有几个，一个也不对。心里正庆幸着。然而最后看见刀光一闪之下，执着那把云铜莲花把宝刀的凶神，没穿上衣，可曝出一脸的汗珠子，他！……正是昨夜里含着眼泪、今清早熏着酒气的筋疙瘩，啊呀！刀光下面又正是那人，那老头的大儿！脸上乌黑，一些不错。他与那些无力的死囚一样低了头，眼光已经散了。

他——吴掌柜虽被许多人拥塞着，却自觉立不住，一口冰冷的气似从脑盖如蛇行般的钻到腹下部去，啊啊！再看拿那把精巧大刀的，一对红湿的眼光却只在注定那把明亮非常的新刀。他不看这死闪，不看这周围的种种面孔。

"一、二、三、……十五个……十五个东西！"周围的红口中有些特为报数的声音。

他本来没有勇气看下去了，又不能走，强被压塞在这样的群中。他只好大张着眼，口里嘘嘘地也看那口扬在老乡绅儿子头上的刀，他的刀！

他忘记了去偷眼望望隔十几步的周老人。

一颗一颗的血头在雪地上连接着团滚，吴大用这时不会寻思，竟至连口里嘘嘘的气也没了，干焦喉咙正在咽着血水。眼全花了，只是恍惚中有若干黑簇簇的肉丸在雪地上打架。血光象漫天红星的突扫。他的心似乎并不跃动，全身渐渐冰冷。

"啊哈！好快刀！……真快！……"在周围中忽然投落了这几个字，又一阵大大骚动。吴大用方看见十五个中末后的他，……已经借了他自己的刀刃把一颗硕大的头砍下来，有两丈多远，……执刀人因为用力过猛，也许刀太快些，带伏在血泊中还没有爬起来。

他即时被人潮拥出了原立的地位。

人潮松退时，他觉得立不稳，一滑几乎扑在地上，左面来了一只手把他搀定。——是目光依然炯炯的周老人。

他们没说一字，周老人的目光与他那像不能睁的眼睛碰了一下，他们都十分了然。

一九二八年夏

旗　手

　　小小的车站中充满了不安与浮躁的气氛。月台外的洋灰地上，有的是痰、水、瓜皮。乱糟的室隅，如鸟笼的小提门的售票口，以及站后面的石阶上洋槐荫下都是人——仓皇、纷乱、怯懦的乡民，粗布搭肩、旧式竹笠、白布的衣裤；红头绳绿裤带的妇女，汗气熏蒸着劣等油粉的臭味。他们老早就麇集在这以为安定的避难所中。他们是从远近各乡村来的——因为距车站近处的几个小城都早在炮火包围之下了——有的奔跑了几昼夜，有的饥渴困顿得不堪，更有些在道路上受了不止一次的惊恐。他们不期而会，不用问询，都互相了解，互相同情。体面与装点，此刻都消灭于炮火的威吓之中。只有共同希望，盼着那巨大动物到来，好拖到别处去。

　　"喝！焦心，白费！你听见站长室里前站的电话么？五点。……还不定准，也许得等到张灯后。……"

　　"这不是开心？兵车又须先过几趟？"

　　"兵车多哩，活的、伤的、装军需的，下趟车——说不上第几次了，有五千西瓜装到C河前线上去。"

"西瓜——真好买卖。在这样的年头儿真说不上干哪一桩赚便宜。早知道要用许多西瓜，我还去租地种瓜，准有五分利，少说，……"

噗嗤一声冷笑的骄傲声音从对面先说话的那位鼻腔中透出。他是一个三十多岁的男子，上身穿了深蓝色铜钮扣的铁路制服，却配上一条又宽又肥的白竹布号裤。一双布鞋，立在湿润的水门汀上，倚着粗木栅栏。左腋下乱卷着红色绿色的旗子。与他谈话的是戴红布帽的小工头，也有三十岁以外了。黛黑面孔，粗硬有力的手指，光膊，穿了白地黑字的号褂，黄粗布短裤下露出很多汗毛的光腿。他用左手二指斜夹住一枝香烟，立在站外的小树荫下。七月的太阳炎光正穿过红瓦、铁篷、一望无边的油绿高粱与荒芜的土块。他们身前有一群偏斜着军帽、灰色上衣、穿草鞋的兵士，肩着各式的步枪在站台上逡巡。

站长室内的日本钟当当地敲过三下。

同时站门后面骚动出一阵纷扰、诅恨的浮声。

"小皮，……你说卖西瓜五分利？傻子！如果种地有利，三分也干。谁来伺候这二十块大洋？不错，大批的西瓜，你晓得官价？"从鼻腔中冷笑的旗手说到这句停住，意思是问小皮多少钱方算得官价。

"多少个？"他反问的简捷有力。

"多少？我说多少便是多少！这才叫做官价。来，算一算：在T市十个瓜少说也卖七角，在乡下打对折，不合三角五？这一来，一角钱十个尽挑尽买。年令，官办，快快，没有两天乌河两岸的瓜全给拉到车上去了。……"

小皮瞪着乌黑的眼珠，回头先望望那些灰衣人，吐出了半截舌头没有答话。

"这也说不了，给钱的就是这个了。"高大的旗手伸开右手，将大指在空中翘起旋转着，向刚刚走到站口的一个幼年兵——一个不过二十岁黄瘦的兵士面上一指。那似是颇为悠闲的幼年兵士正自低声吹着口哨，无意识地抬起他那一双温和的而是散漫的眼光向旗手望了一下。旗手的右手已经平放在红木栅栏上了，也对这个幼年兵看了一眼。

他继续他的话："应当的，应当的，这比起乌城外叫种地的一天一夜把他们手种的一百二十亩高粱全砍倒作飞机场，不更应当么？咱们，无地种瓜，更不曾租到财主家的地亩种高粱，多说什么！……嗳！"他似乎触动了什么心事，"本来么，还种高粱，种瓜？安安稳稳白费力气，叫别人图现成，还不是呆子？……"

小皮把一段香烟尾巴丢在明亮的轨道里，"呆子，你看他们这些逃难的才是呆子呢。还不如咱们舒服，挣一月花一月，没有老婆、孩子，更管得了天翻地覆？……"他颇觉谈得爽快，左脚即时伸入栅栏中的横木上面。

"喝！他们因为不呆才出来逃难，他们因为都不呆，才有逃难的资格。可是你不要以为咱便可无拘无束地过日子，一个炮弹打来，站房毁了，轨道掀了，怎么办？……再就是大家都不呆了，不跑来跑去的，你怎么会多找点酒钱？"

小皮的眼皮搨阖了几阖，似在领悟这段较深的哲理。

"如你说，还是让他们年年打仗，他们呆子便年年逃难，可是年年不要炮轰了咱们的站房、轨道，这不就是顶便宜的事么？对不，老俞？"小皮以为已把自诩聪明的老俞的学理批着了。

"是么？要便宜就是顶吃亏的。你看这些灰色大爷，这些逃难的人，都一样。……非大大的吃亏不可，非大大的吃亏不可！……"他说的很迟缓，郑重。

小皮的光膊上出了一阵汗，对于旗手老俞的话简直想不出一点头绪。

丁……零零，丁……零零，站长室中电话又奏它的曲调了。从人堆里，旗手匆匆地跑进屋子去。小皮满不在乎地又燃上一枝香烟，侧着头看站台上那些兵士。他们听见电话的铃声都停了脚步，把步枪从肩头取下，捏在手中。

虽然这几天的上下列车次数减少，而且C、T铁道已经分拆成两大段，应该每个车站上的事务清闲了，可是自站长以及电报生，甚至旗手都是饮食起眠没有一定的时间。原因是来回的兵车太多，而且上下站因为报告消息，与无定时的列车行止，都随时有电报、电话，有时电线坏了，更引起站中人员与驻军的恐慌。

最令他们耽心的是敌人的别动队不时出没，乡间的土匪乘时而动。这小小的车站原是两个县分交界之处，虽然也有一列车，——约摸有一营的兵士驻扎在绿林边的轨道上；而恐惧的心理却使人人不安。

两天以前，敌方的别动队攻破了一个县城，经过几处大村镇，所以想逃难到T市去的分外加多。

然而他们所希望按时而行的大动物却弄得十分跛脚，一天会没有一次客车。

突然，电话再响，站内外都变成紧张惊扰的状态，步枪的推进机拍拍地响着，呶呶的老少的杂谈中夹杂着小儿的啼音。

小皮看看站台上灰衣的兄弟们越聚越多，没有他的地方。便回身又挤进站内。

几乎没有穿号衣的了，可也没有赤了肩膊的。妇女们也是如此，虽不见丝绸的衣裙，却也没有五颜六色绽补的样式。显见得这些呆子都是差不多的人家。小皮正在估量着。身旁一位戴着玳瑁框圆眼镜的中年人向小皮盯一下，便急切地问："火车快到了吧？不是又有电话来吗？"

急剧的表情与言语的爽利，在这纷扰的人群里仍然要保持住不十分恐慌的态度，更从他的对襟、珐琅钮的白夏布小衫与斜纹布洋式裤子上，小皮便认明这是属于上流人的人物了。

"贵处？……你……也是逃难？"小皮先不回答他的急问。

"我……我是某某镇的分部干事，现在没法，带了公事到T市去。……"他说来，不是得意，却也不以为屈辱。仿佛对于这个劳工很有同情。

"噢！某某镇，不是昨天被跛子李的别动队占了么？你先生出来的……？"小皮在这位干事面前，说的颇无条理。

"就是，我跑了一夜，六十里，幸而我还学过兵式操。"他也把话岔出去，似乎明白了这位红帽劳工跟他一样不晓得站里的事情。

"啊啊！听说党部的人都会操法，真的吗？"

白洋服裤的干事笑一笑。

但是小皮很不知趣，像求解答问题的学生不餍足地追问：

"你先生，……部，还要跑？听说S军不是也讲三民主义么？为什么要走？……"

分部干事向这位小工头皱皱眉头，冷冷地道："你不知道我有公事到T市去……的？知道么？"这显然是不叫他再往下问了，小皮到这时方觉得自己的话有点模糊，使这位干事不甚合意。他们谈话时，站里那些立的、坐的、挤动的头都向这边尽着瞧。

"是啊，……先生，你要当心！听说昨天上一站被土匪队的王大个子，把乌县的县长同委员们一大堆诓下去，现在还不知下落。嗳嗳！这年头干什么也不好。"他在引用前文，以为这是善良的劝告；然而干事听来更将眉毛皱紧，从鼻孔嗤出一点微音来，把头侧向站长室的出入口去，他的白小衫有点微颤。

小皮满身汗，好容易塞到站长室门口，却看见靠站台东窗下那位干事正在局促地把西服裤立着脱下，露出仅达膝部的白短裤。

把紧贴在门上的人丛慢慢推动，仍然是挟了小旗的旗手，满头上流出热汗，随着一位金丝眼镜的司事走出。

即时有一张墨笔写的小布告从司事手中贴到布告牌上去。旗手便向小皮立处挤来。

能认得几个字的人便蜂拥到白纸布告前面，听见陆续念出的声音是：

四点钟到专车一列，尽载由上站登车××侨民，到站停三分钟，所有中国人民不得登车，俟下列客车到时方能售票。

此布。

识字的老年人念完这段布告后，低下头叹一口气。青年人，似是乡村的学生与店伙，只是咕哝两句听不清的话。自然又惹起大家一阵谈论。全是慨叹的、懊丧的、无可如何的失望、艳羡的口音与颜色。他们觉得应该安分听命，等待吞噬他们的大动物到来而已。他们早已在困乏的征服之中，还没有健全团结的力，没有强烈合一的心，他们只好伸开一无所有的双手等待着，……等待着！

三点半过后的阳光愈显出热力的喷发，站外槐树上各种鸣蝉正奏着繁响的音乐。树荫织在地面如同烙上的暗影，没有丝毫动摇。而站台上明闪闪的枪尖都像刚从炼炉中炼出、与灰色幅下的汗滴争光。

旗手早拉了小皮出站，到树荫中的草地上坐下，扇着草帽，大声畅谈。

"又没望了，下次车还不准这些乡老上去。眼看我又是一个大不见，真倒运！一天连五角拿不到手，再打上十天仗，看，当土匪不是我皮家小伙子？……"

"哈哈！你也发疯，去当土匪？老弟，你还够格！……我看你只好替人家扛东西，你肩头上有力气，无奈手里太松了。……"旗手从他那红脸上露出卑视的表情，浓浓的眉毛，往上斜起的嘴角，鼻子挺立，说话时眼下浮起两三层叠纹。是一种坚定敏活的面目，使人看见他便须加意似的。

"别耍嘴了，我这双手，哼！该见过的。提一百斤的网篮，抱两个五岁的孩子，这不算；有一次程瑞——他是张大个的第几军的军需官，从这儿起运东西，你猜，我右手这么一提，左手向后拉着一尊小炮，右手是三个装面的面袋。……你没见过，那时候，你不是还在上学吗？怕没有上千的斤数。这一提，一拉，那些弟兄们没有一个不向我老皮伸大拇指头的。"小皮回忆到三年以前战事的闪影中去，依然如故，又是不通车，逃难，断了电线，田野的叫声。他有英雄似的愉快，有孩子们诉说无用经验的欢喜心情，但他不明白为什么隔一年两年又转上一些不差的圈子？他对了当前的仓皇状态更加不满意了。"还是那套把戏，变戏法也不能这样笨。"同时他向旗手摇摇头。

旗手仍然扇着草帽，尽向铁轨的远处望，静默，深思，仿佛没曾听见小皮自夸的话。

"你说，这两只手无用？……老是替人家肩抬吗？……"

"好，好，一双手有用，不过是给兵大爷扛面袋，拉炮车，挽了手来打烧酒，耍老婆，你还是你，我还是我！……"旗手冷冷地而庄重地说。

"干吗？……我说你这个人真有点儿邪气，乱冒火头，也像这两天的火车头一样，到处乱碰。不挣钱，要这双手什么用？说我喝烧酒，倒有点，玩老婆，……不瞒你说，倒是今天头一次开荤，碰着女人的奶头，还没有摸上一把。不要冤人，我是天字号的老实人。……"小皮有点着急了，夹七夹八地说出。

"好，都是好事情。不喝酒，不玩女人，……那干脆当道士去。……可是你也知道人家不用两只手，连肩膀也放在半空里，酒、女人、汽车、大洋，可都向荷包里装？你又不是多长了两只手，拉动个炮车，怎么样？"他说时如同教书一样，不愤激也不急促，说完末句，用他那有力的目光尽着向憨笨的小皮面皮上钉去。

"啊！……啊！"小皮只回复出这两个口音来。他像在计算什么，把一只如鼓槌的右手五指往来伸屈着，一会眉头一蹙，便决绝地问道：

"那还是要用两只手吧？……"

远处轮声轰动，即时一股白烟由林中喷出，专车像快到站外了。旗手向小皮招呼一下，便飞跑向铁轨的东端轧口处立定，把红旗向空中展开。

奇怪，一行四个列车里全是装的xx人，做小买卖的家眷、公司职员们的子女、长胡子穿了青外绸衣的老者，以及仍然是梳了油头穿了花衣的少女。这么将近百人的避难队，在站台上，却没有豪豪的下驮的特别声音，只有几个男子的皮鞋在热透的石灰地上来回作响。与平日显然不同，大多数在三等车的车窗内，仅仅展出头来看看站上的情形。

同时站里面也静悄悄地有几百只热切而歆羡的眼睛向这可爱的大动物的身段里偷瞧。

站台上一阵纷忙，兵士们重复把满把油汗的步枪肩起，虽是有的穿着草鞋，而一双双起泡的赤脚还保持他们立正的姿势。

路签交过，红圆帽的站长在押车的上下口与掌车低声说了几句，车头上的大圆筒发出尖锐的鸣声，旗手的绿旗摇曳一下，它又蜿蜒地向东行去。

突然的紧张后，一切安静下来，一时大家又入了以前瞌睡的状态。

四点过去了，站长室中北墙上的钟短针已过去了4字的一半。外面十几个值岗的灰衣人早又换了一班。当差人员稍清闲点，便斜靠在藤椅上淡漠地饮着贱价啤酒，恢复他们这些日夜的疲劳。站中男女知道急躁无用，也听天任运地纵横躺在地上，有人发出巨大的鼾声，惟有小孩子时在倚壁的母亲的杯中哭叫。

苍蝇向热玻璃窗上盲目地乱碰，繁杂的蝉声也稍稍沉静了，炎威却还是到处散布，窒息般的大气笼住一切。空中，层层的云团驰逐，叠积，发出可怕的颜色，正预示这暴风雨之夜的来临。

小皮在铁道旁边红砖砌的小房子里与他的同伙吃完了白薯大饼，还喝下前几天买来的二两高粱。他用冷水嗽口后，伸个懒腰，却没将身子直起来，因为房子是那样的低，他本想将两臂一上举，但拳头碰在门上框时，便又突然地落了下来。这使他感到无用武之地的微微不快。他不顾同伙们还在大嚼，便跑出来，向西方的空中，向无声的丛林，向灰影下斜伸的枪刺，向玻璃条似的铁轨，用饱饭后的眼光打了一个迅速的回旋之后，即时用已变成黄色的毛巾抹抹嘴，便沿着铁轨到站中司员的宿舍去。

宿舍距车站不过五十步远，在杨柳与粉豆花丛中，一排七八间屋子。外面有铁丝纱的木框门窗。小皮高兴地吹着口哨，刚走到宿舍门前的大垂柳下面，早看见俞二蹲在柳根下嗽口，制服已经脱下，只穿一件无袖背心。

"又吃过一回了，今晚上吃的真舒服。好酒，这一回大概是老烧锅出的，喝一口真清爽。……"小皮在柳树下的石磴上叉着腰坐下，满脸愉快的神色。

"你们吃的什么？这几天连青菜也买不到。"他又问了。

"青菜，……我们吃的淮河鲤，昨天从市上买的，因为急于出脱，真便宜，你猜，一角二分钱一斤。"旗手不在意地说完，把左手中的洋铁杯往柳根下一掼，立起来，从原袋中摸出一盒"哈德门"烟，抽出两支，分与石磴上的小皮，他自己燃着了一支。

"真会乐。到底你们会想法，什么时候还会吃淮河鲤！听说河中打死的人不少，……"小皮把香烟用指夹住，并没想吸。

"吓！你也太值钱了，有血的东西就不敢吃么？亏你还当过民团，打过套筒，在这样世界里不吃，却让人血吓死？……"他夷然地说，还是那个沉定的面容，一些没有变化。小皮听了这几句话，没做声。

"我就是要享受，可不是像那些大小姐、时髦的什么员，只知道，……什么都可享受。吃个鲤鱼还是自己的血汗钱换来的，只不要学他们，吃了鱼却变成没血的动物。"

小皮的眼楞了楞，看看从西方密云中微透出的一线金光，点点头道："好，你几时成了演说大家？了不起，这些话我有时听见你诌，到今还不明白。你终天黄天霸、黑旋风一般，口说打抱不平，可惜没有人家那一口刀，两把大斧。……"

"怎么？"旗手把左手叉在腰间，"刀，斧，要么？到处都有，只不要叫火车把你的两手压去。哪个地方拿不到？……"他的话还没说清，从站上跑过来一个工役到宿舍前面立住，向旗手招手。

"又是干吗？"

"又有电话来，在客车前，五点五十分有东来的兵车——听说七八列呢。站长叫你赶快去，有话。……快了，刚打过五点半。……我来的时候站长正在同下站上说话，消息不好，似乎 X 河桥被那边拆断了，……快去！……"他不等回答，转身就跑。

旗手悠然地微笑了，他仿佛一切都已先知，一点不现出惊惶的态度。从屋中取出制服，又把袋内的钢壳大表的弦上好。

"听着吧，回头见。"这六个字平和而有力，象一个个弹丸抛进小皮的耳中，他却头也不回慢慢地踅去。

天上的黑云越积越厚，一线薄弱的日光也藏去了它的光芒。

五点四十分了，五点四十五了，这短短的时间像飞机在天空中的疾转。还是八月，黄昏应分是迟缓的来客，可是在云阵的遮蔽下，人人觉得黑暗已经到来。又是这样的辰光，人人怕触着夜之黑帔的边缘。那是无边的，柔软而沉陷的，把枪弹、炮火、利刃、血尸包在其中的，要复下来的黑帔。

在车站的西头，一条宽不过五米达的小铁桥的一端，那旗手——奇怪的俞二挺身立着，小工头小皮正在督领着几十个赤膊工人肩抬着许多许多粮米，麻袋堆在轨道左边。这是从四乡中征发——也就是强要来的春天的小麦，军需处催促着好多走了两日夜的二把手车子推到站上。

仍然，站里站外到处满了低弱的诉苦声，乡民互相问讯的口气，夹杂着蓄怒待发的、也一样是疲劳得牛马般的兵士们的叱骂音调。而站里卧倒的女人、小孩子都早由惊恐中变成了随遇而安的态度，好容易占得水门汀一角，便像逃入风雨下的避难所，轻易不肯离开。

小皮在站东端铁轨边守着那些胜利品的麻袋，悠然地吸着香烟，与俞二立处不过十几步远，并不用高声，可听明彼此的话音。

"过了这次兵车，再一次客车西来，你就休息了。我们到下河去洗个痛快澡，回头喝茶，这两天我顶喜欢吃吃，喝喝，不是？不吃不喝死了白瞎！"

俞二没有言话。

"不是这次兵车要到这里停住？前面铁桥，……在下站，不过二十里。……已被那方拆穿了，刚来的消息，站长叫你就是这个吧？这样急的时候，兵车没有特别事，在咱这小站是不停的。你记得昨天那一次真快，比特别快车还厉害，一眨眼便从站门口飞去了。我说，他们真忙，可好，咱们比起从前来倒清闲多了。……"

俞二的高身个转过来，对着桥下急流的河水。因为一夏雨水过多，被上流冲下来的山洪急冲，已经有两丈多深，而且在窄窄的束流中，漩涌起黄色的浪头。他向这滚滚的浊流投了一眼，迅速地道：

"洗澡？待会你看我到这桥下洗一个痛快！我一定不到下河的齐腰

水里去哄小孩们玩。……"

"又来了，大话，老是咱这俞二哥说的。你就是能以会点点水，这可不当玩，白白送命。"小皮把香烟尾巴塞在地上石块的缝里。

"能这样玩玩也好，我又不想喝酒，玩老婆，果然死了，到还痛快！"

"谁说你没有老婆？……"小皮嗤的一声笑了。

"不错，从前有的，她在××的纱厂中三年了，我只见过两回。多少小伙子？还是谁的，碰到谁就是谁，你的，我的？我若能开一个纱厂，要多少，……"他庄重地说，但久已在心中蚀烂的爱情，这时却也从他那明亮的目光中射出一霎的艳彩。但他将上齿咬紧了下唇，迅快的、轻忽的感伤便消没于闪光的铁长条与急流中去了。"什么都快活自在，告诉过你，我有一个学生样的哥哥，在陇海路当下等算账员；一个妹妹，自五岁被拐子弄去，听说卖到吉林的窑子里。我并不发懒，却不要去找，她有她的办法，我找回来仍然给人当奴才？你说我有什么不敢？我也曾学过一年的泗水。……"

"你怎么说上这大套，又不是真要上阵的大兵，却来说什么遗嘱，哈哈哈哈！"

小皮笑时，身旁又添了六七个麻袋，他得了吉地一般地跳上去，伸出两腿安然坐下。

旗手把空着的右手向空中斜画了半个圈子道："上阵该死，他们给人家打仗，都是活该，咱看着也有趣。不过那些乡老，说老百姓吃亏，他们管得了这些。不打不平，要痛痛快快地你枪我刀，……"

"有道理啊！'站在河崖看水涨'，你真有点'心坏'了。"小皮似在唱着皮簧调。

"哗啦啦打罢了——头通鼓……"正在赶快要接下句，"好嗓子"，一个声音从树林中透出，小皮同旗手回头看时，突然，那白布短裤的少年从林中匆匆地走到他们面前。

两人都没收住口。

"这次兵车是不叫西去，就在这儿打住么？"

这话分明是看着旗手胁下的红绿色小旗子，向他问的。俞二却将头动了一动，不知他是表示"对"、"否"。

少年见到地上的大麻袋便不再追问了。但他想一会，便转到林子后从小路回到站里面去，恰好站门外远远的来了四个开步走的兵士。

汽笛声尖急地响着，原来在此不停的急行兵车箭飞地射来。小皮不知所以地从袋堆中站起。模糊的黄昏烟雾中，站台后有许多头颅正在拥动。

火车快到轧口，俞二在桥侧将小旗高高展动。

那是一片绿色在昏暗的空间闪映，警告危险的红旗，却掖在他的臂下。

前面的机关车从绿旗之侧拖动后面的关节，一瞥便闪去了。车窗中的枪刺，与被钢轮磨过的轨道，上下映射着尖长的亮光。

经过站台并没有减少它的速度，即时，站长的红边帽在车尾后往前赶动，并且听见："停车！停车！"的嘶声喊叫。兵士们向来犯恶每站上站长们的要求与罗唣，在中夜袭击的紧急命令之下，平安的绿色将他们送走。不过一分钟的时间，只有一线的黑影拖过远远的田陇之上。

小皮大张开不能说话的口，看着绿色的挥动，上面青烟突冒，远去了，远去了！而对方的四个灰衣人全向轧口奔来。

眼看着旗手俞二把绿旗丢在轨道上，一纵身往桥下跳去。

真的，他要用两手洗一个痛快的澡。

即时后面的连珠枪弹向桥边射来，小皮突然斜扑于麻袋上面。

一九三〇年八月十一夕

五十元

他从农场的人群里退出来，无精打采地沿着满栽着白杨树的沟沿走去。七月初的午后太阳罩在头上如同一把火伞。一滴滴的大白汗珠子从面颊上往下滚，即时便湿透了左肩上斜搭的一条旧毛巾，可是他却忘了用毛巾抹脸。

实在，这灼热的天气他丝毫没感到烦躁，倒是心头上却象落下了一颗火弹，火弹压住了他的心，觉得呼吸十分费力。

这位快近六十的老实人，自年轻时就有安分的服从的习惯，除掉偶而与邻居为收麦穗、为一只鸡七天能生几个蛋抬了"话杠"之外，对于穿长衣服的人他什么话都说不出。唯唯的口音与低着眉毛的表情，得到许多人的赞美。

"真安本分，……有规矩，……不糊涂，……是老当差！"这是他几十年来处处低头得到的公共主人们的好评。

农场上，段长叫去的集会，突然给予他一次糊涂的打击。尽着想，总没有更好的办法。

"喂！老蒲，哪里来？你看，一头大汗。……"

在土沟的尽头，一段半塌的石桥上，转过一个年轻人，粗草帽，白竹布对襟褂子，粗蓝布短裤，赤着脚，很快乐地由西边来向老蒲打招呼。

"啊啊，从……从小牟家的场上来，开会，嗳！开会要枪哩……"

"开会要枪？又不是土匪怎么筹枪？"年轻人满不在乎的神气。

"伍德，你二哥，你别装痴，你终天在街头上混，什么事你不知道？……愁人！怎么办？段长，段长说是县长前天到镇上来吩咐的，今年夏天严办联庄会，摊枪，自己有五亩地的要一杆枪，本地造的套筒。……"老蒲蹙着眉毛在树下立住了脚。

伍德从腰带上将大蒲扇取下来，一阵乱摇，脸上酱紫色的肉纹顿时一松，笑嘻嘻地道："是啦，联庄会是大家给自己看门，枪不多什么也不中用，这是好事呀！……不逼着，谁家也不肯花钱。……"

"你说，你二哥，本地造套筒值多少钱一杆？"

"好，几个庄子都支起造炉，他们真好手艺。……我放过几回，一样同汉阳造用，准头不坏。……听说是五十块一杆，是不是？"

"倒是不错。镇上已经在三官庙里支了炉，三个铁匠赶着打，五十元一杆，还有几十粒子弹。……你二哥，事是好事，可是像咱这样人家也摊一份？你说。……"

"好蒲大爷！你别提咱，像我可高攀不上。你是有土有地的好日子，这个时候花五十块得一杆枪。还没有账算？不，怎么段长就没叫我去开会。"伍德的笑容里似含着得意，也似有嫉妒的神色，他用蒲扇扑着小杨树叶子上的蚂蚁，象对老蒲的忧愁毫不关心。

"咳！咳！现在没有公平。你说我家里有五亩的自己地？好在连种的人家的不到四亩半，二亩典契地，当得什么？五十块出在哪里？今年春天一场雹子灾。秋后怕缴不上租粒。……段长不知听谁说，一杆枪价，给我上了册子，十天以里，……交钱，领枪！没有别的话。县长的公事不遵从，能行？……"这些话他从十分着急的态度中说出来，至少他希望伍德可以帮同自己说几句略抒不平的同情话。

"蒲大爷，咱，……真呀，咱还是外人？想必是'家里有黄金，邻舍家有戥盘'，我若是去领枪人家还不要呢。你老人家这几年足粮足草，又在好人家里当差多年，谁不知道。你家里没有人花钱，段长他也应该有点打听吧？"

一扇子打下来一个绿叶子，他用粗硬的脚心把叶子在热土里踏碎。

老蒲这时才想起拉下毛巾来擦汗，痴瞪着朦胧的眼睛没说出话来。

"恭敬不如从命！我知道现在办联庄会多紧，局子里现拴着三四个，再不缴款听说还得游街，何况还有枪看门。教我有五十块，准得弄一杆来玩玩。我倒是无门可看。蒲大爷，看的开吧，难道你就不怕土匪来照顾你？……哼！"

"破了我的家统统值几个大钱？"老蒲的汗珠沿着下颔、脖颈，滴的更快。

"值几个大？怎么说吧，……我是土匪，我就会上你的帐。还管人家大小？弄到手的便是钱。现在你还当是几年前非够票的不成？"

老蒲乍听这向来不大守本分的街猾子伍德的话，满怀不高兴，可是他说的这几句却没法驳他。五十元的出手还没处计划，果真土匪和这小子一个心眼，也给自己上了账，可怎么办？这一来，他的心中又添上一个待爆裂的火弹。

"愁什么，这世道过一天算一天，难道你老人家还想着给那两个兄弟过成财主？……"

伍德把蒲扇插入腰带，很悠闲地沿着沟沿向东逛去。

老蒲回看了一眼，更没有把他叫回的勇气，可是一时脚底下像有什么粘住抬不起腿来。头部一耸一耸地呼吸那么费事。段长的厉害面孔又重复在自己的眼前出现。向来也是镇上的熟人，论起他家来连自己不如，不过是破落户罢了，谁不知道，提画眉笼子，喝大茶叶，看车牌是他的拿手本领。一当了段长真是有点官威了，比从前下乡验尸的县大老爷的神气还厉害。在场子里说一不二。"五十块，十天的限期，缴不到可别提咱们不是老邻居！公事公办，我担不了这份沉重。……"他大声喊叫，还用手向下砍着，仿佛刽子手的姿势。……

尽着呆想刚才的情形，不觉把如何筹款以及土匪上账的忧虑暂时放下了，段长的大架子，不容别人说话的神气，真出于这老实人的意外。

无意中向西方仰头看去，太阳已快下落了，一片赤红的血云在太阳上面罩住，他又突然吃了一惊。

在回到隔镇上里半路他家的途中，他时时向西望那片血红的云彩，怕不是好兆！他心上的火弹更是七上八下地撞击着。

老蒲的家住在镇外，却不是一个村落，正当一片松林的侧面。松林是镇上人家的古茔，他已在这片土地上住了三辈了，因为老蒲的父亲贪图在人家的空地上可以盖屋的便利，便答应着辈辈该给人家看守这座古茔。现在，这古茔的后人大半都衰落了，现在成了不止一家的公分茔地，树木经过几次的砍伐，只余下几棵空心的大柏树，又补栽了一些白杨。有几座老坟早已平塌，石碑也有许多残缺，茔里边满是茂生的青草。老蒲住在那里，名分上是看茔地，实在坟墓多已没了，也没有很多树木可以看守。几间泥墙草顶的屋子，周围用刺针插成的垣墙，破木板片的外门，门里边有一囤粮食，所有的烧草因为院子小都堆在门外边。他与一家人每当夏秋的晚间便坐在院子中大青石上说说闲话，听见老柏树与白杨刷刷擦擦的响声也很快活。不过镇上的人都说这座古墓里有鬼，也有人劝他搬家，老蒲却因为舍不得这片不花钱的土地，又知道屋子是搬不走的，所以永没有搬。至于什么鬼怪，不但老蒲不信，就是他家的小孩子也在黑夜里到过坟顶上去，向来是不懂得什么叫害怕。

这一天的晚饭老蒲没吃得下，可是也不说话。他的大儿子向来知道这位老人的性格，看他从镇上开会回来，眉头蹙着，时时叹气的样子，便猜个大概。不用问，须静等老人的开口，这一定是又有为难的事。第二个儿子吃过两碗小米饭后却忍不住了。

"爹，什么事？你说吧，到底又有什么事？我知道单找庄稼人的别扭！"

老蒲把黑烟管敲着小木凳，摇摇头。

"怪，咱这样人家还有什么？现在又没过兵。"

"小住，"老蒲在淡淡的月光下看看光着肩背的儿子们，重复叹一口气，"你还年轻，你哥知道的就多了，还有你老是毛头毛脑，现在不行啦，到处容易惹是非。……你知道么，我同爷爷给人家当了一辈子，……两辈子了……差事，还站得住，全仗着耐住性子伺候人。不想想若是有点差错，这地方咱还住的了？……"

老蒲的寻思愈引愈远，现在他倒不急着说在镇上开会要枪的话，却借这个机会对第二个儿子开始教训。

"怎么啦？爹！我毛头毛脑，我可是老实种地，拾草，没惹人家呀。"小住才二十多岁，高身个，有的是气力，向来好打不平，不象他的大哥那样有他爹的服从性。

"不要以为好好的种地拾草便没有乱子，现在的世道，没法，没法！我已经这把年纪了，这一辈子敢保的住，谁知道日后的事。你，……小住，我就是对你放不下这条心！……"

小住同他哥哥听见老人的话十分凄凉，这向来是少有的事，在他们的质朴的心中也觉得忐忑不安。

小住的大哥大名叫蒲贵，他虽然四十岁以外了，除了种地的活计什么事都不很懂得，轻易连镇上也不去。老浦在镇上著名人家里当老听差，就把农田的事务交付他这赋有老子遗传的大儿子。小住十多岁时在小学堂毕过业，知识自然高得多。家里没有许多余钱能供给他继续上学，又等着人用，所以到十六岁也就随着大哥在田地中过着庄稼日子。不过他向来就有点刚气，又知道些国家、公民的粗浅道理，虽然他仍然是老实着做农民，却不像他爹爹和大哥那么小心了。因此，老蒲平日就对这个年轻的孩子发愁，懊悔不该教他念那四年"洋书"。过度的忧虑便使得这位过惯了当差生活的老人对小住加紧管束，凡与外人办事都不准他出头。他的嘴好说，这是容易惹乱子的根源。老蒲伺候过两辈子做官的东家，明白是非多从口出的大道理。尤其在这几年的乡下不是从前了，动不动就抓夫、剿匪，沾一点点光，便使你家破人亡。镇上的老爷们比起捻子时候当团总的威风还大，乡村里凡是扛枪杆的年轻人更不好惹。小住既然莽撞，嘴又碎，在这个时代平日已经给老诚的爹爹添上不少的心事。今天引起了他未来的许多思虑，所以对这年轻人说了几句。

小住在淡月的树影下面坐着，一条腿蹬着凸起的树根。

"不放心，就是不放心！我，我说，大前年我要去下关东，你又不教去，……"

"小住，"他大哥很怕老人家生气，想用话阻住兄弟的议论；只叫出名字来却没的继续下去。

"哥，看你多好。爹不用说，邻舍家也都夸奖你老实。……我呢，一不做贼，二不去和土匪绑票，可是都不放心。说话不中听，什么话才中听？到处里给人家低声下气，不就是满口老爷、少爷地叫，我没长着那样嘴。干不了，难道这就是有了罪？"

小住的口音愈说愈高，真的触动了他那容易发怒的脾气。

在平常日，老蒲一定要拍着膝盖数说这年轻人一顿，然而这时并没严厉地教训他，只是用力抽着烟，一闪一灭的火星在暗中摇动。

堂屋门口里坐着一群女人，小住的嫂子，还不到二十岁的妹妹，小侄女，这是老蒲的全家人。小住还有一个三岁的侄子早在火炕上睡了。

"你二叔，"小住的嫂子是个伶俐的乡下女人，也是这一家的主妇，因为婆婆已死去几年了。这时她调停地说："爹替你打算还不为好？像你哥那样不中用，爹连说还不说哩。你二叔，又知书识字，将来咱们这一家人还不是靠着你。爹操一辈子心，人到底是老了，你还年轻。老练老练有什么不好，本来现在真不容易，爹经历多，他是好意。"

"澄他娘，你明白，我常说我就是这么一个明白媳妇。对呀，小住。你觉得我说说你是多管闲事？……如今什么都反复了。我看不透，你就以为我看不透，罢呀，我……我究竟比你多吃了几十年煎饼，我知道像你看不起我这老不中用的！……下关东，你想想我这把年纪，还得到镇上当差，家里你哥、嫂子，咱辈辈子种地吃饭，你去关东，三年两年就背了金子回来？好容易！别把事情看得那么轻。工夫多贵，忙起来叫短工也得块把钱一天，你走了怎么办？我又没处去挣钱！咳，……由着你的性子，干，……干？咳！……"

老蒲向青石边上扣着烟斗，小住鼓着嘴向云彩里看月亮，不说话，他大哥更没有什么言语。

一阵风从枯柏树上吹过，在野外觉得十分凉爽。

"我不是找事呀，小住，你要明白！愁的我晚上饭都吃不下。年轻人，你们这年轻人没等我说上两句，先有那么些话堵住我的嘴，正话没说，先来上一阵斗口，我发急中什么用？"

媳妇从锅里盛了一瓦罐凉米汤，端着三个粗碗放到院子里，先给老蒲盛了一大碗。

"爹，正经事，你别同二弟一般见识，说说你在镇上听见的什么事。"

"咳！只要拿的出大洋五十元就行！"老蒲说这句话，简直提不起一点精神来。

"五十元？爹，怎么还有教咱缴五十元的？又不是土匪贴了票帖子，……"小住的嫂子靠小枣树站住了。

"这是新章程呀。段长吩咐下来：只许十天的限期，比衙门催粮还紧。"

老蒲这时才慢慢地把当天下午在小牟家农场上开会的事都报告出来，又把镇上重新分段办联庄会的经过，与他这一家分属楞大爷那一段的详细事都说给全家。末后，他又装起一袋烟吸着，象是抑压他的愁肠。

"真不是世界！情理同谁来讲，地不够也罢，钱更不用提，就说那一杆枪，爹，你好说我没有成算，你想，咱家有那么一杆枪，在这个林子边住家，有人来，就挡的住？再说，还不是给人家现现成成的预备下？……"小住提高了嗓子大声喊。

"你小声点，这个时候定的住谁在墙外。"他大哥处处是十分小心。

老蒲听第二个儿子说的这几句，却找不出话可以反驳他，自己只是被五十块大洋与十天缴不上要押起来游街的事愁昏了，倒还没想到这一层。对呀！他全家在这块茔地边住了多少年，什么事都没有，虽然前几年闹匪闹的比现在还厉害，也没曾有人来收拾他。不用躲避，也用不到防守，谁不知道他家只有二亩半的典契地，下余的几亩是佃种的。可是这一来，一杆枪也许就招了风来？不为钱还为枪；土匪只要多得一杆枪强似多添十个人。这一来，五十块大洋像是给他这棘子墙上贴了招牌，这真是平空掉下来的祸害！即时他记起楞大爷在散会时吩咐的话——

"以后的事：谁领了枪去，镇上盖印子，不许随便送人，只可留着自己用。会上多早派着出差，连枪带人一起去。丢了枪，小心：就有通匪的罪！——不是罪，也有嫌疑。"这些话段长是在最后说的，大家因为要筹钱弄枪已经十分着急，有枪后的规则自然还不曾留心听。然而现在老蒲却把这有枪后的规则想到了。

双重的忧恐使老蒲的烟量扩大了，吃一袋又是一袋。他现在并没有话对这莽撞的年轻人讲。

"爹，你在镇上熟呀，当差这么些年，不会求人？向段长，——更向会长求求情，就算咱多捐十块八块钱，不要枪难道不行？"伶俐大媳妇向老蒲献出了这条妙计。

"嗳！……这份心我还来的及。人老了，镇上也有点老面子，大家又看我老实，年纪大，话也比较容易说。可是我已经碰了一回钉子了。……"

"去找的会长？"小住的大哥问。

"可不是。会长不是比我的主人下一辈，他年轻，人又好说话，实在还是我从小时候看着他在奶妈的怀里长大的。自然我亲自去的，……他说的也有情理。"

始终对于这件事怀抱着另一种心情的小住突然地问他爹："什么情理，他说？"

"他是会长，他说关于各段上谁该买枪的事，有各段的段长，他管不了。……县长这次决心要严办，谁也不敢彻私。……他这么说。"

"哼！他管不着，可是咱哪里来的五亩地？果然有？咱就按章程买枪也行。"

"我说的，我当场对段长说的，……不中用，段长，他以为不会教咱花冤枉钱，调查得明明白白，都说咱这几年日子好，就算地亩不够，枪也得要。"

老蒲的破青布烟包中的烟叶都吸尽了，他机械地仍然一手捏着袋斗向烟斗里装，虽然装不上还不肯放手。

"这何苦，谁不是老邻居，怎么这样强辞夺理！"大媳妇叹息着说。

接着她的丈夫在青石条上深深地吐了一口气。

"要谁说也不行,不止咱这一家。谁违背规矩就得按规矩办。镇上现下就拴着好几个。我又想谁这么狠心给咱上这笔缘簿?我处处小心,一辈子没曾说句狂话,如今还有这等事!小住,象你那个楞头楞脑的样子,早不定闯下什么乱子。……"

"哼,既然没有法,也还是得另想法借钱。也别尽着说二弟,他心里也一样的难过。"

媳妇的劝解话没说完,小住霍地站了起来。

"枪,非要不可?好!典地不吃饭也要枪!到现在跑着求人中鸟用。来吧,有枪谁不会放,有了枪我干。出差,打人,也好玩。这年头有也净,没有也净,爹,你想什么?"

"钱呢?"他大哥说出这两个没力气的字。

小住冷笑了一声,没说出弄钱的方法来。即时一片乌黑的云头将淡淡的月亮遮住,风从他们头上吹过,似乎要落雨。

黑暗中没有一点点亮光,老蒲呆呆地在碎石子上扣着铜烟斗。他们暂时都不说什么话。

隔着老蒲家借了款子领到本地造步枪以后的一个月。

刚刚过了中秋节两天的夜间。

近来因为镇上忙着办起大规模的联庄会,骤然添了不少的枪支,又轮流着值班看门。办会的头目时时得到县长的奖许;而地方上这个把月内没出什么乱子,所以都很高兴。中秋节的月下他们开了一个盛大的欢宴,喝了不少的白干酒,接着在镇上一个有女人的俱乐部里打整宿牌,所有的团丁们也得过酒肉的节赏,大家十分欢畅。这一夜是一位小头目在家里请会长和本段段长吃酒,接续中秋夜的余兴。恰好这夜宴的所在距离老蒲当差的房子只有百十步远，不过当中隔着一道圩门。自从天还没黑，这条巷口来了十几个背盒子枪、提步枪的团丁，与那些头领们的护兵，他们的主人早在那家人家里猜拳行令了。像这等事是巷子中不常有的热闹，女人站在门前交谈着头领们的服装；小孩子满街追着跑；连各家的几条大狗也在人群里蹿出蹿进。老蒲这天正没回到镇外的自己家里，一晚上的事他都看的清楚。

从巷子转过两个弯，不远，就是圩墙的一个炮台所在。向来晚上就有几个守夜的人住在上边。因为头领们的护兵们没处去，便都聚在这距墙外地面有将近三丈高的石炮台里，赌纸牌，喝大叶茶，消遣他们的无聊时间。

像是夜宴早已预备着通宵，那家的门户大开着，从里面传出来的胡琴四弦子的乐器与许多欢呼狂叫的声音，炮台上的人都可以听得到。

约摸是晚上十点钟以后了。老蒲在他当差住的那间小屋子里吹灭了油灯打算睡觉。自从七月中旬以来他渐渐得了失眠症，这是以前没有的事。他感到老境的逼迫与情况的悲哀，虽没用使利钱，幸亏自己的老面子借来的五十元大洋，到月底须要还清。而秋天的收成不很好，除掉人工吃食之外，还不知够不够上租粮的粮份。大儿子媳妇虽然是拼命干活，忙得没有白天黑夜，中什么用！债钱与租粮从哪里可以找的出？小住空空的学会放步枪的本事却格外给老蒲添上一层心事。种种原因使得他每个夜间总不能安睡，几十天里原是苍色的头发已变白了不少。

月光从破纸的窗帘子中映进来，照在草席上，更使他觉得烦扰。而隔着几道墙的老爷们的快乐声音却偏向自己的耳朵里进攻。这老人敞开胸间的布衣钮扣，一只手抚摸着根根突起的肋骨，俯看着屋子中的土地。一阵头晕几乎从炕上滚下来，方要定定神再躺下，忽地在南方，拍拍，……拍，什么枪声连续响起。接着巷子里外狗声乱咬，也有人在跑动，他本能地从炕上跳下来便往门外跑。

"上炮台！上炮台！是从南面来的。"几个团丁直向巷子外蹿跳。

没睡的男女都出来看是什么事。

炮台上的砖垛子下面有几十个人头拥挤着向外看，有些胆小的人便在圩墙底探听信息。这时正南面的枪声听得很清，不是密集的子弹声，每隔几分钟响一回，从高处隐约还听得见叫骂的口音。

住在巷子的人家晓得即有乱子也是圩墙外面，好在大家都没睡觉，有的是团丁、枪弹，土匪没有大本领，不敢攻进镇来，所以都不是十分害怕。独有老蒲自从他当差的屋子跑出之后，他觉得在心口上，存放的两颗火弹现在已经爆发了！来不及作什么思索，一股邪劲把他一直提到圩墙上的炮台垛子下面，那些把着枪杆的年轻团丁都蹲在墙里，他却直立在垛子后面向前看。

月亮刚出，照着田野，与镇外稀疏的树木。天上有一层白云，淡淡地把银光笼住，看不很清。但一片野狗的吠声，在南方偏西，一道火光，嗖嗖子弹的红影从那面射出，不错，在南方偏西，就是他家，看守的老茔地旁边！子弹的来回线象在对打，并不是由一方射出的，一片喊声，听得见，象有不少的围攻者。

老蒲看呆了。一个不在意几乎把半截上身向砖垛子外掉下去，幸亏一个团丁从身后拉了他一把。

"咦！老大叔，你呀。好大胆，快蹲下来，……蹲下！枪子可没有眼。不用看了，那不是你家里遭了事？一准，响第一枪我就看清楚了。……"

老蒲象没听明白这个团丁的劝告，他直着嗓子叫：

"救人呀！……救！……兄弟爷们，毁了！……家里还有两个小孩子，…救呀！……"

"少叫，你小心呀！枪子高兴从那面打过来。"

那个热心的团丁硬把老蒲拉下了一层土阶。

"枪，……枪，你看看，你们就是看热闹。放呀，放，打几十枪把土匪……轰下去就好了。"他的口音简直不是平常的声音了。

"蒲大叔，这不行！你得赶快去找会长，咱们在这里听吩咐。究竟是什么事？不敢说来了多少人，又不知道，快去，……快请头目来看看，准有主意。……不是还没散席？"

有力的提示把这位被火弹炸伤的老人提醒了，一句话不说，转身从土甬道上向下跑，两条腿格外加劲，平日一上一下他还得休息着走，这时就算跌下去他也觉不出来。

没用老蒲到那家夜宴的去处相请，几个头目，还有本段的段长都跑过来，手里都提着扳开机钮的盒子枪。

他们的酒力早已被这阵连续的枪声吓了下去。随着几个护兵一起爬上炮台，老蒲喘嘘嘘地跟在他们的身后。

他们都齐声说这一定是对蒲家的包围，闪闪的火光与一耀耀的手电灯在那片老柏树与白杨树的周围映现。

有人提议快冲出十几个团丁去与他们对打，可以救护老蒲一家人的性命，可是接着另一个头目道：

"快到半夜了，你知道人家来了多少人？是不是对咱们使的'调虎离山计'？"

又一个的迟疑的口气："他们敢这么硬来，在那儿条路口准有卡子。"

几个瞪着大眼的团丁听这些头目们两面的议论，都不知道要怎么办。

老蒲已经在圩墙上跪下了。

"老爷们，……兄弟们，……救人啊！……看我那两个小孩子的身上！只有我这把不中用的老骨头着干什么用！"他要哭也哭不出声来。

"不行！这不是讲情面的时候，你敢保的住一开圩门土匪冲不进来？镇里头多少性命，多少枪支，好闹着玩？救人，不错，你先吓糊涂了，谁敢担这个干系？好，……你再去找会长，还在那客屋里，看他有什么主意。"

一个三十多岁的头目人给老蒲出了这个主意。

原来是管领老蒲的本段段长，"来，咱一同去，快，这真不是玩！……"

"老爷，……楞大爷办联庄会，不是说过：外面一有事，……打接应？我家里就是那杆本地造的枪！……"老蒲急的直跳，说出这样大胆的话。

"快下去，拉他去见会长。谁同你在这个时候讲章程去！……"有人把老蒲从后面推着，重复蹾下了圩墙。

就在这时外面树林子旁边闪出了几个火把，枪声也格外密了，子弹如天空中的飞哨，东西的混吹着。

不久火光由小而大，烧的那些干透的秫秸、木材响成一片。"了不得，这完了！放起火来，老蒲这一家人毁了！……"

有的团丁也十分着急，可是没得命令，既不敢出圩门，又不能胡乱放枪。

枪声继续不断地响，火头在那片茅草屋顶上尽烧，映得炮台上的各个面孔都发红。

及至老蒲与段长领下会长的命令爬上炮台，斜对面的火已经烧成一座小小的火山了，屋梁的崩塌与稀疏的枪声应和着。

段长大张了口传达命令："只准在圩墙上放几十枪，不能开门出去打。……"

久已等躁了的团丁与他们的护兵们这时都得上劲．拍拍砰砰的步枪与盒子枪弹很密集的向火山的周围射击。

时候已经快到早晨的一点了。

炮台上的射手正在很兴奋地作无目的的攻击时，老蒲却倒在他们的脚下，因为他第三次上来，看见自己家屋上的火光便晕过去了。

两排密集枪弹攻击之后，接着另一个团丁吹起集合号。凄厉的号声惊起了全镇中的居民，即时树林子旁边的枪声停了，似乎土匪怕镇上的民团、联庄会，真要出去，他们便善退了。

幸而火山没再向四外暴发，不久火头也渐渐下落。

没天明，老蒲醒来，再三哀求才得开放圩门，到灰烬的屋子中去看看。第一个同他去的却是那著名的街滑子伍德。

接着自然是镇上有枪的头目们，领了队伍去勘察一切。

勘察的结果：老蒲家的东西除掉被烧毁外的，什么也没丢失，棘子垣墙与木板门变成了一片灰土，屋子的房顶全露着天，牛棚烧光了，土墙坍塌了两大段。屋子中，老蒲的大儿子躺在土地上，左额角上一个黑血窟窿，大张着口早断了气，小住斜倚在土炕前面，不能动，左腿上被流弹穿透，幸而没伤着筋骨。那杆本地造的步枪横靠在他的大腿上，子弹袋却是空空的了。

女人们都在另一间的地上吓昏了，没有伤损，惟有炕上学着爬的老蒲的小孙子屁股上穿进一颗子弹，孩子脸色土黄，连哭也不会了。

除了有死有伤的人口，院中一个存粮小囤、干草堆，全被这场火灾化净。

事情过后镇上出了不少的议论：有人说老蒲确是"谩藏诲盗"，不要看他自己装穷；有的断定是寻仇，不是为了财物；然而多数人的推测是土匪要去筹枪！这一家人，死的死了，伤的还不能动，究竟是为了什么，自然也说不出来。

会长与那些终天拿着枪杆的年轻人，却都同声称许小住的本领。他只有一杆本地造的步枪，不到一百粒的子弹，他哥一定是用的扣铇的土炮，这样土匪便攻不进去，还得发火，谁说办联庄会不行？当初买枪不愿意，现在可救了急！没有这杆枪怕不都得死？……也许绑一个去，老蒲那个破费可更大了。……尤其是镇上的头领们经过这次的试验之后，知道本地造的木枪真能用，放几排子弹，炸不了，工人的手段真高妙，不亚于兵工厂里的机器货。他们在当天开过一次谈话会，报县，搜匪，合剿，加紧防守，末后一条决议是老蒲的这次意外事，日后由会上送他几十元的安家费。

一切进行很顺利，过了两天大家便似乎忘了这场惨劫，渐渐的少人谈论了。

老蒲家三辈子安住的茔地旁边的房子不能再住了，更盖不起，也没有再与土匪开仗的胆力。抱着火弹烧裂的胸膛，老人到处求面子说情，求着搬到镇里一间农场上的小团屋子暂住。

一个月后，小住的腿伤痊愈，只是他那小侄子的屁股红肿烂发，经过镇上洋药房的三次手术取出子弹来，终于因为孩子太小，流血过多，整整三十五天，这无罪无辜的小生命随着他的老诚的爹到土底下去了。

又是一次的医药费几十元。

旧债还不了，添上新的，转典了二亩的地价，老蒲总算把这场横祸搪过去。虽然他的伶俐的媳妇还病着不能起身，据医生说，他可放心，不至于有第三条人命了。

会上的捐赠是一句话，过了这许久并没有下文。别人都说还得老蒲自己去认真叩求那些头领们才是合乎次序的办法。但向来是服从规矩的老蒲却有下面的答复：

"罢，……我……人死得起！两个呀，两条性命送了人，这几十块钱我还能昧心去使，……昧心去使！这……"这老实人现在能说这两句话了。

独有那杆本地造的步枪，老蒲每见它倚在门后，眼都气得发红。有一天他叫小住肩着这不祥的祸根，自己领着去缴还段长，说是枪钱不提了，这个东西会上可以收留，好在他家现在不住在野外，更用不到。

"哪能行！这个例子开不得，东缴、西缴，有事谁还出差，咱大家的会不完了？在这里住，你们到时候也得扛枪呀，你这老糊涂，没有它，小住的性命还到今天？……哈哈！……"

于是小住便只好又肩着这不祥的祸根到那间团屋子中去。

深秋到了。

老蒲再不能给人当差，他不能吃多饭，一个人楞着花眼看天，咕咕哝哝地不知自己对自己说些什么话，耳朵也聋了许多。小住自从腿伤好后，因为自家的典地转典出去还了债，虽然还种着人家的，可是到这个时候田地里也没甚活计。他不常在家。他只得了镇上人们的赞许，枪法、胆气，这样那样的好评语，能够使他怎样呢？现在家里十分困难，有时每天只能吃一顿早饭，他这年轻有力的小伙子是受不了半饱的虐待的。

他常常与伍德在各处混，好在老蒲如今再没有心思去管他的闲事了。

自从伍德把小住从灰堆里背出来，那时起，小住知道这个年轻人不止是一个无产无业的街滑子了。虽然人人烦恶他多嘴多舌，小住却与他十分投合。自从家里没了活计，又是在悲惨困苦中数着日子过，小住觉得再也忍不下去。

某夜，没明天，正落着凄冷白露，镇上人家都没开门。小住家的团屋外面有人吹着口哨，马上小住从屋里跳出来。

"伍德，你都办好了？……"他惶张地问。

"你真是雏子，这不好办，我与他们哪个不是拉膀子、打屁股，还有不成？这不是！"他从小破夹袄里摸索出尺多长的一件铁东西。

"还有子弹，…快取出来，咱有投奔，我不是都交代好了？……"

小住返身进去，从单扇门后头提过了那杆拼命的步枪。

"就是，……他老人家……"小住对着小窗眼抹着眼泪。

"你能养活他？……不能，就远处去。……回来也许有人请你当队长。"……伍德水远是好说趣话。

"快，……绳子都拴好了，再晚怕碰见人便缒不出去。……"小住什么话也不说，随着他的新生活的指引者向密层的露点中走去。

第二天，镇上东炮台的看守丢了一杆盒子枪、一袋子弹，而老蒲家的五十块大洋买来的祸根子也与小住同时不见了。

一九三三年七月十五日

母　爱

　　她坐下来还是气喘，原是黄黄的腮颊泛起两片红云，仿佛沙漠上初春朝日，显出温爱的明辉。鼻孔微见扇动，藏在宽衣袖里的臂筋突突颤跳，愈想镇定愈无效果。与她紧挨着偎下的那个中年女人，匆忙中觉得小腿旁边有冰冷的金属物轻轻触动，低头看去，原是她——那教会女尼腰间下垂的一把剪刀。

　　女尼早觉察到，因全身肌肉不自主地抖颤，所带剪刀也随着运动，触及别人薄纱袜里的皮肤，要提在手中又不好意思。人多，身旁那位女的差不多半个身体斜倾在自己的右股上。她不敢抬头，也不愿偷看。

　　公共汽车的窗外时而飘扬着小小雪霰，坐客吐出的浊气即时在玻璃上凝成薄暗冰痕。她的额上、鼻尖，却凸出小小汗粒。

　　记得前两个钟头出门时，寒暑表在有炉火的住室内也只六十度左右，路上行人都用毛巾堵住口快快趋走。水泥砖的铺道上从清晨起罩满了一层霜华，几小时后还没化去，白的斑点和着一片片水晕印出杂乱的足迹。从××堂出来直打哆嗦。夜来是今冬第一回的大北风，树枝间未脱尽的黄叶在地上飞滚,空间钢线阵阵鸣争。她懊悔没多添件内衣,而头上有翅的白布大帽阻住横吹来的风劲,使她走路格外迟慢。

这时恰相反,微汗,烦躁,在她身上与搏跃的心头阵阵争长。不是为了路远,她宁愿在风冷街道上踯躅,为什么到车中来教别人用诧异的眼光向自己注视?

平日大方惯了,镇静惯了,十年以来永远度着凝神沉思的生活,无论什么时间都不会有匆忙急遽的表现。一切人见了这位中年"圣女",从面色与态度上看去,都对她有点自然的尊敬。安详、温和,言语与举动完全一律,用不到乔装学习,她早已习惯成自然了。

但在上汽车的半小时前,她觉得破坏了向来的静境,失掉了久已沉定住的一颗心。

现在,那一幅惨画愈映愈深,在手下,在眼前,在自己的心尖上点出!愈要推去却愈觉逼近,……喉中又一阵干呛,只好用宽广衣袖盖住咳嗽的声音。

车中人体的拥塞、语声、香烟的臭气,……车已走过几站,她全不理会。

只有那一幅惨画在手下,在眼前,在自己的心尖上点出!

因为她不敢向紧偎身旁的女人抬头,怕被人发觉出自己心情上的秘密,却不知那位也在另一样的触感之下,被悔恨与激动缠住全身。

约近三十岁的职业女子,她自从午后由写字间走出,拖着懒散脚步,经过保罗堂墙外与x马路转角时,恰好从人堆中遇到女尼亲手收拾的惨剧。虽没看见那穷妇人在路心被××卡车撞抛过去的一幕,但,女尼洁白的双手,在匆忙时不顾污秽,从半死妇人胯下检出那鲜红的小肉体,用她所携的布包包好。又跪在行人道上扶住妇人头部,替她行人工呼吸,……直待救护车开来,她把血产后昏晕的穷妇与在震惊下断气的婴孩都送上红色车。……迅速而奇异的表演，象一幕戏剧，又象一幅血迹点染的图画：女尼的严肃和爱，与急忙里施行救治的精神，那不幸母子苦惨的遭遇，以及围观者的议论、表情，都被这适逢其会的职业女子收在眼里，烙在心头！等待车辆人众散走以后，呆看着女尼从袖里拉出一条叠得整齐、颜色素淡的手帕拭去指尖的血迹，转身前去。她下意识地跟在后面。那个颤动的白帽翅沿仿佛是行路的天使，双翼在她眼前挥舞。大街上种种喧嚷与种种光色都似消没在这片白色的云片之下。她一直随着女尼踏上x路汽车，忘了一切似的，靠坐在她的身边。到这时，方觉出小腿皮肤上有人家腰间所系的钢剪摩动。

不知随了这位震颤的圣女向何处去？更不知为什么紧迫着她？

两颗心同在血潮中跳动，两个人的心理同在半小时内交织着杂乱的变化。过去的遗痕，与当前目睹的婴孩杀戮，比对起来，她们同坠入沉思境界。除去衣缘与小剪微微抖动外，她们彼此尚不相知。

她——已快到青春晚期的职业女子，亲眼见血婴从母体落下，这已是第二次了！头一次呢，那景象清楚——如保存得十分在意的摄影底片，在她的记忆中没一点模糊。

初秋的冷雨之夕，在一所小规模医院的最便宜房间里，一个弯腰的老医生，一个患贫血病的女看护，同守着一个少女型的产妇。不到月数，硬凭药力催下来的生产。这少女虽经大量下血之后，还坚持着要看看放在玻璃盆内自己的分体。老医生起初不肯，经不起她发狂般地乞求，于是医生擦擦皱纹层折的额部，挥着轻颤还戴着皮手套的右手，让看护把盆中的血肉块送到少女面前。

这又老又穷的医生伛背向小窗侧复印的"圣母抱婴图"连连叹气：

"罪孽！罪孽！——我这把年纪还替年轻人……替我——自己造

罪。——"

"不打发别人的婴孩,自己的孙儿、孙女都得饿死!……罪么?谁教他弟兄俩都在外面填了尸窟?……"

他这几句话,女看护是惯常听的,因为每逢老医生为年轻女人干这等行业,把本是小生命生生地摘离母体后,他总像念祷词咒语一般说这几句。但床上的产妇还是头一次听见什么罪孽……这些激动的话。她来不及体会老医生的痛心,却挑起自己的恐怖,愧悔。象一个久病后的疯妇,乱披着油光散发. 面色铁青,两眼微微突出,上牙咬住尚见淡红色的下唇。本是娇媚流活的瞳子,这时一瞬不瞬地随了医生背影,也紧盯在那张小幅的 "圣母抱婴图"上。像从那伟大母性的面容与饱满光亮的圣婴身上寻找宝物,或是求解难题一般。这疲倦了的产妇提炼出潜在的精神往虚空中正觅取什么?她忘记了女看护把那盆罪孽的成绩品从自己腹内供献到自己的目前。

窗外冷雨淅沥,夹杂着草根下的虫鸣,小屋中老医生祈祷般的唉声,和床上产妇向那幅微光画面瞪视的状态,这一切象低奏出"秋心"的哀歌。

忽地,被女看护推了一把,一种轻弱女音,喊到她的耳边:"看看啊,你的……这七个月的孩子……!"

映着黄色灯光,如被剥去皮毛的小兔子,似启不启的侧面凸出的小眼. 在血水里耀射出一丝明光,下面肢体虽并在一起,却已有了膝部与足踝的轮廓。……溶在明亮的盆子中分外见出那鲜丽的、满浮着生命活力的血滴,和血滴中还分不清皮与肌的肉块。啊,……啊,这是她的……,是她在一个剧冷冬宵里,与他,亲密得过度而偷来的双爱的小体。如今却忍心受着身体与精神的罚苦,把它丢去!当时造成这小体的双爱之一的他哩?……一场幻梦,一只欺骗的罪手,一个向黑暗中走失了的影子。从晓得自己的腹中有了小体,不过三个月,在欢娱的骗言后，又带着抿蜜口舌，象狂蜂似地飞向别处去了。

七个月后，她自己偷跑到这小城的穷医院来，忍着羞耻，受了痛苦，偷摘下这颗不成熟的果实。

她从图画的光华上把目光收回，瞥见到这一盆鲜丽的生命废料，低叫一声晕了过去。

那十九岁产妇便是现在挨着女尼紧坐的职业女子的十年前身。但，十年后，在这罪恶的东方大城的大街角上，她又亲见过一个未成熟的小生命——它是被毒狠的人类玩笑似地用车轮从母体中碾出来的！

如被魔鬼驱入记忆的深渊，在分别不出是什么样的情绪复化中，她失掉了一切。黄昏的密雾蒙罩下，到某一站，她茫然地随在女尼的巨幅蓝裙后面下了汽车。

虽是冬晚，因连日酿雪天气，地冻溶化，晚上却比凌晨和暖。走在街道上微觉近似初春。实在，这已过中年的女尼与神经昏躁的女子就再寒冷点也冻不熄她们心尖上的火焰。她在车上胡乱地温习过去的噩梦，颤抖，心痛，没来及仰看女尼的面容，如果她详细观察一下，准更引起她的惊奇。

前半小时在××堂的墙角外，当她看女尼不顾血污泥滑，为那不幸妇人与断气孩子包扎收拾时，浮在女尼脸上的是严肃，深沉，没一毫惶急与不耐的表情，更无一丝笑痕。直到离开那儿，仍然像担着什么重大心事。坐在汽车里，经过疲劳惊异后的一阵战栗，过一会，女尼的心灵，却沉浸在另一个温馨安详与富有生命希望的幻想中了。

谁能猜透稳坐车中这位虔修"圣女"的心灵变化呢？正如其他乘客并不了解那曾经在十年前的一夕毁损了自造的生之灵宝、而永含着深痛的职业女子一个样。

一直下了车子，沿落叶梧桐树的行人道，不急不迟地向前去时，女尼的面颊更像在焦萎的花片上重点上一层柔润红脂。原是深蕴着明智与信仰的眸子，这时，从松弛、微显皱纹的眼角上流出柔爱的生之欢喜。一阵温流从她的心底浮漾，像寒冬温谷间的古井，蒸发出热腾腾的水气。

由突遇的惨怖事件，使女尼第一次见到一个婴孩从母体分出。虽是仅仅有一丝柔气，但，那包在血衣中的小生命，在她看来，却是天上人间的奇珍！命运的惨酷与新生的奇遇，以及亲手收始的温感，事后回想起来，觉得在郁闷里包藏住一层秘密的喜悦。

为什么呢？不能分析也无暇分析，然而一个初堕尘世的新生命曾经自己双手捧抱过，那些污血不正是生命的泉源？她不但没曾憎恶，反觉出这是不易见的神奇。

漫步于风物枯寒的僻静道上，脚前像另外换了一个时季，没有干抖的落叶，也没有袭人的凉风。一片碧草田地，间杂着几簇玫瑰与燕子花。是旭光初临的夏朝，也是斜阳西下的春晚。小鸟啁啾争叫，白鹅在池塘上泅行；而自己呢，轻宕的衣衫与轻宕的脚步，正在柔静的草茵上轻蹑着一个刚会学步的白衣小孩在蹒跚前行。缓缓得一步挪不动一寸，怕被那小东西回头看见，又防他的倾跌，自己的臂膊在后面绕成半圆形，好留心将他匆忙抱起。……如春梦的飘浮！一会，不见了草茵，鹅鸟，也不是户外的游散，若坐在舒适的榻上，那小东西仰卧在自己怀中。他，不论好坏一阵抓揉，不知怎的，自己的胸怀开了，轻轻的痒，又裹着不肯丢掉的微痛，……让孩子小花花骨朵的嘴唇裹住了自己的乳头。……母爱的半醉中，……她重新望见精赤着身体背后各有双翼的小天使们在金色空间飞跃。……一颗最大的星从东方射出辉耀的光彩。……这时，她疑心自己真是生过了的童女了！……虽然有这瞬息的想法，却不免生疑，果然孩子是上天赐与的么？多少年前，多少年前——自己还没有加入姊妹（即女尼）的道院时，不是曾有过一次，——只是一次的灵与肉交合的爱验？如古老的历史一样，似乎当时在自己心灵的隐处曾有过另创造一个双体生命的可羞的希求吧？……但，欢梦是怎样的短促，像几十天，也像几小时，飘过去了，那可羞的希求幸而未曾留下一点点痕迹，现在，到可无挂无虑。……突然的梦觉，怀中的小孩失落了，眼前一片漆黑，远处有若干血点跳动，然而恍惚间还仿佛看见那可爱的婴孩在血点的包围中向前飞跑。……心头略略明白，这是一个梦境？而意识还没清爽，不克自制地也加紧脚步往孩子的后影追去。

迅速的迫躡，一个前跌，皮鞋踏住宽大裙缘，身子往泥道上俯下去，即时，有两只手从旁边把她搀起。

乃至女尼醒来，方知这时正靠着公园外半截铁栅立住，左手一个女子（她立时明白是车中的同伴），用细瘦手指替自己轻揉着胸部。

一切俱消失了，一切又是实在的人与物。她感谢这位陌生女子的好意，虽还牵念着那个寄爱的小东西，却不能不对人讲话。

"谢谢你！——你把我扶住，不就得弄一身污泥。……"

"噢，不值得说，像你救活了那产妇一命，才真真令人感谢呢！"

"你怎么知道呀？"女尼似有点不能自饰的惶急。

"姑娘，我也在××堂的墙角上经过，还一直随你上了汽车，到这公园的路旁边。"回答的有点吃力，末后一句说来更见嗫嚅。

"嗯！……那么，你见笑了。你瞧我一时精神昏乱，……"想想前两三分钟时自己的迷惘状态准被这女子看破了。

听见"精神昏乱"四字，这职业女子骤觉如一根冰利的针刺刺入皮肤。随着女尼一路，看她像想什么心事，刚才满面温笑，上下唇突动着，又像喃喃低语。手臂缓缓张开像预备抱持什么东西。……但，自己胡里胡涂，为什么像磁石吸铁一样，直随她到这冷僻的墙外？干什么？自己的"精神昏乱"得不比这女尼更怪？

想到这里，她呆呆地向空际注视，暗云间似乎微露一二星光，竟忘记了向扶住的女尼答话。

女尼也不继续述说，可突然另换了一句问话：

"你瞧见那个婴孩——婴孩，我抱在手上的那个？……"

"……是。"

"你也生过孩子么？"平常最讲究礼貌的女尼，这回竟不问对方是否结过婚，便率直地、急突地问这一句怪话。

还抚摸着女尼腰部的女子正在俯首寻思她以往的爱的成效，想不到被这句话直接逼入，那只手垂下来，不知要怎么回复。

对于这位惠爱和样的"圣女"，她的良心不许她当面说谎。不怕漏泄秘密，却总难承认自己是生过孩子的母亲。激切与悔恨涨红了面皮，自己已听到心房的跃动。

"怎么？你没经过这福气——这上天的福惠么？"女尼却一本正经地向她略一侧首，睨着她那虽现憔悴还有润光的面容，迫问一句。

"不！福气么？……我生过，……可不是，……"女子受不住意识深处的潜力迫促，她勉强鼓起勇力，低音答出这不完全的句子。

"果然！生过，——生过！"女尼象对女子讲，也象喃喃地向空呼诉，同时她的双目又放出在迷梦中浮着希望的光彩。

"生过，只是生，……啊！啊！你那孩子该会走步了吧？"意象中，在前方，并没消逝了若隐若显的那小东西的幻影。

"不，……不，……"她再没有更多勇力答复这压迫的追究了。

"对啦，我问的没道理。像你，你的孩子应该到学校去了，哪能才会走步。我像……"本来还有个"你"，没来及脱口而出。薄暗的前面空地上，仿佛有个渐高渐大的孩子的背影摇摇晃动。

欢喜与安慰使这半清醒的"圣女"改变了口吻，像说教也象念诗，咽着尖风轻轻道：

凡是生过，——生过的便有福惠了。
过去的，现在的，还有未来！
过去的，现在的，还有未来！
"存心温柔，如同母亲
乳养自己的孩子！"

末后，用几乎连身旁那个凝视地面的女子也不易听清的微音说：

存心温柔，如同母亲
乳养自己的孩子！

黄昏后，在这荒冷没有街灯的地方，这泥滑不易行步的道旁，薄暗的网从上空缓缓推下，透露出点点寒星。网上的明珠，像是引导着人间的母爱的目光，向过去，向现在，向未来寻求，索要！

索要她们曾乳养道的孩子！

"圣女"与这位职业女子重新坠入悔念与希望的晚梦，互相倚立，严肃地静默。……那血块的蠕动，那像是白衣小天使的前行，在暗中与明珠一般，映现得更为分明。无论对过去的忏悔，与在冥茫里追逐着未来的生之活跃，这一时，她们都沉浸在母爱的酝化中了。

但，引起这样痛悔追求的"它"呢？——那无辜的被人压轧出来没有生的生命，就在当晚上，从医院里送出。埋入宿草渐渐要发青芽的地下。

一九四〇年一月于上海